Reina

Bebi Fernández

Reina

Planeta

Av. Diagonal, 662-664, 08034 Barcelona
www.editorial.planeta.es
www.planetadelibros.com

Primera edición: noviembre de 2020
Segunda impresión: diciembre de 2020
Depósito legal: B. 18.442-2020
ISBN: 978-84-08-23458-6
Composición: Realización Planeta
Impresión y encuadernación: Black Print
Printed in Spain - Impreso en España

El papel utilizado para la impresión de este libro está calificado como **papel ecológico** y procede de bosques gestionados de manera **sostenible**

Es la batalla que libramos lo que determina en qué tipo de enemigo nos convertiremos. Y nadie debe olvidar que, en cualquier guerra, uno lucha también contra sí mismo.

A principios de marzo del año 2020, ocurrió algo que nadie, más allá de ciertos expertos en la materia o unos cuantos ávidos lectores de novelas distópicas postapocalípticas, pensó realmente que pudiera llegar a suceder. Un virus mortífero y en extremo contagioso, que se extendió por casi todo el planeta, provocó inevitablemente que se decretara la cuarentena para un gran número de sus habitantes, incluyendo en dicha medida a toda la población española. La realidad consiguió de nuevo superar la ficción y casi toda la sociedad civil —exceptuando aquellos servicios mínimos como farmacias, supermercados u hospitales— tuvo que abandonar toda actividad y recluirse en sus hogares por un tiempo indeterminado. Kassandra, que había llegado de Colombia a mediados de aquel determinante mes de febrero, no tuvo apenas tiempo para disfrutar de la sensación de melancólico goce que invade a su llegada a aquel que vuelve, tras un largo tiempo lejos, al lugar al que perteneció. Apenas pudo compartir unas pocas salidas con su madre, reencontrarse con algunas amigas, contactar con Maisha, a la que prometió llamar en cuanto regresara para mudarse a la casa en la que se habían conocido —que Maisha había alquilado en cuanto tuvo la oportunidad, como si, arriesgándose a rehacer allí su vida, desafiara a la vida misma y le restara al tiempo el tiempo que allí le robaron— y donde, en cuanto hubieron trasladado las pertenencias de Kassandra, irónico el destino, quedaron de nuevo encerradas durante meses.

Así pues, la vida tal y como la conocían se detuvo y Kassandra empleó su tiempo de confinamiento en acomodarse y ordenar sus pertenencias —su ropa, su escritorio, sus trofeos de artes marciales conseguidos en Colombia, que expuso en una vitrina al lado de las sucesivas ediciones de la novela que había escrito junto a Marcela y que tan precipitado e inesperado éxito había cosechado en España tras su publicación, los recuerdos que Katia guardaba en la pequeña maleta bajo su cama, que consideraban, tanto Maisha como ella, otro simbólico trofeo, como si hubieran ganado o conseguido el premio de su libertad gracias o por la chica de aquellas fotografías.

Durante aquel año y medio en el que Kassandra y Bilma se habían ausentado para ir a estudiar tres cuatrimestres de su carrera en Bogotá, las cosas habían acontecido del siguiente modo: Ana, la madre de Kassandra, había dejado el pisito de las afueras para instalarse con su tía Gladis y sus dos sobrinas pequeñas, con las que ahora vivía; Aleksandra y Maisha buscaron ayuda en un centro para mujeres sobrevivientes de esclavitud sexual en Marbella (Málaga), donde Maisha pasó seis meses mejorando su español hasta que decidió volver a Alicante para trabajar, gracias a los contactos de una de las rescatadoras, como profesora de refuerzo de matemáticas en una academia para niños. Aleksandra terminó por establecerse en Marbella junto a dos buenas amigas a las que había conocido en el centro donde colaboraba como rescatadora aprendiz a la vez que, los fines de semana, trabajaba como camarera. Ambas, Maisha y Aleksandra, mantenían un flujo de contacto constante, no solo por la gran amistad que había nacido entre ellas, sino también por la ventaja que significaba que Aleksandra se dedicara a la tarea de ayuda a las víctimas, ya que aquello le permitía estar al día de la situación de las organizaciones mafiosas, sus lugares de asentamiento y los cambios y novedades que pudieran darse respecto a su funcionamiento. El temor que generaba la posibilidad de la reaparición del Rey de Corazones o sus hombres, que continuaban operando en España, aunque ocultando más que nunca su actividad, inundaba sus cuerpos a cada nueva información, y su desaparición desde las redadas que siguieron a las denuncias no hacía más que acrecentar sus nervios, como si el silencio escondiera dentro de sí un reloj programado en cuenta atrás que en cualquier momento pudiera reaparecer o enviar a alguien para vengarse. Por suerte, la policía había brindado a las chicas una protección que agradecieron, y ni él ni sus hombres habían dado señales ni de vida ni de guerra durante aquel periodo.

Kassandra no había vuelto a ver a Ramsés. Tras su llegada, decidió acudir algunos días, durante dos semanas, a la cafetería en la que sabía que antaño desayunaba, con la única y sincera intención de regalarle un ejemplar de la novela, sin éxito. Una semana antes de que se decretara el estado de alarma en el país, Kassandra decidió dejar el libro al camarero más joven, con la esperanza de que pudiera hacérselo llegar y, para su sorpresa, obtuvo rápidamente la respuesta afirmativa del chico, que aseguró que conocía a Ramsés y que seguía yendo allí a desayunar con algún amigo muy a menudo, pero que, con la apertura de un nuevo gimnasio no recordaba dónde —el otro se había cerrado por reformas, información que Kassandra ya conocía, pues había pasado primero por allí—, parecía no haber tenido tiempo últimamente. El camarero añadió que tanto a Ramsés como a su primo Toni les iba muy bien y que no entendía por qué no concertaba una cita con ella para recoger su libro él mismo, aludiendo a lo que el pobre idiota se perdía por no querer ver a semejante mujer. Tras aquella zalamería innecesaria y babosa, Kassandra había dejado el libro al recaudo de su adulador y decidió no aparecer más por allí.

La universidad también quedó en suspensión y el último

cuatrimestre del curso las clases se desarrollaron *on-line,* cosa que Kassandra agradeció en cierto modo, ya que aquello le ofrecía una estupenda excusa para no encontrarse de nuevo con Pablo de Lamo y sus estúpidos amigos. Confiaba en que la escasez de conocidos en común fuera de las clases y su propia ausencia en las redes sociales serían suficientes para no tener que volver a verlo en mucho tiempo. Ciertamente, siempre había sido poco propensa a desarrollar su presencia en internet y, tras todo lo ocurrido, decidió evitarla de forma activa censurando fotografías o comentarios donde aparecieran ella o su nombre. Lo consiguió explicando a sus allegados que tanto la otra autora como ella misma habían tenido que escribir la novela con pseudónimos ya que, durante el proceso de documentación, habían desentrañado el funcionamiento de los clanes de algunas de las mafias operantes en el país, por lo que, por motivos de seguridad, tenían que preservar su anonimato a toda costa. Aquello convirtió la protección de su persona en algo serio —en efecto, lo era, pese a que las razones reales fueran otras—, y sus más íntimos tomaron la determinación de no subir ninguna fotografía en la que se la pudiera identificar y de defender, lo mejor posible, su anonimato en la red.

Su éxito como escritora le proporcionó unos ingresos que significaron un desahogo económico tanto para ella como para su madre, a la que pudo ayudar a devolver los préstamos que había tenido que pedir para liquidar las deudas de su padre.

¿Había la vida permitido de una vez que Kassandra pudiera centrarse en existir como una chica normal? ¿Había el destino decidido que la dejaría vivir en paz? De ningún modo, pues, ¿cuándo es el mejor momento para sorprender a un enemigo en la guerra o a un contrincante en el ajedrez? Exactamente el instante en el que el enemigo cree que la tregua se tornará definitiva y que todo está en calma; exactamente el instante en el que el otro jugador cree que todas sus piezas se encuentran aseguradas. Ese es el mejor momento para matar: cuando el otro piensa que es más complicado que nunca morir.

EL TABLERO

Alicante (España), año 2020

—Bilma, si no aprietas el icono de la cámara que hay abajo, en el centro, no te voy a ver.

—No puede ser, ¡le estoy dando! En serio, te juro que le estoy dando a la camarita de los cojones, ¿por qué coño no me ves y yo a ti sí? Espera... —Bilma intentó resolver el contratiempo por vía externa al programa de videollamadas y, al fin, consiguió que su cámara funcionara. En tiempos de confinamiento, las llamadas a través de internet se habían convertido prácticamente en la única vía posible de contacto. Kassandra pudo entonces ver a su amiga, ataviada con un pijama rojo de algodón y un moño despeinado, a través de la pantalla de su ordenador—. ¡Lo ves! —exclamó Bilma—. ¡Te dije que no era el botón! Mi cámara estaba desconectada.

—Claro, porque no le habías dado al botón —replicó Kassandra.

—Pero al botón de la configuración general de la cámara, no al botón de la cámara en Skype —discutió Bilma.

—Pero no le habías dado al botón para encender la cámara, Bil. No le habías dado.

—Mira, me da igual —refunfuñó—, vamos a lo importante. Hay que hablar de algo.

—Lo sé —afirmó Kassandra. Hacía ya varios días que sospechaba que su amiga estaba preocupada y creía que el motivo de las preocupaciones que la aquejaban tenía que ver con ella.

—Porque no solo te he llamado para comentar el trabajo de Penología —continuó—, aunque deberíamos hablar de ello luego, ¿qué clase de trabajo es ese? ¿estamos en Determinación de penas o en Matemática avanzada? Esa mujer está obsesionada con los cálculos penales; que si el límite máximo de la pena superior en grado parte del límite superior de la mitad de su cuantía; que si el límite máximo de la inferior es el límite mínimo de la mitad menos un día, no entiendo una mierda. Por esto soy restaurativa y no punitiva. Dios, odio Penología. Es como Cálculo para tus amigas de Matemáticas. Todas odian Cálculo, ¿por qué? Pues porque hay asignaturas que no deberían existir, K, no deberían. Son un atentado contra la integridad neuronal, pero ahí sigue Penología, ahí sigue..., me parece indig...

—Dispara —la animó a hablar. Sabía que su amiga estaba evitando el tema trasladando la conversación hacia otro.

Bilma sopló. Kassandra pudo ver que su amiga se quedaba unos instantes mirando hacia un lado de su habitación muy seria, con semblante intranquilo, pero se resolvió a hablar tras unos segundos de silencio.

—Verás..., desde que llegamos, llevo semanas pensando en esto. Sabes que, en mi opinión, la tregua no es algo definitivo. Sé que tarde o temprano, aun protegidas, si saben que estamos aquí, vendrán a por nosotras. No descansará hasta encontrarte y, con encontrarte, me refiero a tenerte enfrente —Bilma hablaba solemnemente y con la seriedad que el tema requería. Se advertía en su tono un afán por convencer a su amiga de sus razones y de algo más, que todavía no había sido expuesto, pero que estaba dispuesta a manifestarle y, sin vacilar ni dejar que su amiga replicara, como si tuviera ensayado su discurso, así lo hizo.

Kassandra escuchó en silencio.

—Como te digo, he estado pensando mucho. Un tema como este no puede no preocuparme. Yo no soy capaz, como tú, de hacer como que olvido e intentar obviar los peligros evidentes, me es imposible. Ojalá pudiera. Creo que me iría mejor —advirtió—, pero no puedo.

»Hemos estado mucho tiempo fuera. Casi dos años. Si te soy sincera, no creo que la protección que la policía ha brindado a quienes se han quedado aquí haya sido el motivo por el cual él no ha aparecido. A él no le interesa acabar con Maisha o Aleksandra, al menos por ahora. Ni siquiera con tu madre. Le interesas tú. Creo que es una especie de obsesión enfermiza. Lo que hizo en... —Bilma vaciló antes de pronunciar el nombre de aquel lugar, porque implicaba recordar también a su amiga aquel suceso— Marruecos lo demuestra. No estaba dispuesto a acabar contigo rápidamente, sino a terminar con tu parte más humana. Por lo que pude desentrañar de sus palabras, quería llevarte a su mundo para que lo gobernaras con él, tal y como dijo, como si de un capricho frankensteiniano se tratara. Te puso a prueba en el club. Quería saber cuáles eran tus puntos fuertes y dónde residían tus debilidades para poder aprovecharse de ello y destruir todo atisbo de luz en ti. Quería tallarte a su imagen y semejanza, volverte oscura, de hielo como él, porque, al fin y al cabo... —Bilma volvió al silencio. Cerró solemnemente los ojos unos segundos y respiró hondo, como preparándose para recitar un poema triste—, eres su hija.

En efecto, el análisis de Bilma distaba mucho de ser erróneo o superfluo. Estaba en lo cierto cuando argüía que el objetivo primordial de Nikola Tareov, en un principio, era instruirla, curtirla en la violencia a través de su exposición directa y del sufrimiento en propia piel, pero aquello salió mal y el hielo en el que quiso tallar su más bella obra e imprimir sus macabras aspiraciones, como un sello dinástico en la espada de un rey tirano, se transformó en un fuego naciente, decidido a extenderse y a arrasar todo a su paso. Nikola Tareov detectó en su hija la voluntad de poder y la fuerza brutal que todos aquellos que lo habían conocido identificaban como sus rasgos más definitorios. Pudo comprobar que ella había heredado aquellas cualidades; unos atributos que a él le habían servido para convertirse en una despiadada aberración; el hombre transformado en mito de la crueldad, pero, llevado por su megalomanía y su orgullo, rasgos que también definían su carácter, no pudo siquiera imaginar que sería precisamente aquello que más identificaba en esa cría como producto de su legado personal lo que la transformaría en alguien que sería letal para su imperio. La espada que aquel rey mandó forjar, con su sello propio en la empuñadura, se había convertido en una adolescente, ya casi mujer, exacta a él, pero diametralmente opuesta en las ambiciones que ocupaban su corazón. Una flamígera futura reina engendrada por un gélido rey. El arma perfecta para destruirlo.

—Al negarte a unirte a él —continuó Bilma—, a ser como él, a formar parte de su mundo, intentará destrozar el tuyo. Estoy casi segura de ello y por eso pienso que, en cuanto la cuarentena termine y lo informen de tu vuelta, actuará. Te quiere a ti y hará todo lo posible para terminar doblegándote ante él y su organización, porque lo que atrae a esos psicópatas no es la muerte, es el miedo. Los monstruos se alimentan del miedo, se crean y crecen gracias a él. Es gracias al miedo que ellos existen y es gracias al miedo que se convierten en monstruos cada vez peores, porque si algo define la categoría de un monstruo es su capacidad para conseguir que otros lo teman, ¿no es así? —preguntó retórica y, al ver que su amiga no contestaba por la atención que prestaba a sus argumentaciones, prosiguió con su discurso—. Cuanto más miedo es capaz de generar un monstruo, más grande y terrible se hace. Los monstruos y los miedos se alimentan los unos de los otros, pues tenemos que enfrentarnos a los primeros para poder luchar contra los segundos, y es muy difícil mirar al miedo a los ojos, K, muy difícil, pero tengo una amiga que dice que el miedo es como el dolor y que hay que sentirlo para acabar con él, y hasta que no escuchas a mi amiga no entiendes que es cierto: hay que sentir el miedo para aprender a vencerlo. —Kassandra esbozó una leve sonrisa, pues sabía que hablaba de ella—. Ellos, estos psicópatas, atemorizan hasta someter. Esa es su estrategia y ya conocemos sus tácticas, prácticamente infalibles. Por eso son tan poderosos, porque son precisos cuando infunden su horror y así expanden impasibles su poder. Pero quizás haya esperanza. Una esperanza. Un rayo de luz capaz de colarse en la diminuta grieta abierta en la oscuridad. Y yo solo conozco en este mundo a una persona capaz de usar su propio miedo a los monstruos contra ellos.

Así, Bilma aconsejó a Kassandra que se enfrentara a los Hombres de Hielo, pero no de cualquier forma.

—Yo aprovecharía este momento de seguridad inquebrantable —añadió—. Tienes una oportunidad única para pensar en un plan de ataque y así tenerlo todo listo para cuando la época de confinamiento termine.

—¿Te refieres a que intente averiguar su paradero y vaya en su búsqueda? ¿Es eso lo que intentas decirme?

Bilma agradeció al azar de la genética, como ya había hecho multitud de veces, la connatural falta de tacto de su amiga que permitía hablar con ella sobre temas que no eran fáciles de tratar. Decidió aprovechar esta aptitud de Kassandra para exponerle sus sugerencias con la misma claridad.

—Sí. Exactamente eso, pero no directamente.

—Bilma, estoy intentando ser feliz, o al menos normal. Estoy centrándome en escribir y estudiar para labrarme un futuro. Por una vez en mi vida he tenido suerte en algo. Mis aficiones y mi trabajo me gustan y me proporcionan la ocupación necesaria para olvidarme, no te niego que solo a ratos, de todo lo que sucedió no hace tanto. Tengo derecho a olvidar, o al menos a intentarlo, ¡y tú también! Tenemos que tratar de vencer lo que ocurrió, igual que intentamos vencer a esos hijos de la mierda. Ellos no pudieron matarme y tampoco lo logrará su recuerdo.

—El problema es que no son un recuerdo —dijo Bilma—. Están ahí, esperando a reunir sus piezas para comenzar la verdadera partida, ya me entiendes.

—No han dado señal alguna —replicó Kassandra.

—Porque no sabían dónde estabas.

—¿Y cuál es el plan que propones, Bil? —preguntó inquisitiva—. Porque habrás pensado en un plan, tú, que les das mil vueltas a las cosas. Estoy segura de que has imaginado algo.

Bilma torció el gesto insegura sobre lo que iba a decir. Un reflejo de angustia, no solo emocional, sino casi estomacal, por la intensidad con la que se apoderó de ella, se reflejó en su cara a través de una mueca, pero tragó saliva e inmediatamente volvió a hablar.

—Yo... —pensó y calló mirando hacia abajo, al teclado de su ordenador— cortaría sus suministros —acertó por fin a decir—. Ya que no sabes dónde está y no puedes ir a por él de forma directa, me decantaría por una guerra fría. Sabes de lo que hablo mejor que yo, ya que has leído muchísimo sobre esto y prácticamente todo lo que sé me lo has enseñado tú.

Era cierto. Kassandra era una ávida lectora de tratados filosóficos de temática bélica y sentía una clara predilección por autores y ensayos que reflexionaban y disertaban sobre el uso del poder y el manejo del conflicto. Libros de Cicerón, Maquiavelo, Weber o Sun Tzu habían poblado las estanterías de su habitación desde bien pronto, ya en la adolescencia. Gracias a su de sobra conocido fanatismo por la cultura de la guerra, había instruido a muchas de sus amistades sobre lo interesante que resultaba la aplicación de las estrategias y tácticas de la batalla en la vida cotidiana y en las relaciones interpersonales y, tanto mental como físicamente (su reciente afición a las artes marciales era prueba de ello), siempre se había sentido extrañamente fascinada por estos temas. En una ocasión, mientras tomaban unas cervezas, su amiga Marta había confesado sentirse víctima de *mobbing* en su trabajo, porque varias compañeras habían acordado tácitamente acosarla, habían creado un grupo del que la excluyeron, criticaban su trabajo y a ella ante sus superiores, la usaban como chivo expiatorio y le hacían el vacío. Kassandra, que vivía a unas pocas calles del bar donde todas las amigas estaban reunidas, se levantó de la silla y se ausentó unos minutos. Las chicas se preguntaron curiosas dónde había ido K sin mediar palabra alguna, hasta que, tras un largo cuarto de hora, la vieron acercarse contoneando las caderas con sus característicos andares. Cruzó la plaza y las terrazas atestadas de gente, con un librito en la mano. Se trataba del ensayo de Plutarco *Cómo sacar provecho de los enemigos,* que tendió a Marta para que lo tomara. «¿Qué es esto, K?», preguntó la amiga. «Tu mejor arma contra esas arpías», contestó Kassandra, la ceja levantada en un gesto avieso. Aquello hizo estallar al grupo al completo, incluida ella misma, en sonoras carcajadas, pues todas conocían la especial personalidad de su amiga, que impregnaba todo gesto que dedicaba a los demás y todo cuanto hacía.

—Por eso sé que puedo plantearte esto ahora, porque lo harías bien. Eres lista y estratégica por naturaleza y más concienzuda que impulsiva. Podrías cortarles las vías de suministro y mantenerte a salvo mientras esperas su declive. Cuando se vean acorralados, vendrán, vendrá —matizó— a por ti y nosotras estaremos preparadas y dispuestas a todo. A lo que haga falta. —Bilma miraba fijamente a Kassandra a través de la pantalla de la conversación *on-line,* como añadiendo solemnidad a lo que apuntaba—. Ya lo sabes. Dispuestas a hacer cualquier cosa.

—¿Qué vías, Bil? —solicitó Kassandra la concreción de su amiga—. ¿A qué vías te refieres? No puedo evitar que sigan comprando mujeres —se encogió de hombros y negó con la cabeza, visiblemente frustrada—. No sé cómo hacerlo.

—No me refiero a mujeres —continuó Bilma—. Ahora mismo, todos esos lugares están faltos de «clientes». La gran mayoría de los hombres que visitan esos clubs están ahora en sus casas, por decreto. Esto va a provocar una pérdida económica grande a estas organizaciones y los Hombres de Hielo no son una excepción. Tal y como Aleksandra nos ha comentado, las chicas que tienen secuestradas están recluidas en esos antros y acumulando deuda diaria por continuar retenidas a la espera de que la ciudadanía vuelva a la normalidad. Para ellas, su vida ahora es el confinamiento, y encima pagan por su reclusión, por lo que tendrán que «trabajar» el doble para intentar disminuir la imaginaria suma que deben; y, por supuesto, estos desalmados, en cuanto esto termine, serán todavía más astutos y más macabros en su explotación. Las exprimirán más, las drogarán más y pedirán que droguen más a sus «clientes» para conseguir más servicios. Serán mucho más violentos, porque intentarán recuperar el dinero perdido que saben que les pertenece. Pero ¿qué ocurriría si, tras la cuarentena y todas las pérdidas, comienza a fallar también la llegada de droga? La cocaína es imprescindible en su entramado, tanto para mantener activas a las chicas esclavizadas como para lucrarse con su venta inmediata a precio inflado, drogar a los clientes y atraer a narcotraficantes y adictos a sus lugares y al consumo en sus bares. La esclavitud de las mujeres es el eje de su negocio, pero la droga es el aceite que engrasa el engranaje y mantiene la maquinaria en correcto funcionamiento. ¿Y si, de golpe, se encontraran con que sus contactos no les proporcionan la mercancía? ¿Cuánto aguantarían hasta encontrar a otros narcotraficantes que quisieran hacer negocio con gente como ellos? Sabemos que solo los grandes se atreven a establecer contacto con los clanes del Este. Todo el mundo les tiene miedo, hasta los camellos. Solo los grandes narcos mandan allí su cocaína. No hablo de cercenar el suministro en todo el país, ya que es obvio que no podrías hacerlo, pero sí en la provincia, porque tienes los contactos precisos y únicamente necesitaríamos situar un foco aquí, justo aquí, como uno de esos carteles luminosos que indican a los conductores en las carreteras dónde se encuentran sus cárceles de mujeres. Provocarlos. Causarles un desequilibrio que los obligue a mirar hacia donde estamos nosotras y a realizar un movimiento.

—No niego que eso sería una jugada maestra —asintió Kassandra—, pero no van a dejar de venderles droga. No sé quién menudea en esta ciudad, pero sí sé de buena tinta quién trafica a media escala. Lo hacía mi padre justo antes de morir y luego el negocio pasó a quien pasó. Quienes les suministran ahora el material no dejarán de hacerlo. Es un buen trato, sobre todo por su carácter perenne. La continuidad de la venta es lo que los hace arriesgarse a establecer tráfico con los clanes del Este, aunque los consideren gente peligrosa. Los Hombres de Hielo dan demasiado dinero a personas dispuestas a vivir al margen de la ley para ganarlo. No hay individuo más codicioso que aquel que pone en jaque su propia libertad y permite impasible que otros jueguen con su salud y sus vidas solo por dinero. Así son los narcotraficantes. Lo sé porque soy hija de uno.

—Bueno... —insistió Bilma—, como tú bien dices, eres hija de uno, y por simple competencia, solo hay uno o dos grandes narcos por provincia, quizás tres. Mucha gente sabe quién se encarga de proveer de droga a los clanes del Este aquí, en Alicante, pero poca gente conoce a esa persona..., y mucho menos es su ahijada.

Kassandra pasó los minutos siguientes a la confesión de los planes de Bilma gritando como una desequilibrada, porque no podía creer lo que terminaba de escuchar.

—¡¿Vender droga, Bilma?! ¿En serio? ¡¿Vender droga?! Has perdido la cabeza, definitivamente. Se te ha ido la cabeza más que a mí —vociferaba histérica. Se había alzado y caminaba deprisa, en círculos, por el salón del chalé, mientras rezaba para que Maisha, que estaba dando una clase *on-line* a sus alumnos encerrada en el sótano, el antiguo bar del club convertido en gimnasio y oficina para ambas, no subiera alertada por el escándalo y se encontrara de frente con la dantesca escena—. Llevo años..., ¡años!, contándote lo complicada que fue mi infancia, lo que sufrió mi madre por culpa del trabajo de su marido, la cantidad de problemas que conlleva elegir esa vida y, ahora, no se te ocurre otra cosa que decirme que me convierta yo en narcotraficante. Sabes que odio eso —se llevó las manos a la cabeza—, es más, ¡tú misma odias eso! ¿¡Pero qué coño te pasa?! ¡Tú odias eso!

—En efecto, lo odio —le dio la razón—. Pero a veces, ante situaciones imprevistas hay que imaginar tácticas y buscar soluciones que no habrías contemplado con anterioridad. Lo estamos viviendo en nuestras propias carnes ahora mismo, a escala mundial. Cuando algo extraordinario sucede en la vida de uno, uno debe adoptar medidas extraordinarias. Lo extraordinario llama a lo extraordinario—. Solo digo que es una opción que he contemplado y que me parece una buena baza para hacer salir —Bilma batallaba con su propia garganta para decir el nombre que pronunció a continuación— a Nikola Tareov de dondequiera que esté. —Kassandra volvió a llevarse las manos a la cabeza mientras escuchaba estas palabras de su amiga, incrédula y enajenada—. He pensado en cercenar sus vías para conseguir la droga. Utiliza tus contactos y tu labia para ganarte a los Fernández y que dejen de suministrarles el material durante unos meses.

—Esa gente no va a dejarse convencer si no les doy algo a cambio. Menos aún los Fernández, aunque yo sea ahijada del patriarca de la familia. A los codiciosos los mueve la codicia, no la empatía.

—Entonces dáselo —contestó Bilma.

Kassandra resolvió la cuestión con un cambio brusco de tema, estratagema que ni siquiera se molestó en disimular.

—¿Cuándo crees que nos desconfinarán?

—No cambies de tema, K.

Una expresión de fastidio, que no pasó desapercibida para Kassandra, se dibujó en la cara de Bilma.

—Que les dé ¿qué? —exclamó Kassandra.

—Lo que quieran, lo que te pidan. Ofréceles algo mejor que el dinero manchado de sangre de esos psicópatas. Algo que sacie mejor sus carteras. No —se corrigió a sí misma—, ¡mejor aún! Algo que alimente sus ansias de poder. No solo algo que les proporcione dinero, sino algo que suponga una posibilidad de ascenso dentro del mundo del narcotráfico. Concédeles un trato que sea de su interés. Estoy segura de que Luis Fernández no dirá que no, pues, al margen de lo que pueda interesarle tratar contigo, te tiene en gran estima. —Bilma no sonaba disparatada al considerar que el patriarca de los Fernández podía mostrarse interesado, porque Kassandra tenía por conocidos a muchísimos otros traficantes, tanto en la provincia como fuera de ella, con los que podía establecer contacto a favor de él—. Sabes que el lazo emocional que os une puede ayudarte a convencerlo. Después, una vez consigamos lo que queremos, puedes desaparecer. El flujo se cortará, pues los traficantes de aquí y los de allí no podrán contactar. Tú habrás sido el puente entre ellos.

—O sea, que tu propuesta pasa por que consiga crear entre estos narcotraficantes relaciones más interesantes que las que ahora los unen con los clanes del Este —Kassandra abrió mucho los ojos, irónica—. Al margen de lo utópico que suena y de lo difícil que sería superar las ganancias y equiparar los costes, aún no me creo que estés diciendo esto. La droga anula conciencias y destroza vidas. Es una estrategia macabra e insensible.

—El fin justifica los medios, K. ¿No decía eso Maquiavelo? Te encanta Maquiavelo.

—Maquiavelo no dijo exactamente eso. Depende de los medios y del fin. No cualquier medio y no cualquier fin.

—¿No te parece un fin suficiente?

—Sí, pero los medios que propones son muy poco ortodoxos.

—¿Desde cuándo has sido tú ortodoxa? Si hasta montando un rompecabezas haces trampas.

El comentario suavizó la conversación e hizo reír a ambas. Kassandra rio con menos ganas que Bilma, que parecía muy segura de lo que decía. Era evidente que la chica había pensado lo suficientemente en ello como para terminar por autoconvencerse de que era lo mejor y, por eso, se mostraba más animada que Kassandra.

—Bilma, me estás sugiriendo que empiece una guerra.

Bilma negó con un gesto. Suspiró y echó la cabeza hacia atrás mientras se masajeaba los trapecios, angustiada porque no conseguía convencer a su amiga de aquello que ella veía tan claro.

—No es empezar una guerra, es prepararse para una contienda que ni siquiera ha empezado aún, K. Lo que sucedió solo fue el detonante. No puede hacerte nada, pero espera a que termine el confinamiento. Estoy segura de que vendrá a por ti. No puedes elegir si comenzar o no lo que viene, porque vendrá. No te dejará vivir nunca mientras él siga vivo. Sabemos por Aleksandra que la organización sigue funcionando y seguirá haciéndolo cuando esto termine. —Volvió a inspirar profundamente, armándose de paciencia—. Lo repetiré una última vez y espero que, por favor, me hagas caso, porque realmente me asusta lo que va a ocurrir dentro de unos meses. Aprovecha este momento único para poner en jaque sus otras vías de lucro económico, vías cuyo funcionamiento tú conoces a la perfección. Habla con los amigos de tu padre; cierra un trato para que su cocaína no llegue a sus locales. Intenta que se arruinen o, al menos, que no lleguen a remontar. Tú no sabes dónde está su sede y eso les da ventaja, porque ellos sí sabrán dónde estás tú. Provoca que vengan aquí a por ti o que cometan errores como consecuencia de la situación en la que colocarás a la organización y, una vez los tengas enfrente, que sea lo que la vida o la muerte quieran. Enfrentémonos a ellos y a él. Estoy dispuesta a hacerlo y sé que Maisha y Aleksandra también. Dijo que desde el centro de protección de mujeres de Málaga puede enterarse de algunos de sus movimientos.

—Aleksandra está bien donde y como está, haciendo su vida, aunque, circunstancialmente, pueda informarnos. Ella debe quedar al margen, al igual que Bruna y Marcela. Es lo que querían, una vida tranquila, y nada me enorgullece más que haber contribuido a ello. Somos Maisha, tú y yo.

—Está bien —contestó Bilma, que parecía seguir obcecada en sus ideas—. Solo piénsalo. Tú misma lo has repetido multitud de veces, como un mantra: si quieres la paz, prepara la guerra. Te recuerdo que es una de tus máximas, K, la paz se lucha.

—No empezaré una guerra en la que terminaremos todos muertos.

—Entonces la empezarán ellos. Lo sé. Sabes que soy muy intuitiva... Ojalá no lleve razón. ¿Nos conectamos mañana otra vez y nos vemos? —Kassandra asintió—. Pero antes de colgar dime cuánto me quieres, por fa —bromeó.

—Te veo mañana, pesada —Kassandra le sacó la lengua, en un intento por disimular la incertidumbre que la conversación le había provocado.

Bilma le devolvió el gesto burlón.

—K —la llamó.

—Bil —replicó Kassandra.

—Estamos en peligro. Tengo mucho miedo de que no vuelvas a aparecer nunca más. Saca el tablero del cajón —la avisó.

Kassandra volvió a negarse.

El confinamiento total por el virus COVID-19 duró en España hasta el 4 de mayo. Bilma se suicidó dos días después.

El día siguiente a la noche en la que Bilma murió, Kassandra recibió una llamada de Aleksandra, en la que avisaba de una muy probable vuelta del Rey de Corazones a España. Aleksandra creía saber su posible paradero y Maisha y Kassandra no dudaron ni un segundo en saltarse cualquier orden de confinamiento para aprovechar la oportunidad excepcional y salir disparadas del chalé rumbo a la Costa del Sol donde el mafioso, con documentos justificativos falsos de urgencia laboral, podía encontrarse. Intentaron comunicarse con Bilma para que se uniera a ellas, pero no contestó a sus llamadas ni a sus mensajes. Inquietas, se dirigieron a su domicilio y se dieron de bruces con varios coches de policía en la misma puerta y con el servicio de medicina forense de guardia que realizaba el levantamiento de su cadáver.

Los días siguientes pasaron, para Kassandra, sus amigas, su madre y Maisha, entre llamadas continuas a los padres de Bilma e intentos de ayudarlos en todo lo posible para aliviarles la pena, mientras que la suya se tornaba cada vez más espesa e intolerable. Tras el entierro, al que ni siquiera pudo asistir, Kassandra se sumió en un profundo trance. Su dolor y su pesar eran tan grandes que le impedían hablar e incorporarse. No probó bocado en tres días y solo abría los ojos para vaciarlos de lágrimas. Maisha, pese a encontrarse también muy triste por la pérdida de la que ya consideraba su amiga y a la que siempre estaría agradecida por haberla ayudado a salir de su infierno, tuvo que hacer de tripas corazón para que su otra amiga no muriera de agonía. Se instaló con ella en su habitación y la acompañó durante los días que permaneció postrada y los siguientes, cuando, pese a levantarse a ratos, continuó en un estado casi de muerta en vida. Maisha le hacía la comida, que Kassandra era casi incapaz de tragar, y le tomaba la temperatura cada cierto tiempo, porque temía que una bajada de defensas, a la par que la de sus ánimos, la hiciera caer presa del virus, que todavía rondaba, o de una gripe. Cuando el tono de Kassandra mejoró y se sintió, aunque aún lánguida, con algo de fuerzas para comunicarse, ambas pudieron hablar por fin de lo que había ocurrido, aun cuando Kassandra tendía al monosílabo, pues todavía se encontraba muy indispuesta y su decaimiento general era atroz. Maisha también se encargó de hablar con Aleksandra para explicarle el desdichado motivo que les impedía desplazarse hasta Málaga. Aleksandra aprovechó la llamada para informar a Maisha de que el regreso a España de Nikola Tareov había sido una falsa alarma y, por lo tanto, no habían perdido la oportunidad de encontrar el paradero del Rey de Corazones. Tras la conversación, Maisha corrió a dar la noticia a Kassandra y aquellas palabras, que tenían por objetivo reconfortar algo a su amiga, provocaron el efecto contrario. Kassandra se recompuso, mágica y violentamente, se levantó del sofá en lo que a Maisha le pareció un ataque de nervios y rabia motivado por su tránsito en el duelo y por la frustración derivada de las noticias que acababa de darle. Una vez de pie, caminó hacia el baño, donde se acicaló como pudo y, cuando Maisha le preguntó por qué se vestía y adónde iba, Kassandra contestó que se iba a casa de Bilma a recoger todo lo que era suyo y algunas fotos. Maisha decidió acompañarla.

La madre de Bilma dejó las llaves de la casa a las chicas, pues sus padres no habían podido regresar allí desde entonces ni pensaban hacerlo en un tiempo. Lo único que les rogó fue que anduvieran por la habitación de su hija con diligencia y la dejaran tal y como estaba.

En cuanto entraron, Kassandra pidió por favor a Maisha que subiera a la habitación de Bilma y buscara en el segundo cajón de su mesita de noche un trozo de servilleta resguardado dentro de una bolsa de plástico. Maisha subió las escaleras, abrió la puerta de la segunda estancia y entró en la habitación. Encontró la cama deshecha. En la pared, pegadas en un corcho, se agolpaban pulseras, pendientes, entradas a festivales y conciertos pasados, horarios de tareas, chapas con mensajes y fotografías en las cuales reconoció a algunas personas: Marta, la amiga de K y Bilma; también Irene, que K le había presentado en el tanatorio, y a la propia Kassandra, sonriendo alegre, café en mano, al lado de Bilma, en lo que parecía una cafetería gigante, probablemente en la universidad.

Maisha abrió el segundo cajón de la mesita, tal y como le había indicado Kassandra, y encontró la bolsa que había mencionado. Su curiosidad la indujo a abrirla para descubrir qué era lo que quería recuperar. Desdobló la servilleta de papel y reconoció de inmediato el contenido. Era algo que, en principio, parecía insignificante: la silueta de una flor coloreada en rojo y verde. Bilma no había dibujado aquello y Maisha lo sabía de primera mano porque aquel boceto pertenecía a alguien a quien había conocido antes que a la encargada de su custodia.

Cuando se recobró de las emociones que el contenido de la servilleta le había causado, dobló con cariño y cuidado el papel, lo metió en la bolsa, se la guardó en el bolsillo y volvió a la planta baja.

Para su sorpresa, Kassandra no se había dirigido al salón para buscar recuerdos o indagar en álbumes de fotos, sino que la encontró en el patio del *bungalow,* lugar donde Bilma, aprovechando la estancia de sus padres en su apartamento de la costa durante la cuarentena y probablemente víctima de su trastorno de ansiedad y del deterioro mental producto del confinamiento, sola, había logrado el propósito de suicidarse.

Kassandra escudriñaba, sibilina y enérgica, cada esquina y cada baldosa de aquel rectángulo; la mesa; las sillas; las repisas de las dos ventanas que daban al baño y al trastero; el tendedero de metal donde supuestamente Bilma había colgado la soga. Maisha la seguía con la mirada, curiosa y extrañada ante tal comportamiento. «Estoy buscando algo», le espetó Kassandra sin prestarle atención cuando le preguntó qué estaba haciendo. De repente, K se paró en seco y se quedó erguida justo en el centro de aquel espacio. Palideció de golpe y dirigió la mirada hacia las macetas. Las plantas no reposaban sobre abono, sino sobre una especie de arena rojiza que Maisha asoció con los lugares donde había transcurrido su infancia. Con un ágil salto, Kassandra se acercó y se agachó para volcar inquieta cada maceta hasta que aquella tierra roja se mezcló con el abono de debajo. Era evidente que alguien había colocado la tierra encima del abono y que, en efecto, se trataba de arena de duna, de playa o de desierto. Kassandra, frenética, hundió sus finas manos en aquella mezcla, palpando con la respiración agitada y temblorosos los dedos, hasta encontrar algo que extrajo con cuidado: un papel o un cartón que desenterró y limpió rápidamente para dejar al descubierto un naipe con el dibujo de un rey blandiendo una espada, custodiado por dos corazones.

De su cuerpo extático, en plena ebullición, emanaba una vibración interior que sentía desde los oídos hasta la planta de los pies. Una agitación sistémica y envolvente sumía todo su organismo en un estado de erupción inminente. Experimentaba en la cabeza un sofoco ardiente y toda su piel se había tornado rojiza y eruptiva. Como si de un meteorito flameante se tratara, Kassandra avanzaba imparable a gran velocidad por la amplia avenida del centro de la ciudad. Los pocos viandantes que transitaban por allí se asustaron bastante ante su actitud, porque, pese a que ya se había levantado el confinamiento a los corredores, la chica corría como si algo devastador fuera a terminar, de un momento a otro, otra vez, con la realidad que conocían.

Alguien se había molestado en hacer creer a los informadores de Aleksandra que Nikola Tareov estaba donde no estaba y aquello significaba algo. Significaba que, engaño mediante, alguien quería que Kassandra contactara con su amiga Bilma y descubriera que ya no vivía. Significaba que alguien había profanado su casa, la había llevado al patio interior, la había colgado del tendedero y, mientras agonizaba, había llenado las macetas de flores con la arena para dejar un mensaje: estoy en la arena —probablemente usada como elemento simbólico de un desierto—, pero también estoy aquí y en cualquier lugar; estoy en la vida y en la muerte; estoy donde quiera estar; detrás de ti, para que sientas mi aliento en la nuca, y un paso por delante de cualquiera si así lo decido. Kassandra salió disparada de allí con el naipe apretado en la mano. La playa, que, tras la pandemia, parecía más que nunca un verdadero desierto, la esperaba lejana, vacía y contradictoriamente silenciosa en aquellas fechas. A medida que se acercaba, el mar se extendía soberano hasta el infinito y las sucesivas embestidas del oleaje cubrían la arena fina de la orilla. A ella, cada latido del corazón le estrangulaba las venas que parecían a punto de reventar. Su entrenada resistencia física le permitió aguantar la carrera a pesar de haber recorrido casi un kilómetro y medio hasta el espigón, que empezaba al final del paseo marítimo, donde finalmente se paró. Su cuerpo no resistió la pausa y cayó al suelo, desmadejada y boca arriba, presa de calambres y de debilidad muscular, mientras respiraba sofocada y a grandes bocanadas, como un insecto al que hubieran rociado con veneno.

Por suerte, no había nadie en el mirador ni en el paseo y, una vez se hubo recuperado, Kassandra se alzó con la ayuda de las manos. Le temblaban las piernas y su corazón latía desbocado, pero inspiró profundamente para acomodar la respiración al ritmo de las olas que avanzaban y retrocedían debajo de la estructura pedregosa del espigón. Se acercó al límite y se detuvo. El llanto se agarró a su garganta y exhaló un quejido brusco.

Las lágrimas brotaron de sus ojos a raudales. Los cerró y un aguacero inundó sus mejillas. Se agarró el cuello y tosió espasmódicamente una saliva espesa. Después, no retiró la mano, porque cayó en la cuenta de que el gesto le recordaba al saludo que Katia y ella habían inventado en el club, a aquel desafío a todo aquello y a todos aquellos que quisieran ahogarlas. En ese mismo lugar juró que nadie la ahogaría; que ni siquiera ella misma se permitiría hacerlo, y ahora estaba allí porque su amiga, su hermana de vida, que era tan valiente y heroica como ella misma, había muerto ahogada.

En un abrir y cerrar de ojos, como en un destello, sintió

una presencia cercana y, al girar la cara hacia abajo, vio aparecer a la niña de sus visiones, desaparecida desde hacía ya casi dos años. No hizo falta pronunciar palabra alguna, pues ambas sentían el mismo fuego en el estómago y la misma rabia en los ojos. La niña vestía el uniforme escolar y mostraba el mismo aspecto que antaño. La cría negaba con la cabeza, incrédula ante lo que terminaba de ocurrir, con la cara conmocionada y enrojecida y los labios arrugados por la sal del llanto. Se acercó a Kassandra y se empinó, apoyada en los dedos de sus piececitos, para cogerla del brazo. Bajó la mano que Kassandra mantenía aún agarrada al cuello y le depositó algo en la palma. Después, se detuvo para mirar al frente una única vez, silenciosa, y su imagen se desdibujó hasta desaparecer por completo. Kassandra cerró el puño, instintiva y fuertemente, apretando aquel objeto.

Bilma adoraba contemplar el mar. Una vez le había aconsejado que, si su personalidad reservada le impedía contar ciertas cosas, caminara hasta la costa y se lo confesara a él, tal y como ella hacía a menudo. «Incluso si no quieres contárselo a nadie, o si no puedes por otras circunstancias, o si ya no tiene sentido que lo hagas, porque a veces el tiempo resta sentido, aunque no sentimiento, a algo que debió decirse pero no se dijo. Para evitar que ese sentimiento se enquiste, díselo al mar. Es imposible no confiar en él. Él no juzga ni aconseja, solo escucha, y además tú tienes una relación con el mar que solo tienen los que alguna vez se han valido de él para tomar decisiones que cambian el rumbo de su vida y de las cosas. Solo quien lo ha hecho sabe lo que quiero decir», le había dicho Bilma.

Ahora, su amiga ya no podría contestarle nunca más por mucho que pronunciara su nombre. Unas incontenibles ganas de regresar al tiempo donde sí estuvo para poder cambiar algo se adueñaron de ella, pero no se puede regresar al tiempo donde podría haber ocurrido lo que deseas que ocurra ahora. No se le puede pedir al tiempo más tiempo, ni extender el tiempo que duran las cosas, igual que no se le puede rogar a la muerte que no sea lo que es. El tiempo es inabarcable e inconmensurable; la muerte, definitiva. Nadie se salva del tiempo ni de la muerte. No se vence lo inevitable. Lo único que podemos hacer es existir en un continuo desafío contra ello.

Pese a su juventud, Kassandra discutía recurrentemente sobre la muerte y su experiencia con los demás, pero incluso conociéndola de pronta y buena mano y siendo este un tema habitual en sus conversaciones, nunca se sentía preparada para hablar con ella cara a cara. Ahora había aparecido de nuevo para causar otro impacto en su vida, como si quisiera curtirla a base de golpes. No volvería a tocar a su amiga; no volvería a oír su risa; no volvería a huir de sus divertidas peticiones de abrazos; ni verla mirarla como solo ella era capaz de mirar a través de los demás.

Se despidió de Bilma y de una parte de sí misma. Y allí, en el mismo lugar en el cual había intentado morir, comenzó a gestar a una nueva mujer. La sintió incubarse en el centro de su estómago mientras aquel naipe se arrugaba entre los dedos de una de sus manos y las aristas de lo que adivinó como la figura de ajedrez que la niña le había entregado se le clavaban en la palma de la otra. Dirigió sus ojos hacia las olas. Parecieron espaciar su rumor, como aceptando el destino junto a ella y esperando a que dijera sus primeras palabras, en aquel instante en el que el mundo la vio nacer de nuevo.

Jamás seré la misma sin ti, dijo.

A Kassandra dejaron de importarle el bien y el mal; los principios y los finales; la luz y la oscuridad.

—No iré a la policía —dijo—. Da igual que termine muerta, Bil. El camino que elija hablará de nosotras cuando ya no estemos. Me encargaré de que así sea. Te lo prometo. Y así, dejaron de importarle en aquel instante también la vida y la muerte.

La neonata se expandía, imparable y devastadora, en su interior, llevando su cuerpo a la ebullición y a un parto inminente. Tiró, catártica, el naipe al agua.

Volvió sobre sus pasos en el espigón y regresó a la ciudad aparentemente tranquila, con una serenidad rígida y fría instalada en el rostro, indiferente, como si no hubiera sucedido nada, absolutamente nada, y todo en ella cobró un equilibrio tenso, pero sólido, como el que muestra el jugador de ajedrez antes de comenzar su partida.

Aquel enclave de viviendas cochambrosas y descuidadas le pareció un barrio más marginado que marginal. Sí, pensó Kassandra, «marginado» era sin duda la palabra correcta, pues estas personas no viven así porque quieren, sino porque todo el mundo se encarga de que no puedan hacerlo como desearían. Continuó deambulando por la amplia y soleada plaza rectangular, que separaba los edificios de la derecha de los de la izquierda, sumida en sus pensamientos y tanteando con los ojos cada portería hasta dar con aquella donde se encontraba la persona en cuya búsqueda había salido aquella mañana. Mientras caminaba por el barrio, en el que no había más que seis gigantescas construcciones blancas paralelas entre sí, de paredes desconchadas, repletas de humedades y pequeñas ventanas con sus respectivos tendederos y porterías, todas parecidas en fachada y desmejora, le pareció escuchar un silbido. En efecto, al internarse en una de las estrechas y oscuras callejuelas que separaban los tres bloques horizontalmente, apoyados en la pared grafiteada de ladrillo, encontró a un grupo de chicos jóvenes de entre los cuales salió un segundo silbido a modo de reclamo chistoso, o eso pensó ella. Luego oyó una voz que parecía decir «blanquita».

Aguzó la vista entrecerrando los ojos hacia los muchachos, pero la sombra interior de la callejuela le impedía ver con nitidez sus caras, hasta que Toni salió a recibirla a la plaza y el sol iluminó su silueta.

—¡Toni! —exclamó Kassandra. Y fue a su encuentro mostrando una amplia sonrisa que expresaba su gran alegría por volver a verlo.

La relación de amistad que había comenzado entre ambos, cuando Kassandra entrenaba en su gimnasio, quedó interrumpida por lo que había sucedido aquel año y, después, no hubo forma de poder contactar el uno con la otra, y viceversa, por cuestiones del evidente secreto del paradero de Kassandra. A ella le puso muy triste no poder profundizar en su relación, pues ambos habían congeniado a la perfección y sentían una complicidad tan sana y divertida que su separación supuso una verdadera pena cuando ella no tuvo otra opción más que la de alejarse de todos aquellos a los que conocía para viajar a Colombia.

—El mismo, señora —la saludó él fingiendo una reverencia exagerada—. ¿Se puede saber qué haces tú aquí? —preguntó enfatizando el «tú» y el «aquí», como dando a entender que una chica como ella no cuadraba en un lugar como ese. Cuando estuvo a su altura y sin que Kassandra pudiera reaccionar, la agarró y le revolvió el pelo con una mano.

—Suéltame, mamonazo —le espetó ella intentando zafarse sin éxito—. No querrás que te inmovilice delante de tus amigos.

Toni se echó a reír y la estrechó más fuerte aún, levantándola del suelo, y luego ella se echó a reír también, propinándole pequeños golpes en los costados y suplicándole que la dejara respirar.

—Vengo a ver a mi padrino, Luis Fernández —contestó ella con los pies ya en el suelo, peinándose.

—¿El Tío Luis? ¿Tu padrino? Eres una caja de sorpresas, blanquita —exclamó él francamente sorprendido—. ¿Dónde te habías metido? No había manera de dar contigo. Pensaba que se te había tragado la tierra, como a la niña esa del cuento.

—Pues he estado donde la niña del cuento, en el País de las Maravillas —bromeó.

Kassandra resumió brevemente su estancia en Colombia con Bilma, obviando ciertos detalles como el motivo de su viaje o su lugar exacto de residencia una vez que se instaló allí. Toni calló mientras la miraba atento y feliz por volver a verla y, tras unos minutos de conversación, media sonrisa pícara se le dibujó en la cara y con los ojos entrecerrados se llevó un dedo al labio y pensó un momento.

—Tengo una propuesta para ti —le dijo.

Kassandra enarcó cínica una ceja y Toni terminó de cerciorarse de que aquella era la chica que él conocía.

—Dispara —contestó ella.

—Quiero hablarte sobre trabajo —y comenzó a enumerar una a una las características de su propuesta—: En mi gimnasio; dos días a la semana; defensa personal para mujeres; todo el verano, ya que no vamos a cerrar por vacaciones. Nos hemos *tomao* unas bien largas con esto del confinamiento de los cojones.

A Kassandra aquella inopinada proposición le planteó una duda que emergió en forma de pregunta curiosa.

—¿Cómo sabes que tengo el título de profesora?

A lo que Toni contestó:

—Lo sabe Ramsés —y arrastró algo la letra eme porque no estaba acostumbrado a llamar a su primo por su nombre completo.

Aquello le propinó una descarga nerviosa que pasó veloz del estómago a la cabeza y que la llevó a formular una cuestión aún más incisiva.

—¿Y cómo lo sabe él?

A lo que Toni contestó, sin alterarse lo más mínimo, que lo había leído en no-sabía-dónde, pero Kassandra sí lo sabía.

—Está bien, lo pensaré. Quizás me venga bien aprender la dinámica, puesto que competí en Colombia, pero nunca di clases.

—Eso está hecho. Aquí siempre tendrás a tus profes, aunque tú ya lo seas —contestó Toni sonriendo.

A Kassandra le encantaba la sonrisa de Toni. Tenía uno de esos gestos de labio ladeado, que siempre contienen un punto bobalicón, travieso, incluso aunque se sonría por ternura o por tristeza. Toni era un tipo muy atractivo físicamente. Guardaba algún parecido con Ramsés, aunque el primero era más alto y espigado. Muy moreno; una barba tupida pero bien recortada y muy simétrica, que le daba al rostro una elegancia joven. Ramsés era mestizo; Toni era gitano puro; canastero, que diría él. Y de esas personas que portan la raza como la piedra de la honda con la que defenderse ante un mundo que quiere matar su autenticidad.

Kassandra apuntó su número. No quiso darle el suyo propio, decisión por la cual él comentó bromeando algo sobre su hermetismo y el hecho de que verla allí y no querer darle su teléfono personal lo llevaba a pensar que estaba metida en tema de drogas. Kassandra rio ante la casual ocurrencia de su amigo. Prometió llamarlo a primeros de julio para concretar.

—Llámame en cuanto lo decidas —le rogó su amigo—. No puedes rechazar mi oferta, el Padrino y tu padrino a mi *lao* son unos mindundis.

Rieron, otra vez, ambos.

—Echaba de menos lo idiota que eres —dijo Kassandra.

—Y yo tu acento raro, blanquita. Pero eso no es nada. En cuanto todo vuelva a ser como antes, te saco de fiesta. Ahí te va a doler la barriga y no solo de tanto reírte, del tequila. —Kassandra asintió, y un instante después, Toni añadió—:

Me he acordado de ti este año y medio. Aunque creo que otros más.

Pellizcó la mejilla de su amiga, que volvió a sentir una extraña punzada nerviosa en el estómago.

Pese a no tener claro si estaba o no dispuesta a trabajar en el gimnasio de Toni, aquella proposición hizo que la posibilidad de una vida normal, alejada del peligro y de la fatalidad, retornara a su pensamiento y la obligara a reflexionar sobre ello. Todo el mundo conoce al menos a una persona cuya necesidad vital de nuevas experiencias la aboca irremediablemente a enrolarse en sucesivas aventuras y tribulaciones; esa gente que parece aburrida si su corazón no da constantes vuelcos e incluso si, cada cierto tiempo, la vida no se lo exprime con fuerza, como una naranja inmadura a la que intentas sacar el jugo. Ella no era así. Si algo había ansiado desde muy niña era llevar una existencia, si bien no anodina, al menos lo suficientemente tranquila. Se sentía atraída por la normalidad como otros se sienten interesados por lo desconocido o como se le confiere una belleza adulterada a aquello a lo que no se puede acceder simplemente por no poder hacerlo. En el colegio, se sentía fascinada por la, en principio, sencilla vida de sus compañeros de clase; por la corriente vida de sus padres y de la gente de su alrededor, fuera de su ambiente familiar y directo. La normalidad fue algo que, en sus circunstancias especiales, nunca pudo permitirse, y visualizarse trabajando como monitora o profesora de artes marciales en un gimnasio, escribiendo sus libros, viviendo en el extranjero, incluso, si la distancia y el anonimato le facilitaban las cosas, supuso una visión tan feliz que nubló sus propósitos y decidió que no haría lo que sus enemigos habían provocado que considerara hacer y que no se convertiría en la versión femenina de aquellos monstruos.

Tras salir de la barriada y mientras se alejaba por la avenida perpendicular, una moto se paró en el borde de la acera por donde ella caminaba. Detuvo su paso, pues parecía que el conductor le había dicho algo que ella no oyó porque tenía los auriculares inalámbricos en funcionamiento. Se los quitó y el conductor se subió la visera del casco. Kassandra descubrió tras el cristal unos ojos verdes y grandes, extremadamente parecidos a los suyos. Quien conducía la moto era una chica joven, casi de su misma edad.

—Perdona, prima, ¿tienes fuego? —preguntó casi a gritos la chica al ver que la otra no la oía.

—Sí —contestó Kassandra—, vas a tener suerte. Y extrajo del bolsillo de sus vaqueros un mechero rojo que le ofreció con la mano extendida.

La chica la miró, cigarro en boca, claramente divertida, como mostraban las arruguitas que aparecieron alrededor de sus ojos.

—¡Pero dale, amiga, que si tenemos fuego y no lo prendemos no hacemos *ná*! —exclamó ocurrente al ver que Kassandra, absorta, no accionaba la rueda con el dedo—. ¿O es que tiene que poner el mechero «préndeme» *pa* que lo hagas? —bromeó.

A Kassandra la expresión facial se le tornó muy seria, pues interpretó esa frase de una forma más personal.

—Perdona —contestó disimulando—, es que hoy no sé ni dónde estoy. —Giró la rueda y apretó el botón. El mechero expidió la llama.

—Por las mil viviendas estás, prima. «El extrarradio», lo llaman.

La chica dio una larga calada al cigarrillo y luego repitió «el extrarradio», e hizo ademán de entrecomillar con las manos el apelativo, como haciendo crítica, y ambas se echaron a reír.

—Conozco el sitio, pero gracias igualmente.

—No vas a saber dónde estás tú... —dijo la desconocida, que dio una calada larga— con esa carita de no haber roto un plato, tú tienes pinta de saber dónde estás hasta con los ojos *vendaos.*

Kassandra volvió a reír y le guiñó un ojo.

—Muchas gracias por el fuego. Y lleva *cuidao* por aquí, anda.

—Que lleven cuidado conmigo.

—Pues eso. Que hasta con los ojos *vendaos* —siguió la broma la otra.

Volvieron a reír mientras la chica arrancaba la moto. Después, la misteriosa motorista la miró antes de despedirse y sus ojos aún se parecieron más a los suyos; tanto se parecían que Kassandra hubiera jurado que estaba viendo su propia imagen reflejada en un espejo.

—¡Préndelo! —le dijo aquella a modo de despedida, bajando la visera del casco y activando la moto con el puño del acelerador.

Kassandra sonrió y la observó irse y doblar la segunda calle a la derecha, hacia el centro de la ciudad. Permaneció casi un minuto parada en la acera, mechero en mano y en silencio, mirando al frente, pero sin ver.

«Préndelo...», susurró. Después dio la vuelta y se dirigió de nuevo hacia la barriada que había estado a punto de abandonar.

Alicante, año 2018, dos meses antes
de la muerte de Katia Lassanis

En torno a las cuatro de la tarde, en la minúscula galería de la cocina del club, donde no cabía más que una lavadora y tres personas muy menudas y apretadas, Katia continuaba sola, el rostro apoyado en la mano derecha y los brazos descansando en la repisa de la ventana de aluminio, que daba al estrecho patio donde Kassandra había colocado cuatro pequeños tiestos negros con prímulas rojas y moradas.

Mientras se concentraba en admirar las plantas y divagaba absorta en sus propios pensamientos, la puerta de la cocina se abrió, apareció Aleksandra, que buscó en la estancia la garrafa de agua y se acercó a Katia cuando la vio mirando a través del cristal.

—Katia, ¿qué haces ahí? Si te ve la mami te va a matar. Son casi las cuatro y media y aún no te has maquillado.

—¿Crees que habrá flores como estas en Marruecos? —preguntó Katia ladeando la cabeza, sin perder de vista las macetas.

—No lo sé. Sé que son prímulas. ¿Por qué Marruecos?

—Bogdán siempre está hablando de Marruecos con los rumanos. Me encantaría visitarlo alguna vez. Me ha entrado curiosidad. Tiene que ser muy distinto a Rumanía.

—¿Marruecos? Supongo que no tendrá nada que ver con

Rumanía, pero si allí hay gente como ellos —la voz de Aleksandra se tornó un susurro, y acercándose más a Katia dijo—: a mí no me entran muchas ganas de ir.

Katia se giró y sonrió cómplice a Aleksandra.

—Además —continuó Aleksandra—, seguro que aquí, en España, también hay flores preciosas para ver.

—Sí. Seguro —contestó ella volviendo el rostro hacia el patio.

Katia permaneció unos segundos más mirando las flores. Las rojas eran, sin duda, sus favoritas, así que Kassandra, a sabiendas de la preferencia de su amiga, había comprado dos tiestos más de prímulas de ese color. Aleksandra también se quedó allí acompañándola, pero no miraba las flores, sino a Katia. La contempló pestañear lentamente, pensando en la suerte que tenía de poder observar sus largas pestañas rubias sin el tinte negro con el que las cubría cada día antes de bajar al bar, y de poder ver sus mejillas blancas y levemente rosadas, que escondía después con aquella base líquida oscura. Allí, el maquillaje era como una máscara. Los hombres siempre te quitaban la ropa, pero nunca te quitaban todo el maquillaje. Quizás por eso todas y cada una de ellas se empeñaban en ocultarse concienzudamente tras todas esas capas y ese disfraz cosmético que las hacía sentir como si fueran otra. Con tanto potingue encima, una se miraba al espejo y, de alguna forma, sentía que ya no era tanto ella. La chica se quedaba en la habitación esperando a que la puta terminara su jornada y volviera a subir para convertirse de nuevo en la chica, que por fin dormía. Una inconsciente disociación que hacía de algún modo más fácil lo difícil, como si la sombra más oscura pudiera transformarse en arcoíris o un entierro en carnaval. Aleksandra se atrevió a mirarla un poco más, sus ojos descendieron hasta el cuello aún limpio, sin el perfume que enmascaraba su verdadero aroma; descubrió sus labios claros, que mostraban su color natural en las tímidas sonrisas que dedicaba a sus compañeras cada día al despertar. Consideraba un regalo poder mirarla así y, en aquel instante, sintió una especie de orgullo tímido y secreto por poder tener algo de ella que aquellos tipos no podrían descubrir jamás.

Se alegraba de que los hombres que visitaban el club, aunque la desnudaran y dispusieran de ella a su sucia merced en aquellas camas, no tuvieran la oportunidad de ver a Katia así, tan dulce, tan clara. Pura, desprendiendo su luz. A Aleksandra le gustaba mirar a Katia sobre todo después de comer, cuando aún era Katia.

EL HIELO

Si pudiera definirse la historia de Kosovo con una sola palabra, esta sería: sufrimiento.

En el marco de la Segunda Guerra Mundial, el territorio kosovar —que ya acumulaba en su biografía el poso cultural de la violencia y la erosión moral de diversos enfrentamientos civiles y políticos— se repartió entre Bulgaria y Albania. Mientras duró la división, las milicias albanesas llevaron a cabo una sanguinaria limpieza étnica de la población serbia residente en la región, donde fueron ejecutados a sangre fría decenas de miles de serbios, mientras que otras decenas de miles de personas fueron forzadas al éxodo. Tras el conflicto mundial, el antiguo Reino de Yugoslavia pasó a convertirse en la República Federativa Socialista de Yugoslavia, bajo el mando del mariscal Josip Broz Tito, que otorgó la autonomía estatutaria al territorio. Esta concesión, lejos de apaciguar el malestar entre albaneses y serbios, propició el crecimiento de las tensiones entre ambas poblaciones. El gobierno de Tito actuó favoreciendo abiertamente a la parte albanesa, que continuó activa en su afán represivo y violento para con la debilitada sociedad serbia aún residente en Kosovo.

Las tensiones étnicas entre el Kosovo albanés y el Kosovo serbio se remontan a tiempos ancestrales y se repiten desde que la región existe, pues mientras que el pueblo serbio considera a Kosovo la matriz de su nación por motivos históricos, el pueblo albanés, tras haberlo ocupado a finales del siglo *xiv* gracias a la deferencia de los turcos del Imperio otomano, considera a Kosovo de su propiedad territorial. Durante todo el siglo *xx* y principios del siglo *xxi*, el antagonismo entre ambas partes se ha manifestado a través de numerosas masacres, éxodos masivos y enfrentamientos armados.

La historia de Kosovo es la historia de una guerra; la historia de la desunión; de la dureza de la vida —compartida esta experiencia con los demás pueblos del antiguo conglomerado yugoslavo—; de la imposición cruenta y sangrienta; la crónica que narra la consecuencia de la pugna armada por el acaparamiento del poder y la necesidad de escapar a la desesperada de la miseria.

Kosovo no se entiende sin sus guerras porque Kosovo no existiría sin la guerra. Y un territorio, una patria, una población conformada por la sangre que se ha derramado en la historia de su desarrollo no puede entender el mundo sin la violencia a la cual debe su nacimiento.

Provincia Socialista Autónoma de Kosovo, 1980

Gjavit, huérfano de un partisano albanés asesinado junto a su mujer durante la masacre de Bar —donde miles de albaneses disidentes yugoslavos fueron ametrallados—, quedó, con su hermano menor y tras el asesinato de sus padres, a cargo de sus tíos. Creció en un Kosovo convulso y salvaje y, desde su precoz adolescencia, ejerció la violencia junto a sus primos contra los serbios y otras familias rivales, tal y como su tío Bashkim, uno de los primeros patriarcas de los clanes *fis* —protoestructuras de lo que más tarde constituirían las primeras organizaciones criminales albanokosovares—, enseñó a todos los hombres de su familia.

Años después, ya casado y padre, Gjavit sabía que si la *gjakmarrja* (la venganza familiar) que se cernía sobre él se cumplía y él perecía, sus dos hijos menores no podrían volver a atravesar el territorio del jardín enverjado de la cabaña donde vivían. Los diversos clanes se regían por el conjunto de leyes del código *kanun* albanés, que recogía las reglas de la vida privada y pública y las normas de honor y de comportamiento desde los principios antiguos. Los doce libros en los que quedaron recogidas así lo prescribían: la familia perjudicada por una venganza de sangre —el asesinato de uno o varios de sus hombres por parte de los de otra para saldar una deuda o cobrarse una traición— quedaba obligada a confinar a los hombres que sobrevivieran en su hogar durante toda su vida y únicamente las mujeres podían salir al exterior.

Gjavit corrió años después la misma suerte que su padre, pero de distinta forma, pues el día en el que Gjavit murió ametrallado, como su padre, por varios hombres de un clan rival, mató antes a su mujer y a su hija.

Sus dos hijos menores vieron como su padre las mataba y luego se quedaron solos en la cabaña, con los cuerpos sin vida de su madre y su hermana mayor en la cocina, muertas a golpes de palo por su padre, que ya no volvió.

Los niños kosovares, tanto de origen albanés como serbio, conocían desde muy tierna edad las cruentas historias de persecución y guerra que formaban parte de la idiosincrasia de su pueblo. Sabían que los parajes repletos de nieve de los montes Prokletije, que rodeaban sus casitas aisladas, no ofrecían, durante los duros inviernos, zonas fértiles de las que poder alimentarse, por lo que la mejor opción en guerra, si no se conseguía cazar algún animal, era esperar a que el compañero más débil pereciera, porque eso significaba alimento. El débil se convertía así, de forma pausada, pero inevitablemente, observando los demás como buitres el declive de su cuerpo, como un fantasma que aún no lo es, en la comida futura de sus compañeros de misión en las montañas. La guerra no es sino el reflejo de lo que las sociedades en supuesta paz ocultan y, allí, en los secretos interiores de las vastas cordilleras de los Alpes Dinárdicos, el más fuerte nutría su fuerza del más débil, en un retrato macabro, pero fidedigno, de la estructura de las sociedades.

Así lo hicieron los dos pequeños niños al segundo día, comiéndose a su madre en el jardín cuando el hambre llenó sus estómagos con el dolor del vacío.

Varias semanas después, dos mujeres descubrieron a los dos niños solos y aislados en la cabaña. Cruzando la frontera, los trasladaron a un orfanato en Albania, del cual fueron recogidos más tarde por su tío, con lo que se repetía por tercera vez el relato familiar.

En el suelo de la cocina en la que los encontraron solo había huesos: los de Teuta Tareov, cuyo cuerpo habían arrastrado fuera de la casa el tercer día y lo habían cubierto con nieve para que el hielo conservara la carne. Después, el cadáver fue devorado crudo por sus hermanos de doce y ocho años: Nikola y Marcellus.

Cuando Gentius Tareov admitió en su familia a los dos hijos de su hermano fallecido, Nikola —de dieciséis años— y Marcellus —de doce—, y los recogió del orfanato estatal donde habían permanecido casi cinco, Albania era el segundo país más pobre de Europa. Los chicos estaban en un estado deplorable. Raquíticos y desnutridos, pero sobre todo tristes. Eran como dos clavos olvidados dentro del cajón de una antigua casa: estaban oxidados y no servían para nada. Estaban llenos de tal vacío que no solo no jugaban ni sonreían, sino que tampoco lloraban. Habían olvidado la función esencial de la niñez hacía mucho tiempo, y ese estado, a Gentius, uno de los primeros capos de los sangrientos clanes delictivos nacientes —que años más tarde se convertirían en la terrorífica mafia albanokosovar—, le sirvió para curtirlos fácilmente en los códigos ancestrales de honor de estas hermandades e instruirlos en las técnicas paramilitares de combate y disciplina que las caracterizan.

Los soldados de las organizaciones criminales albanokosovares son capaces de matar en segundos y no pestañean hasta que saben que su objetivo ha muerto. Lo que los diferencia del resto de las hampas mundiales es su crueldad, pero no se debe al azar: toda violencia parida debe ser antes concebida y hasta la brutalidad más fría posee su propia historia.

Durante décadas, Albania vivió económica y socialmente aislada del exterior. Nada se sabía del país de las águilas. Sin recurso alguno, su población se acostumbró forzosamente a hacer cualquier cosa para sobrevivir; incluso aquello de lo que jamás nadie se hubiera considerado capaz. Era como un cráter hondo y oscuro en cuyas profundidades aguardaban los monstruos más inverosímiles y, como en cualquier historia de penuria, los monstruos se expandieron en cuanto todo ese horror emergió de la grieta. El monstruo no tiene sentido si nadie lo ve. Y cuando el país más hermético de Europa se abrió al mundo, la abominable creación comenzó a engrandecerse, convirtiéndose en una organización vasta y tentacular; una serpiente de mil cabezas que se extendió rápidamente por los contornos.

Tras la caída de aquel sistema impenetrable, Albania se apareció como una sociedad absolutamente particular, gestada en la ley del más fuerte. Había engendrado en sus entrañas a toda una generación contagiada de sociopatía extrema. En cuanto aquellos años terminaron, algo peor comenzó. En la Albania de la década de 1990 uno solo tenía tres alternativas: emigrar, como así hubo de hacer el 40 % de la población; morir de hambre, o inclinarse por la opción más fácil y que reportaba mayores beneficios, delinquir.

Los albaneses eligieron las costas del sur de Italia para el envío de droga a Europa. Allí establecieron buenas relaciones con la mafia italiana, con la que prácticamente se fusionaron para organizar el tráfico que convertiría Albania en la mayor plantación de marihuana del continente. Solo 72 kilómetros la separan de la costa italiana por el canal de Otranto —que las lanchas cruzaban a cada momento en cuanto se descubrió la oportunidad de trasvase de mercancía—. Todo un verdadero estrecho de Gibraltar al más puro estilo hispano-marroquí entre estos dos países, basado en una relación muy especial entre sus delincuentes. Aquella nueva oportunidad unió de forma mercantil, y casi como una hermandad, a ambas organizaciones mafiosas: la albanokosovar y la italiana.

Pese a sus diferencias estructurales —los grupos albanokosovares, si bien sí se originaron en el marco del parentesco, no basan su organización tanto en la sangre como en la existencia de clanes, mientras que Cosa Nostra y 'Ndrangheta se unen y relacionan familiarmente—, su funcionamiento es muy similar y se rigen por códigos de honor y silencio. Los soldados albanokosovares —chicos muy jóvenes en estado de iniciación y que todavía no han sido tatuados— constituyen la pieza más pequeña de la organización (los peones), y se convierten en lugartenientes una vez se los tatúa, encargados de proteger y servir consecutivamente a los controladores o jefes de zona y a los controladores o jefes de área o regionales (las torres y caballos). Todo un entramado vigilado por el mandato de los controladores nacionales (los alfiles), que a su vez acatan órdenes de los capos o padrinos. Ellos son los verdaderos reyes del tablero. Psicópatas magnánimos que a veces manejan los hilos desde sus países de origen y otras se instalan en territorios ya controlados por completo por sus clanes, delegando su funcionamiento en sus segundos. Sobornan a los jefes de las aduanas y a los controladores de los aeropuertos y se ganan la confianza y el aval de los mafiosos locales autóctonos en sus nuevas residencias mediante el establecimiento de tratos comerciales que propician la extensión y la consolidación de su poder.

Pero la verdadera joya de su corona se engastó en el

transcurso de la guerra de Kosovo. Durante el conflicto militar de 1998, mediante el cual los albaneses reclamaron su independencia de Serbia, miles de albanokosovares cruzaron ilegalmente la frontera con la Unión Europea.

Las mafias albanokosovares desarrollaron redes de prostitución forzada aprovechándose de las grandes masas de refugiados del conflicto, entre las cuales conseguían hacerse con chicas jóvenes a las que hacían desaparecer con la facilidad de un chasquido. Al obtener el estatuto de refugiado kosovar, estos hombres pudieron instalarse en países de la Unión de forma sencilla y enraizar así sus clanes en las sociedades de otros países. Aprovechando la inmigración ilegal hacia Italia, miles de chicas comenzaron a ser secuestradas y compradas en los campos de refugiados y enviadas a ciudades alemanas, italianas, belgas o francesas, no sin antes ser violadas sistemática y repetidamente en verdaderos campos de concentración donde se las preparaba para la esclavitud sexual. Una vez se hubo comprobado el gran lucro económico que proporcionaba el negocio, niñas de catorce, quince, trece años, cada vez originarias de un mayor número de lugares, son destruidas completamente en vida y sometidas a amenazas continuas y a torturas, como amputaciones de dedos y orejas, descargas eléctricas o violaciones en grupo. Son nuevas esclavas vendidas de unos clanes a otros, alquiladas a organizaciones de los países de destino, despojadas de toda libertad e incluso tatuadas, al igual que ellos, pero, en su caso —tal y como ocurre en los alijos de droga—, con el signo del propietario de la mercancía. En total, unas 300.000 Alicias empujadas hacia la madriguera —la grieta de aquel cráter— y atrapadas en las garras del peor monstruo emergente de todos los conocidos: la mafia albanokosovar, de una brutalidad extrema. Bienvenidas al País de los Horrores, donde reina, cual primogénita, la violencia, cuya progenie no reviste humanidad alguna.

Los hijos de esta mafia no se emocionan, no se compadecen, no sufren, no sienten. Son verdaderos Hombres de Hielo.

Cuando la guerra de Kosovo terminó, el monstruo ya se encontraba devorando imparable medio continente. Los proxenetas comenzaron la fase de evaluación de los mercados locales exteriores poniendo a prueba la reacción de policías y jueces de cada lugar y aprendiendo el funcionamiento y las particularidades de cada uno, para adaptarse a ellas. La estratagema que más ayudó a su proliferación consistió en poner pocos reparos a incorporar a delincuentes de países vecinos en sus filas. Se les unieron las bandas rumanas, dedicadas al cibercrimen y a la desactivación de contraseñas, de alarmas y de cajas fuertes, así como ciertos estratos de la mafia búlgara y de la polaca. Gentius Tareov permaneció en Albania como capo mientras que sus segundos fueron enviados como jefes y lugartenientes a otros países, diseminando la organización por toda Europa. En cuanto a sus sobrinos, ambos fueron entrenados militarmente durante su adolescencia y centraron sus operaciones en Italia, Francia y España. Marcellus residía entre Palermo y Milán, coordinaba grupos paramilitares dedicados al tráfico de drogas y armas y estableció buenas relaciones con la mafia calabresa; Nikola, por su parte, se instaló en España y, al principio, controlaba toda la zona sureste hasta convertirse en poco tiempo en el principal jerarca del país.

Gentius murió en 2001. Su predilección por Nikola siempre estuvo clara, no porque fuera su descendiente de mayor edad, sino por el carácter perverso de su personalidad y la innata perfidia de su carácter. Se supo públicamente de la preferencia del capo por su sobrino en cuanto este fue tatuado primero en la ceremonia que lo designaba como su segundo. Ya de niño, su frialdad era la seña identitaria de su temperamento, que fue agravándose y aumentando conforme el niño crecía hasta convertirse en un joven perverso e inclemente. La diferencia entre Nikola y el resto de los sociópatas, producto de la miseria sufrida en aquellos años, se daba en que él no era uno de sus productos. Nikola Tareov ya portaba la maldad dentro de sí mismo. Su maldad no fue consecuencia de una humillación de la vida, sino que la humillación fue una excusa para desarrollar su propia esencia.

Durante el entierro del tío, sus segundos, sus lugartenientes y sus delegados viajaron desde sus respectivas posiciones internacionales para acompañar el féretro a pie hasta el cementerio. Más de dos mil hombres, jóvenes y adultos, siguieron, como una tropa de soldados, el coche fúnebre, que avanzó lentamente por la ciudad de Tirana, cortando las calles y el tráfico a su paso. Después de emparedar el féretro, su apoderado en la capital fue el encargado de transmitir de viva voz al heredero su condición de sucesor, acción indispensable para delegar el mandato. Tras la noticia, los presentes se giraron para mirar al mayor de los Tareov, aprobando su llegada al poder y dando su consentimiento tácito.

Un integrante de clan solo se postra una vez en su vida, quizás dos. Todos los hombres congregados se arrodillaron durante diez segundos ante Nikola. Después, él alzó lentamente la mano derecha, como manda el protocolo, y los arrodillados se levantaron imitando el movimiento lentamente, al unísono. Todos ellos, los más de dos mil jefes de cúpula, como si fueran autómatas, alzaron sus cuerpos, pero ninguno de ellos superó la altura real que a Nikola Tareov le proporcionaba su nueva posición. Nadie desobedece las órdenes de un Rey. Es impensable.

A finales de la década del 2000, el temible clan de los Tareov, armado hasta los dientes y compuesto por exmilitares asesinos fajados en la dureza y la tortura, se había consagrado como una de las mafias mejor comunicadas no solo del continente, sino de todo el mundo. Sus Hombres de Hielo eran los integrantes de uno de los mayores imperios criminales del planeta. Y Nikola Tareov era el Primero de la organización delictiva considerada como la más sanguinaria y letal de todas las conocidas: el Rey de Corazones.

Tras su captura en España en el año 2012, durante la operación Póker, escapó a Francia. Allí entabló relación con componentes de las mafias marroquíes, que descubrieron las rutas africanas de venta de mujeres a los albanokosovares.

El severo e implacable Nikola se instaló en Marruecos, donde la corrupción y la laxitud del Estado y de las instituciones policiales facilitaban el éxito del negocio y cuya pobreza —como suele ocurrir— alimentaba su riqueza. Nikola estableció relaciones con los patriarcas de los poblados del Atlas que, junto a tratantes nigerianos, controlaban el tráfico de menores hacia el Marruecos pudiente y hacia Europa. Pero algo más sucedió en el itinerario vital del mafioso. Algo que no tuvo que ver con negocios criminales, aunque fue asimismo engendrado con violencia y supuso un pacto personal con la vida de ética dudosa. Durante el transcurso de aquellos años en los que su mandato y su poder se extendían imparables, cual hirviente lava volcánica, tuvo lugar la verdadera erupción que, sin embargo, pasó como un suceso insignificante, disfrazado de normalidad. Lo que ocurrió fue un verdadero alumbramiento. Una mujer dio a luz. Dio al mundo una luz: Nikola Tareov tuvo una hija.

Alicante, España, 27 de diciembre de 1996

Marcellus Tareov apretó el botón verde en la cabina telefónica y esperó a escuchar la señal de establecimiento de llamada. Había viajado a España durante el invierno. Se encontraba en la costa alicantina alojado en la hacienda de su hermano. Aquella mañana lo habían enviado, junto con otros dos lugartenientes, al domicilio de uno de los socios con los que trataban el suministro de cocaína en la zona. Mientras permaneciera en España, asistiría a las reuniones y se movería de aquí para allá con los hombres de su hermano para mejorar su español; así lo habían acordado y así sucedió. Aquel día se había desplazado hasta el interior de la provincia y había llegado al pueblo de destino, donde una mujer que amamantaba a un bebé recién nacido, a la que conocía por palabra de su hermano, lo había invitado amable y temerosa —pese a intentar fingir tranquilidad al ver a los tres grandes hombres del Este, tembloroso su labio inferior al hablar— a entrar en su casa para esperar a su marido, el traficante con el que había ido a saldar el pago mensual.

Tras dos breves toques se escuchó la voz de Nikola Tareov a través del teléfono. El hombre pronunció un «¿quién es?», seco y tirante, en un castellano de acento eslavo.

—Marcellus —se identificó él.

—Sí, Marcellus. Habla —mandó Nikola, ya en su idioma natal.

—Estuve con los soldados en casa de Jacobo Fernández.

—¿Y bien? —preguntó.

—Recuerdo que dijiste que te habías acostado con su mujer.

—¿Y bien? —repitió tras un breve silencio y requiriendo directamente información de validez.

—La mujer parió a principios de mes. Quizás su hijo sea tuyo.

Nikola frunció el ceño y calculó. Sabía de la infertilidad de Fernández, pues se comentaba que era impotente e incapaz de acostarse con prostitutas con normalidad. Imaginaba que esa incapacidad también le impedía tener descendencia.

Las fechas cuadraban.

—Imagino que has podido comprobar su aspecto —advirtió al hermano.

—Sí. No se parece a él en absoluto, pero tampoco a su mujer. Me asaltan dudas.

El hermano describió al bebé como rubio, rollizo y pequeño, blanco como la nieve cuajada de la cumbre del Pashtrik —una de las más vastas montañas de la frontera albanokosovar— en invierno. De sus ojos no sabía el color, pues los recién nacidos no poseían una tonalidad de iris definitiva hasta pasados los seis meses, pero le parecieron, por lo poco que se acercó al enseñárselo la madre, futuramente claros.

—¿Lloraba? —inquirió Nikola. Marcellus comenzó a incomodarse, porque la conversación le suponía hablar de algo tan frágil que lo obligaba, de forma involuntaria, a adoptar una actitud delicada a la que no estaba acostumbrado.

—Lloró mucho cuando nos acercamos. Es cierto que la madre se disculpó diciendo que el bebé tenía muy mal carácter.

—Las mujeres balcánicas poseen una belleza misteriosa —contestó Nikola. Aquella reflexión sorprendió al hermano, que escuchó con atención y curiosidad lo que vino a decirle a continuación—. Sus ojos esconden más que muestran y sus bocas son dulces pero peligrosas. No hay que fiarse de las mujeres; todavía menos de una balcánica. No. Son frías, autoritarias y les cuesta someterse. Solo conocen su propio control.

—No entiendo qué quieres decir, hermano.

—Pretendo saber por su conducta si es una de los nuestros.

Nikola aseveró esto último sin dar más aclaraciones. Habló convencido. Inequívoco. Sonó tan evidente que Marcellus siquiera se sorprendió ante la novedad que la afirmación planteaba. Siempre supo que su hermano tendría descendencia. Él mismo no tenía hijos que pudieran heredar el cetro del trono de los Tareov, ni los tendría, pero desde muy joven había advertido la extraña obsesión de su hermano por tener descendencia, fuera legítima o no. La sucesión podía recaer en hijos, sobrinos o ahijados. Era impensable que un capo no tuviera heredero, fuera o no de sangre. El poder debía delegarse al más fuerte. Así lo decían las leyes y a las leyes no se las desafiaba jamás.

—La reconocerás como primogénita, por lo tanto —quiso saber Marcellus, pero su hermano no contestó a su duda.

—¿Cómo se llama? —preguntó.

—Se llama Kassandra, hermano.

—Su nombre es Kassandra Tareov —sentenció.

Marcellus jamás había notado tal alteración en el tono de Nikola. Su solemnidad al pronunciar el nombre de aquella niña fue sombría, sin alegría, pero no logró disimular cierta intensidad palpitante insinuada en su forma de hablar y que contrastaba con su actitud habitual, siempre impasible. Una vehemencia que, en esas escasas sílabas, no pudo contener, como si se hubiera derramado una pizca de vino de la copa que va a caer antes de devolverle al vuelo la estabilidad con la mano.

A Marcellus, a pesar de la conocida excéntrica y enfermiza predilección de su hermano mayor por las niñas, le sorprendió en demasía que acertara que el bebé era, en efecto, una niña. Pero no dijo nada, pues Nikola resultaba impredecible. Prefirió callar, también, porque la niña era una Tareov.

Krumë, distrito de Has, norte de Albania

El niño miraba ensimismado la gélida estampa. Los tejados de piedra gris se mostraban cubiertos por un manto blanco sucio, como si hubieran espolvoreado talco y luego lo hubieran mezclado con barro y agua. Pese a albergar menos de cuatro mil habitantes, las casas, ordenadas en grupos circulares, dibujaban un mapa irregular del pueblo nevado, que se extendía más allá de la vista que le permitía la ventana. Su aliento caliente, en contraste con las temperaturas bajas del otoño, se transformaba en vaho en el cristal. Dibujó una cruz con el dedo.

El orfanato —propiedad del gobierno provincial albanés— estaba repleto de niños serbios a los que sus familias habían abandonado ante la devastadora pobreza que afligía a quienes aún se mantenían en minoría en la región kosovar, o cuyos padres habían sido asesinados en los ataques represivos perpetrados por los albaneses de la región. Era el único lugar donde aún aceptaban a esos niños. Los mismos que le pegaban y abusaban de él y de su hermano, porque habían aprendido que Albania los odiaba. Albania era para ellos el infierno y los albaneses eran el mismísimo demonio. Y ellos, aunque kosovares, también eran albaneses. Pero lo peor no eran los niños, sino las *nënat*.

Las *nënat* eran estúpidas y estaban constantemente crispadas con los niños, excepto Agnesa, que, al principio, se mostró más simpática que las demás y los visitaba por las noches en las habitaciones para acariciarlos en sus camas, hasta que en las visitas nocturnas a los niños comenzó a acariciarse a ella misma.

—¿Te gusta ver caer la nieve? —le preguntó una de las cuidadoras, interrumpiéndole la vista al abrir la ventana desde la que contemplaba el paisaje.

El aire húmedo le golpeó el rostro y le enfrió las mejillas. No contestó. Aquella era una de las *nënat* que más odiaba. Detestaba a esa mujer. Le pellizcaba los brazos con fuerza o lo azotaba con el cinturón hasta dejarle moratones en la parte baja de la espalda cada vez que no hacía lo que ella quería. Ellas aducían que el niño era malo; «¡diabólico!», habían proferido a gritos cuando había clavado un punzón a uno de los niños en la mano porque no le había cedido el sitio en el minúsculo patio. Aquello alimentó las habladurías entre los infantes y aumentó la aversión de todos hacia su hermano y hacia él, así que, puesto que ya daba su merecido paulatinamente a los otros, decidió vengarse de la *nënat* que peor le caía, y que más había gritado aquel día, mordiéndole el brazo y haciéndola sangrar.

—No seas estúpido —replicó la mujer a su silencio—. La gente no quiere a los niños estúpidos. Te quedarás solo si no hablas con la gente y ninguna familia te querrá.

El niño continuó mirando hacia los montes nevados, lejanos. Su tío llegaría dentro de unas semanas para llevárselo de allí, aunque él aún no lo sabía. Abajo, en las repisas de las otras ventanas del edificio, la nieve se acumulaba lentamente y caía para amontonarse de nuevo en el suelo. Si no despejaban las puertas, pronto no podrían salir.

La mujer continuaba mirándolo inquisitiva y engreída. Probablemente estaría pensando en las coles. Sí. Las coles que les obligaba a engullir a él y a su hermano y a los demás niños —que no le importaban lo más mínimo— cada día. Corría por entonces el rumor de que las coles evitaban que los niños desnutridos enfermaran y las comían cada día en la sopa, el puré y en crudo; en el desayuno, en la comida y en la cena. Había comido tantas coles que solo imaginar una en su mente le producía la característica salivación previa al vómito.

Deseó hacerle comer coles durante semanas. Arrancarle los ojos con sus propios dedos. Adueñarse de esa mirada sardónica que lo escrutaba y lo seguía a cada paso que daba y que no lo dejaba en paz. Cortarle la lengua en pedazos; mejor, coserle la boca con la lengua dentro para que no volviera a hablar nunca más. Coserle la boca a cada una de las *nënat,* una a una, hasta acabar con todas esas voces, y atarlas de pies y manos y ordenarlas calladas una tras otra o encima una de otra, aplastándose entre sí. Jugar con ellas, como cuando destapas una *matrioska* rusa y cada figura es más pequeña e insignificante que la anterior, hasta que la antepenúltima no tiene boca y la penúltima tampoco tiene ojos y la última es solo un trozo de madera que se asemeja a un muñón mal pintado al que puedes mandar a paseo con solo un garbilote. Ojalá todas las niñas que lo observaban pasar con sus caras marchitas, como espectros, se transformaran en aquel desperdicio de madera antes de convertirse en repugnantes figuras como aquellas. Todo sería mejor si las niñas no tuvieran boca ni ojos y les cercenaran las extremidades y se convirtieran en la última *matrioska* rusa, encerradas en ellas mismas, en la oscuridad, desprovistas de todo: sin visión, sin voz, sin cuerpo y sin sentido.

«Albania» significa blanco en latín. Debe su nombre a la nieve que cubre sus montañas.

—Contesta, Nikola, ¿te gusta la nieve? —insistió la cuidadora, propinándole un golpe duro con los nudillos en el hombro para obtener de una vez una respuesta.

Nikola recordó a su hermana. Él también era como una de esas *matrioskas* con muchas mujeres dentro. Eso le gustaba.

—Me gusta el hielo —contestó sin apartar la vista del paisaje nevado.

LOS HOMBRES DE LA TIERRA

> ¿Tiempo? Jovencita, yo soy el tiempo. El infinito, el eterno, el inmortal, el inconmensurable; al menos, claro, que tengas un reloj. —El Tiempo.
>
> *Alicia a través del espejo,* Lewis Carrol

Durante la crisis de la COVID-19, el tráfico de drogas no solo creció, sino que los traficantes aumentaron el precio de la cocaína, la marihuana y el hachís para rentabilizar la situación. El gran despliegue de efectivos de los Cuerpos de Seguridad del Estado para atender a las diversas situaciones derivadas de la aparición del virus y la necesidad de controlar cuestiones consideradas entonces esenciales, como el cumplimiento de las restricciones o el límite de los aforos, facilitó que se intentara introducir en España un mayor número de alijos aprovechando la disminución de controles.

Luis Fernández —más conocido como Tío Luis, pues así se lo apodaba en el negocio— pertenecía a una de las más relevantes familias mercheras, que exprimieron su astucia durante la década de 1990 para hacer su agosto, ayudando a introducir la heroína en el país y diezmando a toda una generación de jóvenes, como si de otro virus mortal se tratara. La gran y sincera amistad que la unía a Jacobo Fernández

—fue una de las pocas personas que las asistió en el velatorio a ella y a su madre— facilitó su positiva disposición al trato, a pesar de los extraños y reservados requerimientos de Kassandra. No quiso preguntar a la chica sobre los motivos que la llevaban a querer cortar el flujo de venta a los clanes del Este, pero a él mismo tampoco le era muy agradable hacer trato con ellos —ni a él ni a nadie—, por lo que, si ella conseguía exactamente lo que le había pedido, aceptaría el trato, pues los beneficios que le reportaría serían más que suficientes. El plan de negocio que Kassandra planteó a su padrino fue el siguiente: hachís directo, sin intermediarios. Pero ¿cómo conseguiría una cría de apenas veintipocos años construir una relación que lo conectara directamente con el narcotraficante? Era bien sabido que tanto la suya como otras familias dedicadas al narcotráfico en la costa valenciana estaban hartas de los traficantes de hachís andaluces. Se quedaban casi todo el beneficio gracias a la cercanía de sus costas con Marruecos, el principal fabricante y distribuidor de la sustancia. Como buenos tunantes, los narcos andaluces aprovechaban su localización geográfica para enriquecerse. Para cuando el material llegaba a Alicante —pasando de intermediario a intermediario, cuyos cuchillos cortaban el trozo de pastel que les pertenecía y quizás un poco más—, el beneficio era más bien escaso, en comparación con el de otras drogas, y debían conformarse con comerse la guinda.

La posibilidad de hacerse con el monopolio del hachís en la costa valenciana, más aún sin intermediario alguno, sonó cual canto gregoriano en los oídos de Tío Luis. Bien era cierto que la cocaína, a cuya venta se dedicaban él y su familia, presentaba ya mucha competencia, y la nueva oportunidad, tal y como se la planteó a su padrino Kassandra —que era buena hija de su padre postizo y aquilataba estupendamente los tratos— significaba para él y sus sobrinos una buenísima idea. Estaba dispuesta a no ganar absolutamente nada con ello: lo único que debían hacer por ella era encargarse del corte de suministro a aquellas mafias. Podían excusarse con la crisis económica derivada del periodo de confinamiento, justificarse con la falta de consumo, con una inventada ruina o con cualquier otra circunstancia aleatoria para dejar de proporcionarles la mercancía. De esta forma, excusa mediante, el cese del flujo no los pondría en peligro directo. Inventar una justificación creíble era de una necesidad abrumante, pues era sabido que los hombres del Este no toleraban la traición ni el engaño, incluso aunque no provinieran de su propia gente.

Lo sorprendió y se alegró de la visita de su ahijada aquel día en la barriada y decidió concertar una segunda cita tres días después, en el excesivo salón de su propia casa, rodeado de gigantes espejos que cubrían la estancia, haciendo a la vez de paredes, y repleto de mobiliario revestido con pan de oro. Allí, más tranquilamente, Tío Luis y Kassandra tomaron un aperitivo —ya sin las continuas interrupciones de las llamadas al timbre para recoger mercancía del piso franco— mientras charlaban distendidamente sobre el tema.

—Conseguiré el hachís de Andalucía sin pasar por Andalucía —aseguró Kassandra tras la conversación en la que había expuesto su plan de negocio.

Por la expresión que mostraba su rostro, la niña parecía confiar mucho en su éxito, pensó Luis. Se acarició los grandes sellos de oro que vestían los gruesos dedos de su mano izquierda meditando sobre la cuestión.

—Sin intermediarios, solos el proveedor y yo, padrino, de veras que sí —insistió ella.

—Me fío de ti, reina mía, como me fiaba de tu padre —contestó—. El problema es el dinero. No puedo pagar por un trato que no sé si va a salir bien, aunque sea mi ahijada quien me lo pida; tú me comprendes a mí, ¿verdad?

Kassandra asintió dándole absolutamente la razón.

—Pues yo pondré el dinero, Tío. Vendo bastantes libros.

Tengo ahorros. Solo facilítame el traslado y el transporte, tú que tienes experiencia.

—¿Y cuánto te llevarás tú entonces?

Ella negó con la cabeza lentamente.

—No quiero ganar dinero con esto. Con que me devuelvas lo que he invertido y me prometas cortar el flujo a esta gente, tu ahijada se queda contenta.

Tío Luis arqueó las cejas incrédulo. Inspiró profundamente y soltó el aire en un bufido.

—Sabes el aprecio que te tengo, pero no te entiendo, hija, de verdad. El trato es bueno, pero no llego a comprender que te interese tanto molestar a esa gente. Si se han *portao* mal contigo, puedes venirte aquí con nosotros. Juana te cuidará como si fueras una hija más y nadie te tocará un solo pelo —levantó el dedo en señal de franqueza.

»Le prometí a tu padre que haría todo lo que estuviera en mi mano *pa* que fueras una mujer de provecho. Has venido a mí y te he recibido. Aceptaré el trato si eso te interesa, porque..., bueno, está claro que a mí y a mis hijos también, y todo lo que sea bueno *pa* ti es bueno *pa* mí —sonrió paternal—, pero lo que no pienso hacer es poner en peligro a mi familia, y tú lo eres, Kassandra. Así que, si te tienes que mudar, te mudas y te vienes a esta humilde chabola con nosotros —abrió los brazos en señal de exhibición inmobiliaria. Luis ironizaba, pues la casa, de tres pisos y amplia terraza, contaba con todo tipo de lujos. Sauna, jacuzzi, grandes lámparas de cristal, un garaje con varios coches de gama alta y dos lanchas motoras, cortinas de seda natural, de un gusto carísimo, que ocultaban el interior del domicilio, mientras que dos pantallas en el recibidor vigilaban el exterior a través de varias cámaras instaladas en cada esquina superior del adosado, controlando quién pasaba por allí, quién miraba, quién llamaba para ser atendido por su mujer, que se hallaba la mayor parte del tiempo en aquella jaula de oro, concentrada en sus tareas de ama de casa.

«Lo que quiero es exactamente lo contrario, padrino pensó Kassandra al salir de allí con una respuesta positiva por parte del traficante—. Quiero parecer desarmada e imprudente, provocar, sacar de quicio a los hombres más inflexibles del mundo. Voy a ponerme en peligro porque eso es lo que quiero», reflexionaba mientras caminaba hacia la costa.

Llegó a su lugar preferido y se sentó en uno de los bancos del paseo marítimo, frente al mar. Cerró los ojos, dejando que la tranquila brisa de la playa alborotara su cabello y humedeciera sus fosas nasales.

Para cuando los abrió, Kassandra niña estaba a su lado. Sus pies colgaban, sentada en el banco a su derecha, los ojos cerrados, sintiendo que el aire húmedo le rozaba el pálido rostro, como a ella misma hacía escasos segundos.

Se plantaría en medio del tablero después de haber sembrado el caos suficiente como para que todas las piezas quisieran acabar con ella.

El estómago se le encogió de una punzada dolorosa que atravesó la parte baja de sus costillas. La niña posó su mano en su vientre, como si a ella le hubiera sucedido exactamente lo mismo. Kassandra la miró padeciendo. Decidió hacer algo nuevo. Hasta aquel día la influencia de su niña interior había sido estrictamente unidireccional. Aparecía en los momentos más inoportunos para tornarse oportuna con sus acciones. Dejaba un críptico mensaje y desaparecía de nuevo, pero esta vez el contacto fue distinto. Acercó su mano a la diminuta mano de la cría y la posó encima, proporcionando calor a su piel e intentando calmar en algo la sensación de ardor interno que ambas sentían.

—K, quiero que el hielo se acerque tanto al fuego que, cuando entienda que el peligro es real, se encuentre ya rodeado —dijo a la pequeña en voz alta.

Imaginó entonces una llama emanando de su pecho; un resplandor intenso envolviéndola poco a poco hasta difuminar los rebordes de su cuerpo y diseminándose por su brazo para alcanzar también a la niña, hasta que ambas se tornaron una sola luz incandescente y cegadora. Una hoguera humana.

Imaginó a cada mujer que en aquel instante se encontraba helada, en algún lugar, tiritando, presa del miedo y de aquellos monstruos, y las quiso llenar de aquella luz y de aquel calor hasta transformarlas en almenaras que prendieran en cada rincón de aquella ciudad y de cada ciudad, iluminándolas, transmitiendo unas a otras a través de su fuego el mensaje del inminente inicio de una guerra.

Imaginó a Bilma sonriendo y ardiendo, a Katia dibujando y ardiendo, a Polina, volcánica, prendiendo las cortinas. Más mujeres prendiendo cortinas, prendiendo papeles, habitaciones, puertas, colchones, armarios, casas, cadenas. Un incendio imparable.

Tanto ella como la niña abrieron su mano libre y descubrieron la pieza de ajedrez en ellas. La niña sonrió a aquella majestuosa reina blanca e inmóvil en su palma y Kassandra sonrió a la niña. Miró hacia el espigón.

—Que el hielo se acerque al fuego —repitió.

Y entonces derretirlo por completo.

Más mujeres. Más llamas. Más focos. El mundo repleto de focos. Un incendio inextinguible e imparable.

Kassandra comentó el plan con Maisha. Convinieron de mutuo acuerdo que iría ella sola a Marruecos, al menos la primera de las veces. Necesitaba, en cierto modo, enfrentarse a su vuelta a aquel país en soledad. No solo estaba a punto de iniciar un viaje del que no conocía hacia dónde la llevaría la ruta previamente establecida, sino que exhumaría sus propios recuerdos. Los extraería de aquella tierra de nuevo. Escarbaría con sus propias manos la arena de aquel desierto hasta volverse a encontrar con la calavera de quien fue entonces, en un proceso hamletiano donde el ser o no ser se convertirían en límites tan difusos como su respuesta. El resultado psicológico del proceso no estaba claro, pero ella tenía por seguro que llegaría el momento de mirar a su propia esencia a los ojos. Y estaba dispuesta a hacerlo, porque Kassandra nació dispuesta. Es la guerra quien transforma al guerrero en guerrero. Pero, si bien algunos se convierten a lo largo de su vida en alguien valiente por fuerza mayor, otros, unos pocos, llevan esa fuerza en sus ojos, grabada a fuego, como un antiguo mandamiento. «No te rendirás», reza la orden.

Allí intentaría establecer contacto con gente muy concreta. Sabía que los mismos tratantes de esclavas sexuales, originarios de zonas deprimidas de Marruecos y otros lugares de África, trasladaban hachís hacia Europa. Lo había oído durante su estancia allí.

Lo que se esperaba que Kassandra hiciera era extremadamente arriesgado.

Llegar a Marruecos no sería difícil pese a las restricciones, gracias a los contactos que Tío Luis le proporcionaría. Un camionero la recogería y la escondería para trasladarla hasta el puerto de Algeciras y, una vez allí, viajaría directamente a Ceuta. Dentro del país vecino todo sería aún más sencillo gracias a la corrupción de algunos sectores de la policía. Otro contacto la trasladaría, de nuevo escondida, hasta la provincia de Marrakech. Su padrino acostumbraba a repetir una máxima: «Si la droga llega es porque la droga pasa». «¡Fíjate, mi reina! —decía señalando alguna redada o aprehensión de material en el telediario durante sus reuniones para preparar el objetivo—. Cuando salen estas noticias, se centra la atención en un triunfo muuuy pequeñito, muy pequeño, mientras que la gran mayoría de la mercancía sigue circulando. Si la droga sigue llegando y se sigue vendiendo ¡es porque la droga sigue pasando! Solo hay que ser más listo que ellos. Ellos saben mucho de leyes, nosotros sabemos mucho de la vida. Y tú vas a ser —le dijo— el paquetito más valioso que voy a llevar a África. El más valioso regalo *pa* los marroquíes. Espero que te cuiden o paso yo el estrecho y me lío a tiros».

Una vez allí y valiéndose de su dominio de la lengua francesa, Kassandra tendría que aproximarse a alguien a quien no conocía en absoluto y atraerlo hasta desarrollar un lazo de confianza tal que lo convirtiera en su contacto fiable en Marruecos —contacto que, además, esperaba que la llevase hasta los tratantes, de los que únicamente sabía la localización, pues había ido hasta allí con Polina para recoger a aquellas niñas—. Después, debía llegar al poblado exacto en Essaouira y allí ganárselos a ellos también ofreciéndoles un trato que les resultara óptimo. Una vez efectuados esos primeros movimientos de aproximación y poco a poco, intentaría establecer una buena relación que convenciera a los traficantes de cortar el flujo de niñas y chicas jóvenes a los

Hombres de Hielo desde África, cercenando por varias vías geográficas —España y Marruecos— y de modos diferentes —droga y mujeres— su lucro económico, para provocar una reacción que le permitiera descubrir la guarida de su padre y llegar al enfrentamiento directo. Era cuestión de tiempo que el conflicto que otrora se iniciara con el descubrimiento de la verdad diera lugar a una guerra. Kassandra pasó de preguntarse los porqués a respondérselos, para más tarde dejar la dialéctica a un lado y enfrentarse a la vida como quien no tiene miedo. Cada noche, acostada ya en su cama, antes de cerrar los ojos, empleaba cinco segundos en repetir como un rezo nocturno:

«Aún no encuentro el cómo, pero tengo claro cuál es el porqué».

Ante la dificultad del plan, Kassandra utilizó su eficiente intuición. En concreto, algo había sucedido aquel salvaje septiembre de 2017. Una situación precisa que recordaba muy bien, una acción que bien podría parecer insignificante a los ojos y la percepción de cualquier otra persona, pero no a los suyos. Ella poseía una especie de clarividencia innata, un particular instinto para identificar esos momentos exactos en los que la vida te envía un mensaje para que lo descifres. Por eso, para Kassandra, el breve encuentro en apariencia anodino de aquel día resultó extraordinario, fuera de lo común. Y su recuerdo la llevaba a pensar que el primer peón de la partida estaría dispuesto a ayudarla.

—Lo tengo difícil —dijo a Maisha mientras cenaban en el salón, jugando inapetente con el brócoli en el plato.

—Pero tienes algo a tu favor, K —respondió Maisha, y la chantajeó para conseguir que probara bocado—: si comes, te lo digo.

Kassandra la miró por debajo de las pestañas desde su esquina de la mesa y con una actitud infantil se metió en la boca un pequeño trozo de brócoli que masticó lentamente, sarcástica, mientras mantenía los ojos fijos en su amiga.

Aquella desgana mereció la reprobación de Maisha, que la obligó a probar otra vez la comida antes de darle la supuesta clave que le facilitaría las cosas.

—¿Y bien? —Kassandra exigió su esperada respuesta tras tragar el alimento.

—Dices que lo tienes difícil, ¿no?

—Como nunca.

—Bien —dijo Maisha—, tu ventaja es la siguiente: siempre lo has tenido difícil. Estás acostumbrada a ello, así que para ti esto es lo normal. La dificultad y tú sois enemigas naturales y debe estar muy jodida, porque hasta ahora tú siempre has ganado.

Kassandra lanzó un fuerte suspiro. Aquella respuesta, que ponía de manifiesto la gran confianza que su amiga tenía en ella, le pareció suficiente.

—Si mi primera jugada sale como debe salir, después lo tendremos difícil juntas —le advirtió.

Maisha reflexionó sobre la cuestión durante unos segundos. Sus ojos se posaron sobre la puerta corredera acristalada que daba al jardín trasero del chalé. Pudo verse a sí misma, un tiempo atrás, colocada al ras de la pared, al fondo de ese mismo salón donde hoy cenaba con Kassandra, llorando y manteniéndose absolutamente quieta para que los proxenetas no decidieran arrastrarla fuera con la otra chica.

La otra chica; la otra chica; la otra chica fue arrastrada hacia fuera...

Apretó los puños por debajo de la mesa. Sacudió la cabeza para librarse de los recuerdos. No pudo. Como si del diálogo de una película retransmitiéndose de fondo en la televisión se tratara, oyó los llantos de sus compañeras y el sonido del cuerpo de la otra chica al chocar contra el zócalo del ventanal, cuando la arrastraban como un mueble. Zap. Arrastrada por el pelo hacia fuera. Arrastrada aquel día en el que la vio por última vez. No volvió a verla tras ser arrastrada hacia fuera por aquellos hombres; arrastrada hacia la muerte sin poder hacer nada, como cuando uno corta una flor por el tallo y la arroja al suelo. La flor se marchita sin opción. La otra chica; la otra chica; la otra chica fue arrastrada hacia fuera...

Pero cometieron un error. Enterraron la flor. La arrastraron hacia fuera, al jardín, y allí la enterraron. Ahora el jardín estaba lleno de flores. Pequeñas prímulas rojas, cuyo significado etimológico era el siguiente: la primera flor . Las prímulas son las primeras flores que brotan de la tierra y dan su beneplácito a la primavera para que esta pueda parir a las siguientes. La primera flor de la primavera. El pistoletazo de salida. Incluso pese a su aspecto delicado y su aparente frágil consistencia, son capaces de emerger en la nieve, aún en el frío invierno. Se adelantan y lanzan con su presencia un claro mensaje: yo ya estoy aquí. Tú no durarás siempre.

La prímula es la hija de lo inevitable, pues da igual que cortes una y la arrojes al suelo. Su nacimiento ya implica el nacimiento de otra cosa, aunque las arranques y las maltrates y las pises y deshojes. Es una flor salvaje que solo obedece a su destino. Nacerá otra y otra y después otra y nacerán muchas más, cortes cuantas cortes. Puedes cortar una flor, pero no puedes acabar con todas las flores. Con una sí, con todas no.

Por fin su imaginación se calmó, pero la rabia que le habían causado aquellas evocaciones permaneció en ella.

La frase que Maisha empleó para poner término a aquella conversación le pareció a Kassandra casi tan potente como las primeras palabras que había pronunciado delante de ella en el club dos años atrás.

«La otra chica; la otra chica; la otra chica fue arrastrada hacia fuera...», pensó mirando de nuevo al jardín. Ahora otra más había sido asesinada. Entre flores.

Emergerían entre toda esa nieve y entre todo ese hielo y ningún invierno, por más gélido y bestial que fuera, podría evitar la llegada de la primavera. Nada puede con la libertad cuando esta se afirma.

—No quedará ni uno —dijo Maisha.

Aeropuerto de Marrakech, junio de 2020

Un aburrimiento agudo parecía envolver a su compañero, que bostezaba cada minuto plantado en su puesto. Samir decidió no reprenderlo. Que fuera su superior desde hacía un año —y el de toda la plantilla restante, que no había acudido a trabajar por motivos de reducción de servicio— no implicaba que el insoportable tedio de una jornada sin prácticamente pasajeros no justificara absolutamente la desgana que ambos sentían. Él mismo se rascaba la cabeza y cambiaba la pierna que soportaba el peso de su cuerpo a cada rato, mientras también revisaba su teléfono móvil. Las jornadas se habían tornado tan soporíferas que les resultaban interminables.

—Buenos días —dijo una voz desde atrás, que no reconoció hasta que se hubo girado por completo y se dio de bruces con la escena.

—Buenos días, señorita —la saludó.

La escena era ella. Aquellos ojos fijos imposibles de olvidar se encontraban ahí captando su atención como una alucinación. Estaba seguro de que no era real. No podía serlo. ¿Era real? ¿Estaba ahí? No había cambiado en absoluto. Quizás el pelo algo más oscuro, pero la misma tez nívea, las mismas largas pestañas curvas, la misma expresión pasmada y helada en aquel rostro, como si viviera inmersa en una continua sorpresa y observara el mundo a través de una señal de alarma que resonaba en su interior.

Era su mirada, en efecto. Intensa e inmóvil. Y ahora que toda ella conformaba el todo necesario, también era su voz. Encajaba completa, como un rompecabezas terminado.

—¿Podría hablar con usted? —habló la escena.

Era ella. Debía serlo, pero ¿qué hacía allí sola sin aquellos hombres, sin nadie a su alrededor, y hablándole a él? No había vuelos asignados para aquel día y tampoco la había visto llegar por el aire antes de que se restringiera el tráfico aéreo, por lo que debía haber llegado al aeropuerto desde Marrakech o desde quién sabe dónde, en coche. Y debía haberlo hecho escondida, pues se había decretado un confinamiento general excepto para causas justificadas.

«¿Para qué has venido? ¿Qué haces aquí, chica de hielo?».

Samir asintió. La incredulidad lo hacía dudar entre contestar como si nada raro estuviera ocurriendo o directamente pasar su mano por aquel cuerpo para cerciorarse de que no se desvanecía con el contacto, como un fantasma.

—Supongo —contestó—. Pero no saldrán vuelos hoy. Imagino que lo sabe.

—Verá —ella le habló de usted, pese a que el chico tendría aproximadamente su misma edad, quizás algo más—, no es sobre vuelos o el aeropuerto... Quizás esto le parezca un tanto extraño, pero me gustaría tomar un café con usted. Tengo algunas preguntas que hacerle. No sé si se acordará de mí. Lo dudo.

Por supuesto que se acordaba. ¿Cómo no acordarse de ella?

«Di que sí. Por favor, di que sí —se decía Kassandra esperando una respuesta—. Me dejaste pasar aquella vez. No creo que sea algo que hagas continuamente... Sabías que algo malo había sucedido y aun así me dejaste pasar. Dime que sí», rogó al destino y al chico de enfrente. Continuó mirándolo cándida y estática. Empleaba profesionalmente la aniñada picardía que tantas ventajas le proporcionaba siempre en el terreno de la sugestión, en el que se sabía una experta desde niña.

«¿Qué estarás haciendo aquí? —se preguntó él—. Si estás aquí es que algo sucede, pero ¿qué tendré yo que ver?».

—Sí —respondió él—, me acuerdo de ti. Ahora mismo estoy en mi turno. Saldré en una hora aproximadamente.

La escena sonrió. Los ojos verdes se entrecerraron y él vio entonces su expresión confiada y emocionada, casi infantil. Las dos caras de una misma moneda. Lo que él mismo había definido como el rasgo más singular de aquella chica después de su mirada —y que era lo que la envolvía en ese halo casi palpable de misterio que lo había llevado a fijarse en ella— es que era capaz de transformar su expresión en milésimas de segundo desde un estatismo casi psicopático a una fragilidad extrema; desde infundir temor a inspirar protección en un instante, como un mimo experimentado en imitación facial. Ya no había dudas: era ella y era real.

—¡Bien! —exclamó agradecida—. Gracias. Le juro que solo serán unos minutos.

—Puedes tutearme, aquí tienes mi nombre —se señaló Samir la placa de acero del pecho—, no te preocupes. Podemos vernos en la cafetería en cuanto salga.

—Bien. Pues allí te espero, Samir —volvió a sonreír ella—. Yo me llamo K.

En cuanto se apeó de la furgoneta, sus sandalias y sus pies quedaron cubiertos por la polvareda marrón que las ruedas habían levantado. Los casi cuarenta grados de temperatura le abofetearon el rostro y la obligaron a entrecerrar los ojos. Cerró el portón de atrás tras recoger su bolsa y se protegió la mirada con la mano para poder vislumbrar el poblado a lo lejos.

—*Bon chance, mademoiselle* —la despidió Samir haciendo un guiño al pasado desde el asiento del conductor. Iba acompañado por su hermano menor y parecía nervioso, pese a simular tranquilidad para no inquietar a su nueva amiga.

La había alojado dos días en su casa, con su familia, en los que ella le había contado en privado su historia y él, sus padres y su hermano la habían bombardeado con información sobre su país, su cultura y sus costumbres, y también le habían llenado el estómago con platos típicos hasta indigestarla. Resultó que la chica de hielo en realidad solo estaba helada. Cuando se le proporcionaba el calor suficiente y comenzaba a sentirse cómoda, una joven con un carácter amable, una personalidad arrolladora y un sentido del humor excepcional se abría paso entre las grietas del glaciar que la envolvía. Se intercambiaron los números de teléfono y concertaron volver a verse antes de su partida hacia España, para intercambiar información sobre sus avances.

De Samir todo el mundo decía siempre que poseía un sentido de la nobleza y la justicia muy acentuados, pero hasta que conoció a K y conoció también los avatares vitales que la habían llevado hasta allí, hasta aquel día en el que algo lo obligó a dejarla pasar con aquel pasaporte falso hacia España, no comprendió que lo que él entendía como justicia no era más que una moralidad exacerbada. ¿Era correcto que alguien hiciera de intermediario en una o varias operaciones de tráfico de hachís si con ello tal vez conseguía desarticular una de las mayores organizaciones criminales del mundo y salvaba a miles de futuras mujeres de un destino horrible? Se lo preguntó continuamente tras escuchar los objetivos de K y llegó a una conclusión a la que, de no haberse visto en aquella situación, si ella no le hubiera explicado sus vicisitudes, habría sido imposible llegar: Sí. Para Samir era correcto porque era justo y lo justo —así lo interpretaba él ahora— no entiende a veces de moral alguna. Lo justo solo entiende de verdad.

Conocía a esa gente con el apelativo de «los del favor», pues todo el mundo ayudaba de una forma u otra a esos desalmados a conseguir sus crueles objetivos, aunque pocos estuvieran de acuerdo con ellos y aunque dichos objetivos supusieran el dolor, la miseria y la pérdida de cientos de niñas y adolescentes en Marruecos cada año. Niñas obligadas a vender sus cuerpos al mejor postor, presas de un sistema que las constreñía con la pobreza primero y con la esclavitud sexual después. Las enviaban a esas lujosas mansiones de Casablanca y Nador para ser consumidas, como si fueran una droga más de las fiestas dionisiacas organizadas por poderosos hombres de negocios. Psicópatas con corbata. Constructores, políticos, jueces, demonios, como quienes las enviaban. Demonios, como quienes las vendían, como quienes las compraban y las regalaban. Estaban rodeados de demonios. Todo el mundo lo sabía. Pero nadie decía nada, como siempre. Por no hablar de las miles de jóvenes africanas que cruzaban las fronteras para ser vendidas a Europa. Era despiadado. Lo más despiadado que le habían contado nunca. La pobreza era despiadada. El dinero era despiadado. Y el ser que aprovechaba la necesidad de otro para hacer de ella una fortuna escondía en su corazón un invierno yermo y eterno donde nada podía florecer y donde ninguna emoción lograría jamás sobrevivir. Después del relato de su nueva amiga, dejó de llamar a aquellos hombres como los llamaban en su ciudad para pasar a llamarlos como los llamaba ella: los Hombres de Hielo. Porque eso era lo que eran. Monstruos de hielo. Tras conocer su historia, Samir entendió que aquella chica congelada solo era como una mariposa que mimetiza el color de sus alas para confundirse con su entorno y no terminar devorada por los depredadores que rondan su ecosistema.

—¡Adelante! —la animó Samir antes de arrancar de nuevo, volviendo a utilizar el término que había usado también el día en que se re-conocieron—. Recuerda buscar a Isam; cuarta casa a la derecha y luego a la izquierda; ventanas azules. Vas a estar comodísima. Su madre es adorable.

Kassandra levantó el pulgar para señalar que había recibido el mensaje y le dio las gracias. Se despidió de él y enfiló el camino de tierra que llevaba al pueblo que parecía esperarla entre el polvo y la arena. Las casas cuadradas, de una planta y construidas con barro, la observaban silenciosas a lo lejos. *Salam aleikum,* parecían decirle. «Que la paz esté contigo». Pero ella necesitaba guerra. A veces no necesitas paz. A veces necesitas guerra.

—Adelante —se susurró a sí misma.

—Verás..., cuando estuve aquí, hace dos años, me llevaron a un lugar, un poblado, cerca de Merzouga, pero no recuerd...

—Estoy casi seguro de saber cuál es —la había interrumpido Samir en la cafetería.

Érase una vez una niña que, persiguiendo a un conejo blanco, cayó por error en una madriguera y giró y giró y giró y aterrizó en un nuevo mundo.

—¿Estás seguro?

—Todo el mundo sabe dónde está ese poblado —dijo Samir— y por qué los extranjeros van hasta allí.

—¿Y por qué es tan conocido ese poblado?

Me pregunto, ¿cuántos kilómetros habré caído esta vez? Debo estar acercándome al centro de la Tierra —se dijo Alicia.

—Porque allí vive a temporadas Sadiq Alabi, La Mano. Es el mayor traficante de drogas del este de Marruecos. Y también trafica con nuestras mujeres, con nuestras niñas. Compra a las más pobres y luego las vende para que los hombres pudientes de las ciudades y los pederastas occidentales les hagan cosas horribles.

—Pero no son vuestras mujeres. Las mujeres no somos de nadie, Samir.

Kassandra se arrepintió de haber reprobado así a aquel chico todavía desconocido. Un mal paso podría inactivarlo como contacto. Se mordió el labio inferior. Por suerte, lo que escuchó acto seguido la alivió enormemente.

—Vaya —abrió los ojos—. Es cierto. Jamás lo había pensado así, perdona —se disculpó Samir—. Todo el mundo conoce a La Mano. Es el hombre más despiadado de Marruecos... —se alzó un segundo de su asiento algo inquieto, y se planchó los pantalones con las manos para secarse el sudor que la ansiedad le provocaba en las palmas—, después del Rey de Corazones —añadió.

En el semblante de Kassandra se dibujó una mueca incómoda. Apretó los puños bajo la mesa. Respiró profundamente. Si iba a explicarle a aquel chico sus todavía breves pero rocambolescas memorias para que entendiera lo que estaba ocurriendo y se dispusiera a prestarle ayuda, debía comenzar como comienzan los relatos que aspiran a la sinceridad: por la verdad planteada desde el inicio de la historia.

Es un gran juego de ajedrez el que está siendo jugado alrededor del mundo. [...] ¡Oh, qué divertido es! ¡Desearía ser uno de ellos! ¡No me importaría ser un peón, si tan solo pudiera unirme, y con el pasar de las jugadas, convertirme en una reina! —dijo Alicia.

—El Rey es mi padre —empezó.

Al llegar, Isam, el amigo del hermano menor de Samir, la recibió con toda amabilidad. Era un chico alto y muy delgado, de aspecto desgarbado y de un moreno café, con una todavía incipiente e irrisoria barba que colonizaba a trozos su mandíbula. Kassandra calculó que no tendría más de trece años. Su actitud solícita y su saber estar indicaban una madurez que ella consideraba inusual para su edad, pero que agradeció enormemente. Isam la hizo pasar enseguida, le indicó su habitación, la ayudó a trasladar su bolsa y le deseó que la breve estancia en su humilde casa fuera de su agrado, mientras repetía en varias ocasiones que, por favor, no dudara en pedirle lo que fuera y se sintiera como en su propio hogar, pues en eso se había convertido desde el instante en el que entró por la puerta. A ella no le sorprendió demasiado la amable acogida de aquel chico, pues ya había podido disfrutar anteriormente de la hospitalidad que caracteriza al pueblo marroquí. Más tarde, mientras tomaban un té de menta y hablaban sobre el viaje, Isam se sorprendió de que la extranjera hablara un francés tan perfecto y así se lo comunicó. Kassandra respondió que era así porque había aprendido el idioma desde muy pequeña.

—Mi madre llegará ahora —dijo Isam.

Y justo cuando terminaba de articular la última palabra, tres figuras, dos adultas ataviadas con takchitas y una tercera muy pequeña envuelta en una bonita chilaba rosa, aparecieron por la puerta cargadas con bolsas repletas de alimentos. Las tres, abuela, madre y nieta, reconocieron de inmediato a la chica que estaba sentada en la mesa de su salón. Las tres le dieron una cálida bienvenida entre sonrisas y la besaron «como acostumbraban a hacer los españoles», dijeron divertidas. Kassandra no podía creer que aquellas mujeres fueran sus futuras anfitrionas. Parecía que la vida la usaba como ficha, de nuevo, en algún tipo de juego personal del que ella desconocía las reglas, pues llevaba puesto el colorete que ellas mismas, dos años atrás, le habían regalado.

«No le mires la mano», le había ordenado Aisha, la joven madre, la noche anterior en su casa. Aisha era viuda con solo veintinueve años y no había vuelto a casarse. Su madre, Menna, era una de las más conocidas ensalmadoras ancianas de la provincia. Ejercía de matrona desde hacía muchísimos años, practicaba el ritual femenino de la punción de henna y tinta —para las mujeres amazigh, los tatuajes que la gran mayoría portaban en su frente, barbilla, manos y pies iban mucho más allá de la estética. Su simbolismo era una importante señal de identidad— y trataba de múltiples dolencias, aplicando la medicina tradicional marroquí, a los habitantes de su pueblo y de los pueblos colindantes. Ella misma recolectaba las hierbas y las flores necesarias, molía y mezclaba los ingredientes y preparaba los polvos de infusión y los ungüentos. Su hija Aisha se nutría de su sabiduría desde la adolescencia, por transmisión oral y para continuar el oficio, y Hayat, la pequeña que se acercó aquel septiembre para regalarle el *aker fassi* cuando viajó con Polina, que contaba ya con seis años y hablaba un francés bastante aceptable, aprendería el oficio años más tarde de su propia madre, cumpliendo con el legado familiar.

La mañana siguiente a su llegada, Kassandra se despertó muy pronto para tomar el primer sol. La niña, que la había oído moverse, se levantó silenciosa de la cama para no despertar a su hermano y salió detrás de ella. Kassandra notó su presencia y le hizo un hueco en el umbral de la puerta de entrada de la casa. Hayat se remangó la diminuta chilaba y se sentó a su lado descalza. Le sonrió y la acribilló a preguntas de diversa índole.

—¿Te gusta Marruecos? —preguntó sin mediar saludo previo. La cría la miraba fisgona a través de sus kilométricas pestañas oscuras y curioseaba, ojos abajo, ojos arriba, ojos abajo, ojos arriba, como si aquella chica pálida y amarilla fuera un hada que hubiese aparecido por arte de magia a su lado. Parecía que la niña quisiera comprobar si aquella hada era como la que ella había dibujado en su imaginación.

—Hola, Hayat —la saludó Kassandra—. Me encanta. Es muy bonito.

—Hace calor —se quejó la niña.

Kassandra le dio la razón.

—Más que en mi país —contestó—, pero si sales a esta hora la temperatura es buena.

—¿Y qué es eso? —le señaló la niña el tatuaje que portaba en el dedo.

—Es una K —le enseñó la cara interior de su dedo— como la primera letra de mi nombre, y un corazón.

—¿Como el que me pintaste a mí con el polvo de amapola?

—¡Sí! —recordó Kassandra—, es verdad, te pinté un corazón. ¿Te acordabas de mí cuando me viste o no me reconociste?

—Te conocí —dijo la niña resuelta— porque no te pareces mucho a nosotras. Me gusta mucho tu nombre —la miró y sonrió—. Kassandra —pronunció su nombre muy despacio, arrastrando las letras.

—Y a mí el tuyo. Ayer busqué qué significaba. ¿Quieres saberlo?

—Sí —Hayat abrió inquieta sus enormes ojos color miel.

—«Hayat» significa vida , ¿a que es bonito?

—Pues sí —se enorgulleció la niña—. ¿Y Sadiq te cae mal? —preguntó inesperada.

—No lo conozco aún.

—Es malo —se apresuró a decir.

—Eso me ha dicho tu madre, que es un hombre un poco malo, pero seguro que me trata bien.

—Yo creo que no. Una vez disparó con la pistola. Mejor no vayas a verlo. Quédate con nosotras y jugamos a *Sasabos,* ¿sabes jugar? Hay que saltar muy alto y a veces te caes encima de las otras personas y te ríes mucho. Yo a veces me caigo encima de los otros a propósito —confesó traviesa—, y tienes que decir los días de la semana, pero en dariya, no en francés.

—No sé jugar. Tendrías que enseñarme.

—Vale. ¡Y te enseño dariya! ¿Quieres hablar dariya?

—¡Pues claro! Y yo te enseño a ti castellano.

—Vale —dijo Hayat divertida—. Y también me gusta mucho tu pelo. Tiene el color del sol. El mío es marrón, como la tierra. Luego llamamos a mi *jedda* —nombró a su abuela— y nos hacemos trenzas.

—Toma en serio mis palabras, Kassandra, y no lo hagas bajo ningún concepto —advirtió Aisha—. Sadiq es uno de los hombres más crueles de Marruecos. No tiene problema alguno en vender a niñas y eso solo puede hacerlo alguien sin alma. Sea lo que sea que tengas que hablar con él, mientras lo hagas mírale a los ojos. Se enfadará mucho si le miras las manos. Todo el mundo sabe que no deben mirar la mano izquierda de Sadiq Alabi. Tú no mires hacia abajo, ¿de acuerdo?

Aisha preparó a Kassandra una infusión relajante para calmar sus nervios y las dos jóvenes estuvieron charlando hasta altas horas de la madrugada. La pequeña estuvo rondando por la casa, aprovechando la ocasión especial de tener a la forastera de invitada, hasta que su madre decidió no alargar más su vigilia y la mandó a la cama, y Hayat pidió que Kassandra le contara algún cuento de su país antes de dormir.

—No conozco muchos cuentos de mi país —se lamentó Kassandra—. Pero sé de uno que creo que puedo leer desde mi móvil. ¿Te han leído alguna vez *Alicia en el país de las maravillas*?

Hayat negó con la cabeza. Su madre, que sí lo conocía, aseguró a su hija que le encantaría. Isam se había ocupado aquella mañana de hablar con los encargados de La Mano en el pueblo para concertarle a la extranjera una cita con él, que llegaría desde Tánger al día siguiente.

Isam la acompañó a pie hasta el final de un estrecho camino, en la linde del pueblo, y le repitió encarecidamente que no pronunciara el apodo del traficante y que al dirigirse a él lo hiciera por su nombre propio. Como todas las demás, la casita estaba construida con paredes de tapial que guardaban la humedad y la protegían del calor asfixiante que se adueñaba de los parajes desérticos del Atlas marroquí en los que se asentaban los poblados. Dos chicos jóvenes, algo mayores que él, custodiaban la entrada de la cabaña de terracota habilitada como despacho. Uno de ellos retiró la cortina que hacía las veces de puerta, entró y avisó de la llegada de la extranjera.

—Tienes que entrar con ella —dijo al salir dirigiéndose a Isam—. El jefe no ve a mujeres solas.

Isam dudó unos instantes, pero entendió que no podía rechazar la orden y posó resignado su mano en la espalda de Kassandra para que pasara delante de él. «No mires», le recordó entre dientes.

El hombre permanecía callado. Llevaba mirándola fijamente más de un minuto solo a ella, sentado tras la mesa de madera sobre la que apoyaba las manos.

«La mano. No le mires la mano». Podía oír como el pensamiento de Isam, sentado a su lado, se trasladaba desde su cabeza a la suya a unos centímetros de distancia. Kassandra se concentró en mirarlo a la cara. Estaba segura de que el hombre no era tan viejo como aparentaba, si bien su aspecto era el de una persona muy desgastada. El color oscuro de aquella piel curtida se ensombrecía aún más entre las profundas arrugas de su rostro, como si fueran pequeñas grietas por las que en lugar de luz se colara la oscuridad. El silencio continuó, dueño de la estancia, y los dos ojos marrón oscuro de córneas amarillentas y envejecidas la escrutaban serios en una especie de duelo de esgrima psicológico, cuyo fin era probar su educación, o su miedo, o su respeto. No lo sabía a ciencia cierta, pero, tras los angustiosos tres primeros minutos —que a Kassandra le parecieron horas—, el traficante habló.

—¿Cuál es su nombre, ah? —se dirigió a Isam.

—Se llama Kassandra —contestó él.

Otro largo silencio envolvió el lugar. Dos minutos.

Inopinadamente, el traficante mudó su actitud seria y su cuerpo y su expresión se distendieron, como si una repentina pretensión de crear un ambiente de confianza se hubiese apoderado de él. Se recostó en la silla hacia un lado, se relajó y dejó de fruncir el ceño.

—Bien, Kassandra —la miró—. ¿Por qué estás aquí, ah? ¿Qué es lo que quieres de mí?

Kassandra relajó los hombros encogidos e intentó acomodarse. El hombre repetía continuamente la interjección «ah» y la añadía prácticamente a cada frase sin que aportara significado alguno. Pese a su acusado acento árabe, hablaba un francés bastante bueno.

K cayó en la cuenta de que, aparte de tener en tensión músculos de su cuerpo que ni siquiera conocía, había dejado de respirar desde que él había hablado. Inspiró profundamente y despacio, para que el hombre no se percatara de que el nerviosismo se había apoderado de ella.

No existe una historia sin un principio. Igual que la historia de un libro comienza cuando el escritor decide escribirla; la historia de una vida comienza cuando el protagonista decide ejecutar la acción que lo inicia todo. En ocasiones, sabemos cuál debe ser esa acción; en otras lo desconocemos por completo. A veces, incluso tras la supuesta ejecución de la acción determinante, todo varía, y lo más insignificante se convierte entonces en lo más significativo. Kassandra creyó que lo que ella dijo a continuación constituía *la acción,* pero en realidad fue lo que hizo inmediatamente después lo que prendió la chispa.

—He venido desde España como intermediaria para ofrecerle un trato —empezó. Y lo miró a los ojos con tanta fuerza que notó cómo aquella intensidad le robaba energía.

Y el hombre le devolvió una mirada tan potente que casi pudo sentir que el marrón zaíno de aquellos ojos se clavaba en los suyos y aquella sombra que emanaba de la figura del traficante atravesaba el verde de los suyos y mancillaba la selva virgen que crecía en ellos dejando un rastro de fango seco allí por donde se deslizaba.

—A cambio de algo —continuó.

Y se paró ante lo que iba a decir, como si mirara al abismo desde el borde de un acantilado antes de saltar, con aquella sombra detrás acechándola, sin saber adónde la llevaría aquel paso si lo daba. Pero no era ella la que miraba, sino Kassandra niña que se asomaba de puntillas a aquella grieta. Al fondo, un abismo frío y oscuro lleno de monstruos la esperaba, quizás para devorarla, quizás para que se convirtiese en uno de ellos. «Debo hacer que el fuego avance —recordó sus propias palabras—. Salta, Kassandra».

—Yo le daré mucho dinero —ofreció a Sadiq Alabi— si usted deja de dar mujeres a alguien que conozco.

La niña había saltado al acantilado envuelta en llamas. Y entonces ocurrió: la acción.

Lo primero que hizo Kassandra tras pronunciar aquellas palabras, como si sus ojos quisieran cobrarse la inmersión que la sombra del hombre había efectuado en ellos instantes atrás, fue saltarse las reglas. Lo hizo aparentemente forzada por sus inevitables impulsos, como un salvaje cuya naturaleza no comprende la existencia de una norma. Y el traficante captó el delicado y sutil desafío.

Posó —delante de él y ante su atenta mirada— sus pupilas en aquel trozo de carne marchito y oscuro, similar a una corteza seca y dura. Pero no era la leña calcinada de una hoguera lo que Kassandra miraba, sino la arrugada y ennegrecida mano de Sadiq Alabi, totalmente abrasada por el fuego.

Era más bajo de lo que ella recordaba. El aura de poder que reflejaba su sombra en la pared de barro de aquel despacho la había hecho imaginarlo gigantesco, enorme, pero ahora, ambos de pie y caminando por el terreno colindante al poblado, caía en la cuenta de que la sombra de aquel hombre era más grande que él. La misma noche en la que se conocieron, uno de los chicos que custodiaban el despacho le había comentado a Isam que al jefe le gustaría dar un paseo con la extranjera al día siguiente.

Anduvieron un rato ambos en silencio, sumidos cada uno en sus pensamientos y observando el paisaje, hasta que llegaron a una hoguera donde unos hombres, sentados en dos alfombras en el suelo, competían en una especie de juego con piedras que se parecía a las damas o al ajedrez. Kassandra supo que evitaron mirarla porque caminaba acompañada del traficante. Entabló conversación con él.

—¿Incluso en verano prenden hogueras aquí?

Al traficante pareció agradarle que la chica por fin entablara conversación con él.

—Ah, sí, así es —confirmó—. Para nosotros la hoguera no es solo una forma de calentarse, es un símbolo de unidad. Es una forma de sentirnos parte de algo, igual que cada llama se siente, prenda donde prenda, parte del fuego. Todas las llamas pertenecen a un mismo elemento, eso las une entre sí. Así es.

Rápidamente, y como si hubiera estado esperando a hablar durante todo el camino, la voz y la actitud de Sadiq Alabi adoptaron un tono exclamativo y se paró en seco, mirándola.

—¡Ah! —exclamó—. ¿Sabes que el fuego no tiene sombra, Kassandra? —Sonrió ampliamente, dejando entrever varios dientes de oro. Era la primera vez que la llamaba por su nombre. Sonreía y a Kassandra aquella actitud dinámica y amable que había aflorado en su ajado rostro le inspiró juventud y confianza—. Es como tú, tan blanca que seguro que no tienes sombra. Translúcida —le dijo enfatizando la palabra con la mano, como un director de orquesta.

Kassandra cayó en la cuenta de que la mano quemada del traficante temblaba al efectuar movimientos bruscos, como si algún nervio estuviera desajustado. Intentó disimular el efecto que aquella visión le provocaba.

—Sí —rio—. Soy casi translúcida, eso es verdad. Aquí todo el mundo es muy moreno.

—Eres como el sol allá arriba —replicó él. Alzó las manos al cielo señalando el astro rey— o la hoguera aquí abajo. El fuego parece cálido, pero en su máxima expresión es blanco.

Después calló un segundo, pensando, sujetando las manos tras la espalda.

—No tenía ni idea de que el fuego no tenía sombra —dijo ella.

El hombre asintió.

—Así es —repitió. Percibió que a la joven extranjera le gustaba aprender y decidió explayarse—. El fuego no tiene sombra porque la luz no puede desprender oscuridad. Luz y oscuridad son lo contrario entre sí, ah, por eso es imposible que la luz tenga sombra, y viceversa. La sombra no puede tener luz.

Sadiq Alabi separó las manos y las abrió mostrando las palmas, apuntando esta vez hacia ella. Kassandra volvió a mirar de nuevo la mano y la comparó con la otra. «Deja de hacer eso, K», se reprendió a sí misma.

—Tú eres blanca, blanca... —dijo señalándola— como una luz muy intensa. Como la llama del fuego, ¿ah? Sí. Como una llamita.

—Supongo —sonrió ella, realmente satisfecha con el apelativo—. Una pequeña llama. Es bonito. Muchas gracias.

Continuaron caminando y se alejaron de los hombres que jugaban para acercarse al camino que llevaba a la cabaña del despacho del traficante.

—Me has mirado las manos —le espetó inesperadamente Sadiq Alabi sin aflojar el paso.

Kassandra estuvo a punto de detenerse, pero tragó saliva y continuó. «Mierda —se dijo—, lo sabía». Evitó hablar y deseó que el traficante no volviera a hacerlo. Él tampoco dijo nada. Esperaba una respuesta.

—Sí —confesó ella.

«Mierda», volvió a decirse. Quiso decir algo más en voz alta, pero calló. «Cállate, K». Ahora era a ella a quien le temblaban las manos. Se secó el sudor nervioso en su camiseta blanca y la arena que había en ella se le pegó en las palmas. Se la sacudió instintivamente, frotándose las manos una contra otra. De repente cayó en la cuenta de lo que estaba haciendo con las manos. «Las manos, K. Por dios, deja de hacer eso».

—No tienes miedo —dijo el hombre. E inmediatamente, antes de que ella pudiera contestar nada, le planteó una pregunta que hizo que Kassandra comenzara a sentirlo—. ¿Sabes por qué la gente teme matar?

«Mierda, mierda, mierda». Kassandra no contestó. Volvieron a sudarle las manos, esta vez el doble, pero no podía secárselas ni volver a frotárselas. Separó los dedos para dejar pasar el aire.

—Porque matar te recuerda que no eres inmortal —dijo él—. Cuando matas a alguien, estás reafirmando la idea de que tú mismo puedes morir, ah, y eso no nos gusta, ¿verdad?

—Ciertamente. Morir no debe ser divertido —dijo. Le costó horrores articular bien cada palabra sin tartamudear.

—Ah, no. No creo. Nada hay que iguale más a las personas que la muerte. Ricos y pobres; malos y buenos; todos mueren y terminan siendo polvo, como esa arena —señaló las manos de Kassandra y ella cayó en la cuenta de que el hombre también había notado que evitaba moverlas de nuevo—. Pero incluso aunque su guadaña cercene el alma de todo ser humano, no logra la muerte igualar a todos en la estela del camino que tomaron en vida. Ahí está la clave.

Kassandra asintió mientras seguía caminando, más calmada ante la explicación. Sadiq Alabi no era solo un despiadado traficante cuya figura inquietaba a la gente de su país, sino que también era un hombre tremendamente sabio y profundo. Llevaba razón cuando decía que la cuestión de la muerte era en realidad una cuestión de vida. Todos moriremos, pero no todos seremos recordados igual después de muertos y ello no depende de la forma en que muramos, sino de la manera como hayamos vivido.

—¿Y sabes por qué yo no temo matar? —se paró en seco.

Ella lo imitó. La miró expectante, pero Kassandra permaneció callada. El hombre sonrió. Los dientes dorados volvieron a relucir. Levantó las cejas exigiendo gestualmente una respuesta.

—Porque no le teme usted a morir, supongo —contestó ella ingeniosa, intentando ganarse su aceptación. Él negó con la cabeza.

—La respuesta es que soy inmortal —la corrigió—. Recuerda mis palabras «la muerte no logra igualar la estela que dejamos en vida». ¿Puedes limpiar cada grano de una tormenta de arena, Kassandra? No. Es imposible. La tormenta cesará, pero siempre dejará un rastro. Los hombres como yo son como esa tormenta. Su poder se levanta y crece hasta arrasar con todo, hasta que todo el mundo, aunque no haya sufrido una sola tormenta de arena ni haya visto nunca ninguna, las teme. Su legado se extiende hasta ser imborrable. Se transforma en leyenda. Los hombres poderosos no mueren nunca, querida llamita. Son inconmensurables e inmortales, como el tiempo. Por eso no le temo a matar: porque soy inmortal. Los hombres como yo no le temen a la muerte porque nunca mueren.

Kassandra repasó la respuesta de Sadiq Alabi en su mente, palabra por palabra. Se secó de nuevo las manos instintivamente en la camiseta.

«¿Y las mujeres?», pensó.

Al llegar al despacho, el traficante mandó a los dos jóvenes guardias afuera y se quedó, sorprendentemente, a solas con ella. Se sentaron ambos alrededor de la mesa central.

—He estado pensando en tu trato —dijo él.

Kassandra permaneció sentada, muy erguida, en posición de espera a que se hablara de nuevo.

—Creo que es un buen trato y que sea tan bueno me hace dudar. ¿Cuál es el verdadero trato, ah?

—El trato es ese, señor —a Kassandra le gustó cómo sonó en su voz dulce el apelativo. Sonó correcto, educado. Aniñado, pero no suplicante. Aquel detalle, junto a la incipiente actitud paternal de él, la animó a intentar terminar de convencerlo—. Si deja de trasladar a niñas y mujeres y de comerciar con ellas, yo abro para usted el negocio en España. Con todo el beneficio para usted y mi otro contacto. No me llevo nada.

—Ah, nadie hace un trato si no se lleva nada —respondió él.

—Solo necesito tiempo —contestó ella tras reflexionar un instante—. Eso es lo único que me llevo del trato.

—¡Ah! ¡Cambiar tiempo por hachís y dinero! —exclamó el traficante—. ¡Qué tristeza ser occidental! Consumís muchas cosas, pero añoráis consumir el tiempo, que es lo único que no se puede comprar ni poseer. Es el tiempo el que os consume a vosotros. Ah, qué pena —movió la cabeza de izquierda a derecha, como adoptando una pose trágica.

—Pero el tiempo nos consume a todos..., ¿no, señor? —se permitió preguntar ella curiosa.

Él negó con una media sonrisa. No a todos, pareció expresar con aquel gesto.

—El tiempo, ah..., imagina un reloj sin manillas, eso es el tiempo en África. Los occidentales vivís marcados por unos números que no os dejan vivir. A esta hora, esto. Corro hasta esto porque se me acaba el tiempo. Se acaba el tiempo. ¡Ah! El tiempo... El tiempo no se acaba. El tiempo no existe. Nosotros lo inventamos. Eso —señaló el reloj de muñeca de Kassandra— es lo que os hace perder la vida. El problema es que medís la vida. Vivís viendo la vida pasar y eso os angustia.

Sadiq Alabi se alzó y recorrió lentamente el espacio que los separaba. Cogió la muñeca de Kassandra y la giró, desabrochó su reloj y lo dejó en la mesa de un golpe. Entre él y ella. Retornó a su sitio y se sentó de nuevo.

—Aquí no hay tiempo, querida llamita. Si eso es lo que necesitas —dijo mientras cogía el reloj de pulsera y lo guardaba en uno de los cajones de la mesa— lo tendrás cuando te vayas.

—Regresaré dentro quince días a mi país. Con el estado de emergencia sanitaria es imposible organizar otro viaje antes.

—Shh... —la mandó callar colocando el dedo índice de la mano buena en sus labios—. Fuera números. Disfruta de mi pueblo y, cuando vayas a regresar, vienes y lo vuelves a coger. —La miró abriendo los brazos—. Aquí estará tu tiempo. Esperándote mientras tú no sabes qué hora es. Y ¿por qué no sabes qué hora es? Porque no hay nada que te lo diga —sonrió ampliamente, orgulloso de su razonamiento.

—¿Le puedo preguntar una cosa? —dijo ella.

—Sí. Así es.

—Si nunca lleva reloj..., ¿qué hace usted cuando quiere medir una duración?

Sadiq Alabi sonrió astuto. Levantó el dedo índice en señal de espera y extrajo algo del mismo cajón donde había guardado el reloj. Lo colocó en la mesa y le dio la vuelta.

Era una clepsidra de arena. La tierra que contenía empezó a deslizarse formando poco a poco una duna dentro del receptáculo inferior.

—Aquí lo ves. Mi tiempo no tiene tic-tac. Se derrite como el sol entre las montañas ambarinas de nuestro Atlas marroquí. No entiende de mecanismos humanos ni de máquinas ni de marcadores. Mi tiempo se mide en instantes y lo mido cuando quiero. Mi tiempo es la tierra. Mi tiempo es la vida.

Fijaron la fecha del primer contrabando y dispusieron todo lo necesario para el plan. El tiempo continuaba deslizándose en la clepsidra constante, levantando un leve polvo al posarse, como una minúscula tormenta de arena.

A Kassandra aquella escena y aquella conversación le recordaron mucho a otra de su libro favorito, *Alicia en el país de las maravillas.* Pensó en el conejo blanco corriendo ansioso, señalando el reloj en la mano, mientras la protagonista se preguntaba curiosa adónde iría ese animal parlante con tanta prisa. Pero esta vez no era Alicia quien comenzaba a perseguirlo en su nueva ensoñación, que se abrió paso a través de sus pensamientos, sino Kassandra niña.

¡Llego tarde! ¡Llego tarde a una cita muy importante! Por mis orejas y mis bigotes, ¡qué tarde se me está haciendo! —gritaba el conejo.

Inconscientemente, sintió los nervios de la prisa. Acercó la mano a la clavícula y cogió la única alhaja que ahora, tras verse desprovista de su reloj, llevaba puesta. El colgante de plata que colgaba de su cuello. Apretó el bate.

Alicia le siguió, sin antes considerar cómo narices iba a poder volver a salir. La madriguera se extendía recta como un túnel, y de repente descendía. No tuvo tiempo para pensar en detenerse antes de encontrarse cayendo por ella.

Kassandra niña cayó. De nuevo al abismo. Envuelta en la incertidumbre.

Sadiq Alabi se levantó y la visión de K se desvaneció de golpe. El traficante estaba guardando algunos objetos mientras farfullaba: «Mi tiempo siempre es el mismo; puedes darle la vuelta de nuevo. El vuestro corre y os va detrás diciendo: ¡Aquí estoy, ah! ¡Aunque no me mires sigo aquí, sonando sin parar!».

—Ah, el tiempo... —resopló mientras continuaba recogiendo otras cosas. Ella seguía sentada e inmersa de nuevo en sus imaginaciones—. Tic-tac, tic-tac, Tic-tac, tic-tac —siguió la onomatopeya con el dedo índice, de izquierda a derecha—, el tiempo para vosotros corre. Como si se os fuera a acabar de un momento a otro, ah, ¡es horrible!

Y con aquellas palabras, Kassandra sintió que algo dentro de ella comenzaba a moverse automáticamente, despacio y constante. Izquierda, derecha. Izquierda, derecha.

Apretó aún más el bate. Recordó sus propias palabras: «Necesito tiempo».

Izquierda, derecha. Izquierda, derecha.

¡Me pregunto si estaré cayendo directamente a través de la tierra! —exclamó Alicia mientras rodaba por la madriguera.

«Necesito tiempo».

Miró la clepsidra. Casi toda la arena de la parte superior estaba ya en la inferior. Hubiera jurado que Kassandra niña caía entre los últimos granos de arena, mareada, dando vueltas sin cesar, como Alicia por la madriguera.

¿Era el mecanismo de un reloj interno?, ¿era un volcán?, ¿era el inicio de una tormenta lo que sentía dentro de sí misma? Fuera lo que fuera, había despertado. El traficante recorría el despacho repitiendo sin cesar la onomatopeya, como un mantra. Tic-tac, tic-tac.

¿Y las mujeres, pensó Kassandra, podrían convertirse en

esa tormenta de arena? ¿Podían las mujeres arrasarlo todo? ¿Convertirse en leyenda? ¿Reírse de la muerte?

El traficante guardó la clepsidra en el cajón, aunque la arena aún no había terminado de caer. Kassandra apretó tanto el bate que sus dedos emblanquecieron. Izquierda, derecha. El tiempo corre, recordó en un susurro lento. Izquierda. Derecha. «Pero a mí también se me da bien correr.» Izquierda. Derecha. Izquierda. Derecha.

Tic-tac.

LUZ Y OSCURIDAD

La concentración de los controles policiales en cuestiones más acuciantes facilitó la llegada del alijo y su trasvase de los contenedores a las furgonetas que esperaban fuera. Tres trabajadores del puerto, con permiso para moverse por toda la zona, fueron los encargados de seguir el curso de la mercancía hasta que esta tocara tierra firme. Una vez allí, los esbirros de Tío Luis, que se habían desplazado de madrugada para recoger los cientos de paquetes, quedaron boquiabiertos al escuchar los tacones y girarse para posar sus miradas en la acera. Lo que vieron y vivieron fue cuanto menos dantesco. Una mujer negra, ataviada con una balaclava negra que le cubría por completo la cabeza, exceptuando los ojos, enfundada en un ajustado vestido corto de terciopelo y subida a unos altos *stilettos,* bajó totalmente sola de un coche, como si una sombra nocturna se desplazase entre farolas recién apagadas y, sin mediar saludo alguno, comenzó a dar órdenes mientras vigilaba con avidez y pistola en mano que ninguno de aquellos mandados —jóvenes y no tan jóvenes— se quedaran ni un solo fardo.

Días después, Tío Luis las llevó a un club de tiro para enseñarles a disparar. «Nos vamos de excursión, niñas», advirtió antes de abrirles las puertas del Cayenne.

Ciento ochenta kilos de hachís. Directos de las plantaciones kilométricas de Marruecos a España, casi sin intermediarios que inflaran el precio, por lo que se procuraba un margen de beneficio nunca visto para los receptores españoles. Era uno de los tratos del narcotráfico más favorables que se había cerrado en años. Tan magnífico que parecía un golpe de suerte; un guiño del azar. Aunque las culpables de ello —dos chicas de veintipocos años— sabían que el azar no era en absoluto el padre de aquel alijo recién desembarcado.

Una vez en el club de tiro, ambas fueron presentadas a otros narcos y así mismo a sus hijos, yernos, sobrinos y nietos. Todos hombres. El lugar parecía un punto de encuentro entre traficantes y el bar, destinado a dar servicio de desayunos y comidas, el de sus reuniones. Entre disparos y cascos antisonido, se discutían los tratos y se practicaba el tiro legal por si, en un momento dado, el ilegal fuera necesario. Al principio, se sucedieron las bromas obscenas sobre las dos mujeres, pero, tras las explicaciones en privado de tres de los hijos de Tío Luis sobre quiénes eran las nuevas y qué hacían allí, las bromas cesaron y absolutamente todos se interesaron en establecer una buena relación con ellas.

—Un poco más abajo. Los milímetros en un tiro importan mucho más de lo que parece —la advirtió su padrino colocado justo detrás de ella guiándole los brazos—. Debes tener en cuenta el movimiento del retroceso que provocará la descarga para dar justo donde quieres. La bala siempre dará un poco más arriba del lugar al que apuntas. Baja un poco; un poquillo, casi no lo muevas. —Juntó despacio el índice y el pulgar ante los ojos de Kassandra, como si quisiera atrapar una estrella en el cielo, indicando lo minúsculo del movimiento. La soltó y se alejó.

Kassandra fijó el punto con la mirada y apretó el gatillo. Su brazo se movió, tal y como él había dicho. Dio cerca del centro de la diana. El padrino aplaudió.

—¡Qué ahijada tengo! —bramó ante los otros—, ¡qué ahijada! A que ninguno de vosotros ha visto a una mujer tirar así, ¿eh? ¡Esta es pura hija de su padre! —exclamó henchido de orgullo—. ¡No hay duda!

Y todos rieron. Y a Kassandra eso le dio más ganas de disparar.

—No podemos decirte quién nos provee. Establecerías trato directo con ellos y no podríamos cumplir con nuestro objetivo. Somos tus intermediarias. Eso es todo.

En otro de los cubículos destinados a la práctica de tiro, Tío Luis, que había mandado a su hijo mayor que siguiera junto a Kassandra, mostraba ahora a Maisha algunos trucos de detonación mientras conversaban. De vez en cuando, la chica dejaba de practicar y continuaba la charla con el narcotraficante.

—Yo sigo sin entender cuál es vuestro objetivo, amiga mía. Pero me está viniendo de lujo que lo tengáis. Baja un poco más el hombro —le indicó—. Un poco más hacia la izquierda, así, eso es, muy bien.

—Verás, Tío... Tu ahijada siempre dice que esto es un poco como una partida de ajedrez. Digamos que queremos cercar al Rey para que no tenga escapatoria. Para nosotras es importante que esos locales tengan problemas para funcionar. Y a nadie le interesa saber nada más.

Maisha pensó, justo después de haber hablado, que se había excedido en el tono. Su carácter era a veces algo punzante y pecaba de exceso de seriedad en sus formas, y eso la molestaba cuando lo que quería no era imponerse, sino caer bien. Era demasiado autoritaria, pensó. Debía relajar un poco su temperamento. Dulcificar su voz, sus maneras, sus modales, como K. A ella solían tomarla en serio y, sin embargo, era terriblemente tierna. ¿Cómo lo hacía? Quizás era su forma de mirar. Hablaba suavemente, como una niña intentando provocar afecto en un adulto, enseñando ingenua los pocos caramelos que portaba en sus manos para así conseguir más, pero a su vez miraba de forma salvaje, como una cazadora. Y la dulzura de su voz impregnaba la orden que contenía su mirada, como envolviéndola en miel. Y entonces tragabas la orden. Y te sabía bien. «¿Harías esto?», preguntaba mientras sus ojos te decían «lo harás». Y lo hacías. Ese era su truco: convencer haciéndote pensar que la ayudabas o que, en realidad, le hacías un favor. Te convertía en un falso héroe; en un triunfador impostado que hacía de ella la verdadera ganadora.

En cambio, ella solo sabía ser cazadora. Mandar era lo suyo, pero, a veces, en la vida uno debe dejar de lado la confrontación para dar paso a la convicción. «¿Que te teman o que te amen? —se preguntó—. Siempre es mejor que te teman si lo que quieres es protegerte, pero ¿no es mejor que te teman precisamente porque te aman?». Por eso había dejado de hablar. No era buena comunicando. No había sido solo una cuestión de rebeldía, sino de miedo. Hablar la ponía en peligro. Su voz la ponía en peligro. Tenía miedo a hablar y que alguien supiera por su voz *algo* de su carácter y aquello la convirtiera en una diana, como contra la que ahora disparaba. ¿Era también el miedo a los demás lo que la hacía querer infundir instintivamente miedo todo el tiempo? Debía dulcificarse..., pensó, pero ¿cómo se dulcifica alguien con un pasado tan amargo? ¿Cómo le añades miel al miedo? El miedo siempre sabe horrible. ¿Cómo te tragas el miedo?

Convirtiéndolo en el caramelo. Debes convertirte en la niña que juega con el miedo con su lengua. Puedes escupirlo si no lo necesitas más y no es necesario que te lo termines y te lo tragues obligatoriamente. Ese era el truco de su amiga: chupaba el miedo como una piruleta y aquello hipnotizaba a quienes tenía enfrente. Y normalmente el terror lo sentían ellos, pero no se daban ni cuenta. Se quedaban embelesados al observar cómo manejaba su fortaleza, que en realidad no era más que su miedo envuelto en dulce. Usaba sus propios temores a su favor. Ella también tenía que encontrar la forma de convertir el miedo en su fortaleza, sí. Que fuera simplemente algo que estaba ahí mientras ella hacía otras cosas. Y así luego se convertiría en algo entretenido, pues sabría que podría manejarlo. Llevarlo de un lado a otro. Como un caramelo en su boca.

El traficante no se percató del tono autoritario que tanto preocupaba a Maisha y asintió amablemente para indicar que comprendía las directrices. Se frotó los dedos rechonchos, se ajustó el cinturón a la abultada barriga y se subió el pantalón vaquero, acomodándoselo. Era un hombre de complexión muy gruesa y barba negra e hirsuta. Su piel era de un marrón muy oscuro que a Maisha le recordaba la madera del nogal y se reía muy fuerte, terminando las carcajadas como si le faltara oxígeno. Pese a ser uno de los mayores narcos de la zona y el patriarca de una extensa familia dedicada al negocio, había algo entrañable en él. Era un hombre amable.

—¿Estás contento con el trato, Tío? —preguntó Maisha mirándolo directamente a los ojos. Intentó mostrarle el dulce.

Y entonces el traficante se dio cuenta de que sí. Estaba muy contento con lo que ocurría. ¿Cómo aún no se lo había dicho? Tenía que hacerles ver que estaba contento, pues al fin y al cabo eran unas crías y a ellas les debía el dinero que comenzaba a ganar. Había que mantenerlas contentas.

Kassandra se reunió con ellos en el puesto de tiro. Hablaron resguardados entre los dos tabiques que lo delimitaban mientras otros tiradores practicaban en sus respectivos cubículos.

—Estoy contento con el trato y con vosotras —sonrió—. El material es bueno y a mis sobrinos y a sus clientes les ha encantado; el precio es también bueno; dudo que os estéis llevando algo, ya que no podría ser tan barato. Y por eso creo en vuestra palabra y me despierta mucha admiración que hagáis esto solo por lo que sea que lo hagáis —levantó las palmas, como no queriendo saber—. Pero eso sí. Permitidme que os haga un regalo a cambio. —Miró las muñecas de Kassandra desnudas—. ¿Te gustan los relojes? —preguntó.

—Estoy dejando de creer en el tiempo últimamente.

Luis rompió a reír a carcajada limpia. Sacó un paquete de tabaco de su bolsillo y se encendió un cigarrillo. Fumar estaba prohibido en la zona de práctica, pero era evidente que a él, como a muchos otros, no le importaba contravenir la prohibición.

—Qué sabia eres, hija. Pues te regalaré otra cosa. Pensaré en algo que os guste a ti y a tu amiga. ¿Seguro que no buscas un marido? Tengo a varios sobrinos disponibles y sabrías llevarlos bien como mujer. Menudo carácter.

—La verdad es que ahora mismo no me interesa mucho casarme —le agradeció divertida—. Estoy centrada en otras cosas.

—El objetivo, el objetivo... —repitió él—. Está bien. —Dio una calada—. Como sabrás, es mejor que en nuestras conversaciones telefónicas —extrajo dos pequeños teléfonos móviles del bolsillo de su pantalón— no se pronuncie ningún nombre. En dos semanas volveré a llamarte. Como sabes, desde mi infancia me unía a tu padre una relación sincera de amistad y cariño, y no puedo más que extender esos sentimientos a ti..., y hacia ti también —miró a Maisha, que le sonrió—. Deseo que vuestra partida vaya bien hasta entonces. Si tenéis algún problema, no dudéis en llamarme. Ha sido un placer hacer tratos con vosotras.

—Te llamaré si lo necesito, padrino. Aunque para mí, a partir de ahora, serás Alfredo. ¿Te gusta el nombre? Al fin y al cabo, llevas razón con lo de las llamadas. Estamos saltándonos la ley.

—¿Qué ley? —preguntó retórico mientras las acompañaba a través del campo de tiro hacia la salida. Y antes de que ella pudiera responder, respondió él mismo revolviéndole el pelo rubio con una mano a modo de cariñosa despedida—. ¿De verdad crees que no hay leyes aquí? Que actuemos al margen de la ley oficial no implica que no estemos cumpliendo con otras. Este mundo está lleno de leyes. Horarios, silencios, organización, negociaciones, posiciones. El mundo del narcotráfico es el mundo con más reglas que conozco. Pero eso déjamelo a mí. Vosotras sed simpáticas con los marroquíes, que se os da muy bien.

»¡Ya sé qué os voy a regalar! —gritó alejándose y dirigiéndose al bar del club de tiro—. ¡Os va a encantar! No es maquillaje ni son joyas, aunque si queréis también mando a mis nueras y a mi mujer a compraros de eso. El mío será un regalo especial... para dos chiquillas muy especiales.

—Solo una copa —había dicho Noa—. Luego la apagamos y nos vamos.

Las autoridades habían recomendado no prender hogueras en toda la costa de la provincia durante la madrugada de San Juan para evitar aglomeraciones, pero las seis amigas, que se habían conocido en la universidad, debían realizar un ritual de forma casi obligatoria por el que consideraban que valía la pena bajar hasta la orilla del mar aquella noche.

Prendieron la hoguera en una pequeña cala en cuyas cercanías vivían Daniela y Marta, dos de las integrantes del grupo. La elección del lugar no había sido casual. Aquel era uno de los rincones marítimos favoritos de Bilma. Su intensa predilección por el mar y, en concreto, por la celebración del solsticio de verano era más que conocida por todas. Aquella era la razón por la que habían acordado reunirse aquella noche de San Juan —la favorita de su amiga en todo el año—, con la inusual situación de que, esta vez, estaban casi a solas en la playa y sin ella. Un año antes, aquel pequeño trozo de litoral estaba atestado de gente y repleto de pequeños focos prendidos, que lo decoraban con sus llamas hasta convertirlo en una suerte de constelación terrenal. Aquella noche no. Aquella noche solo una pira iluminaba la zona en penumbra. Y seis chicas jóvenes bebían alcohol mientras escuchaban música y bailaban y el mar, con su vaivén, intentaba acercarse a sus piernas cada pocos segundos.

Llegada la medianoche —hora en la que se celebraba la efeméride y se pedían deseos al saltar las hogueras—, todas dejaron de bailar y conversar y se reunieron cerca del fuego. La primera en saltar fue Noa, que, vaso en mano, se colocó algo lejos de la pira para correr hacia ella y tomar impulso.

—¡Por mi futuro amoroso, que está tan oscuro como el cielo de ahí arriba! —gritó, y dio un largo trago antes de comenzar la carrera.

Todas estallaron en risas.

—¡La verdad más verdad del año! —bromeó una de ellas.

Noa saltó por encima de las llamas limpiamente, sin rozarlas. Sus pies descalzos aterrizaron en la arena húmeda cerca de la orilla. Entonces cayó en la cuenta de que estaba mareada y anunció a las demás que dejaba de beber por ese día. Volvieron a reír todas. Era el turno de la siguiente.

—¡Por mi futura plaza! —dijo Isabella, que estudiaba Enfermería—. ¡Ah! Y porque encuentren la vacuna de los cojones. Yo otro abril confinada no lo paso sin volverme loca.

Las seis amigas chocaron sus vasos de plástico y bebieron, respaldando la necesidad de que se cumplieran sus deseos.

Los saltos y peticiones fueron sucediéndose hasta llegar el turno de Kassandra, a la que le tocó ser la última.

—Ya va la corredora a demostrarnos cómo se hace un sprint —ironizó Carla.

Todas estallaron en risas.

—Que conste que he perdido fondo —advirtió en broma Kassandra.

Se levantó y se colocó a unos metros de la hoguera. Después se quedó pensativa y miró pícara a sus cinco amigas. Se recogió el cabello en una cola con la goma que llevaba en la muñeca y comenzó a alejarse mucho más que las demás, hasta casi llegar al final de la playa, haciendo honor a su afición y al apodo por el que la terminaba de llamar su amiga. Las otras, bastante achispadas ya por las copas, la jaleaban con vítores, palmadas y risas mientras se alejaba tomando una distancia exagerada. A unos cien metros de la hoguera se paró. Inspiró y sonrió. Comenzó a correr. Las plantas de los pies se hundían pesadas en las pequeñas dunas que al acercarse al grupo y a la orilla se aplanaban y se alargaban. Pese a la dificultad de movimiento, la velocidad de sus zancadas fue en aumento. Zap, zap, zap. Las llamas la esperaban agitadas, cada vez más cerca. Zap, zap, zap. Se acercaba cada vez más. Ahora, al aproximarse, veía la hoguera con mayor nitidez. Zap, zap, zap. Sintió el calor en las piernas y olió el aroma a lumbre y a madera quemada. No se paró. Saltó por encima. Lo hizo en silencio, sin pronunciar palabra. Tal y como había saltado un tiempo atrás por encima del agua en el espigón.

Esta vez no se hundió en ningún mar. Aterrizó en la arena compacta y mojada de la orilla y miró hacia el agua. Entre las olas negras, que brillaban iluminadas bajo la luz de la luna que anunciaba la llegada de aquel insólito verano, algo no tangible le devolvió la mirada. Supo de qué se trataba, pues su cuerpo vibró como si alguien dentro de ella se estuviera riendo.

Una de las amigas dijo:

—K no tiene deseos porque lo consigue todo, la cabrona.

Y todas rompieron a reír. Ella no se movió y continuó con la mirada al frente, respirando agitada por el esfuerzo físico hasta que se calmó por completo.

—Que encuentres la paz allá donde estés, aunque cueste la guerra aquí donde estamos —pronunció en voz alta.

Las amigas se miraron en silencio. Y hacia la derecha se oyó el rumor de las olas, que parecieron irrumpir más fuerte que nunca, como en un homenaje, entre las rocas del espigón donde terminaba la pequeña playa. Las chicas se voltearon y se detuvieron a observarlas hasta que rompieron de nuevo. Y entonces, volvieron a mirarse las unas a las otras. Y las olas volvieron a romper allá a lo lejos. Y todas quedaron escuchándolas. Y todas rompieron a llorar.

Maisha saludó y se disculpó por su francés. Entendía prácticamente todo, pero aún le costaba hablarlo a un buen nivel. Tomaron varias tazas de té junto a las mujeres, con las que entablaron una charla distendida sobre sus vidas y las diferencias entre las sociedades de España y Marruecos. Kassandra advirtió que incluso las más jóvenes —como la tía de Hayat y hermana de Aisha, Ijja, a la que había visto animar a la niña dos años atrás junto a su madre para que le llevara entre tropiezos el *aker fassi*— se decoraban las manos con henna y portaban varios tatuajes en zonas visibles del cuerpo, como la barbilla. Aisha y su hermana les explicaron el significado de aquellos signos. No solo se trataba de símbolos culturales de belleza, sino que representaban el poder femenino. Para las mujeres amazigh, el ritual del tatuaje unía símbolo, sangre y tinta en una especie de rito ceremonial y espiritual con el que se representaba la consecución de una transformación vital; estos dibujos se tatuaban cerca de los orificios corporales para marcar las diferentes etapas por las que una mujer atravesaba a lo largo de su vida. Consistía en una especie de conjuro basado en creencias profundas que dictaban que los tatuajes conllevaban mensajes tácitos de protección. Una especie de arma contra aquellos que se dispusieran a dañarlas.

—Se llaman *Jedwel* —dijo Ijja—. Significa talismán . Por ejemplo, mi tatuaje —Ijja se señaló la barbilla decorada, una especie de palmera formada por una línea vertical y varias horizontales, flanqueadas por puntos que simbolizaban semillas, la atravesaban verticalmente— es el *siyala.* Las jóvenes ya no nos solemos tatuar el rostro de forma permanente, pero algunas siguen haciéndolo con henna, como yo. El *siyala* representa mi esencia. Simboliza mi fuerza y mi unión con la tierra. Me define como la mujer que soy. Nuestros tatuajes marcan nuestra identidad. Antiguamente se usaban como amuletos de protección para ahuyentar la maldad —explicó—. Y a los malos espíritus..., quien dice espíritus dice hombres.

—¿Como los Hombres de Hielo? —preguntó Maisha.

—¿Quiénes son los Hombres de Hielo? —preguntó Aisha.

—Los que mandaron a K aquí hace dos años —explicó en su torpe francés, y pidió a Kassandra que la ayudara si se atascaba con el idioma mientras hablaba—. A mí me trajeron desde mi país los traficantes marroquíes, como Sadiq, y me llevaron hacia España, donde ellos me adquirieron. La mayor parte de esos hombres proviene del Este de Europa. No sé si habréis visto a alguno..., suelen ser altos y corpulentos, de espaldas anchas y ojos claros. Muy blancos. Miran a través de las cosas, como si en realidad fueran ciegos. Son hombres despiadados que viven para hacer el mal.

—Sí. Los conocemos —aseguró Aisha—. Dicen que el jefe vive aquí, en Marruecos, escondido. Todo el mundo lo sabe, pero nadie conoce exactamente dónde. Desde que ellos se instalaron aquí, hace años, los traficantes autóctonos empezaron a traer a las niñas cada vez con mayor frecuencia para vendérselas. Es como si el demonio se hubiera instalado en nuestro país, convirtiéndolo en el Infierno. ¿Es por ellos que habéis vuelto?

Aquella pregunta inquietó a Aisha y a su hermana. No se habían planteado que las extranjeras pudieran trabajar todavía para ellos. La posibilidad las aterraba. El silencio recorrió el salón.

—No tenemos contacto con ellos. Pero sí nos unen a ellos... ciertas cosas —dijo Kassandra.

—¿Por eso vienes a hablar con Sadiq? —preguntó Ijja.

Kassandra asintió y miró a Maisha. «Cuéntaselo», parecían decir sus ojos.

—Sí. He venido para ofrecer un negocio más lucrativo a La Mano y conseguir así que corte el flujo de esclavas sexuales hacia Europa y en Marruecos. Quiero terminar con el imperio de esos hombres. Estamos cercenando su economía por diversas vías, como en una guerra fría. Los estamos hiriendo hasta que respondan y quieran terminar con nosotras. Así averiguaremos su paradero.

A Aisha la piel se le erizó hasta sentir frío. Tragó saliva ante la confesión de las chicas, que le había secado la boca.

—Sois muy valientes —les dijo—. ¿Sabes, K?, te diré una cosa. Para mí, que dibujaras la cara de mi hija pequeña con el polvo de amapola sin tener ni idea de que nosotras consideramos que los símbolos en la piel son algo tan importante, fue un buen presagio —le confesó—. Algo me dijo que tú venías a hacer el bien, aunque tus actos, llevarte a las niñas con aquella mujer, dijeran lo contrario.

Kassandra recordó a la mujer y su estómago vibró.

—¿Quién era? —preguntó Aisha como si le leyera la mente—. La recuerdo muy semejante a ti. No volvió a aparecer.

—Era la mujer de uno de los Hombres de Hielo. Murió aquí, en la provincia de Marrakech.

—Oh..., vaya. Pero entonces era de los malos, ¿no? Los Hombres de Hielo. Por aquí dicen que, si te piden un favor y no aceptas, te matan. Son asesinos profesionales. Gente sin corazón. Tiene mucho sentido el nombre con el que vosotras los llamáis.

—Eso parecía en un principio, Ijja, que era una mujer de hielo, pero me salvó la vida. Murió haciendo el bien. Supongo que tu presagio era acertado.

Aisha notó cierta tristeza en la voz de Kassandra. La cogió de la mano. Kassandra observó las líneas y puntos azulados que adornaban sus falanges.

—Es un homenaje que cuentes la verdad a alguien que la imaginaba malvada, K. No debe apenarte recordarla muriendo por la justicia. ¿Cómo se llamaba?

—Polina —dijeron Maisha y ella al unísono. Se miraron y rieron al saber que ambas acababan de recordarla en uno de sus achaques autoritarios y con su cara de enfado perenne.

—Muy bien —dijo Aisha—. Diré a mi madre que avise a las mujeres del pueblo. Esta noche, durante la hoguera, honraremos la memoria de Polina. ¿Y por qué murió exactamente, si puedo saberlo?

Kassandra volvió a mirar a Maisha. Sus ojos abiertos y sus labios cerrados se clavaron en el pecho como dos espadas, como cuando ambas se miraban en el club. «Cuéntaselo, K. Cuéntaselo todo».

—Ijja —la llamó Kassandra. Ijja estaba de espaldas en la mesa, llenando un plato de dulces—. ¿Puedes venir?

La joven regresó y se sentó. Estaban todas sentadas en unos cojines formando un círculo.

—¿Recordáis la descripción que ha hecho Maisha de los Hombres de Hielo?

Ambas, Ijja y Aisha, asintieron muy atentas, tazas de té en mano. Ijja cogió una pasta y se la metió en la boca expectante, como si de palomitas en un cine se tratara.

—Hay una razón por la que yo misma respondo a esa descripción.

Ijja dejó de masticar. La palmera tatuada en su barbilla se arrugó.

—Sadiq me manda para ordenaros que os preparéis.

El chico rubicundo y flaco, ataviado con chilaba blanca, había llamado a la puerta de casa de Aisha preguntando por las extranjeras.

—Esta noche os presentará ante el pueblo —las avisó.

Pasaron la tarde con Ijja, que les maquilló los ojos con kohl entre risas y pruebas de ensayo error.

—K, estate quieta, te voy a sacar un ojo —dijo Maisha, que intentaba copiar las líneas que Ijja había trazado en el otro.

—No me sorprendería terminar sin ojo viendo cómo están las cosas, nunca mejor dicho.

—Con parche serías una chica muy interesante y te ahorrarías el maquillaje —bromeó Ijja.

Rieron. Finalmente, consiguieron trazar correctamente el diseño para dotar de profundidad sus miradas, al estilo marroquí.

Al llegar vieron a Hayat en brazos de Aisha que, junto a Menna, hablaba con otras mujeres. Se saludaron con afecto. Ancianos, niños y familias enteras comenzaron a llegar hasta reunir a más de cien personas. Algunas charlaban animadas; otras preparaban comida y la repartían en bandejas de metal y tajines de barro. Poco a poco, la gente fue agolpándose en el centro de la pequeña explanada de tierra que era el corazón del poblado. Luego, poco a poco, también fueron callando. Sadiq Alabi habló.

—Estas dos chicas extranjeras son mis amigas y han venido a quedarse unos días. Algunos de vosotros ya habréis visto a la más blanca, ahora os dirá su nombre —dijo. Levantó la mano en un gesto ascendente, indicándole que hablara.

Kassandra se presentó ante todos los hombres, mujeres y niños congregados junto al fuego.

—Me llamo Kassandra. Agradezco al pueblo su hospitalidad. Sobre todo, a la familia de Menna. Aisha, Ijja, Hayat —la pequeña sonrió, sintiéndose importante—, Isam —el chico le guiñó un ojo—, muchas gracias.

Sadiq sonrió y señaló con igual gesto a Maisha.

—Buenas noches. Mi nombre es Maisha. Y estoy muy contenta de hallarme aquí, en mi África natal. Gracias a todos por la fiesta de recibimiento, espero que lo pasemos bien esta noche.

Los allí reunidos asintieron a modo de saludo conjunto. Varias mujeres se les acercaron con actitud solícita para ofrecerse como ayuda en cualquier cosa que pudieran necesitar. Se sentaron todas juntas en las alfombras y hablaron con ellas. La familia de Menna se colocó justo enfrente.

Cuatro chicos jóvenes comenzaron a tocar los timbales con un ritmo cada vez más animado. Se añadió más leña a la hoguera central, que fulguró y rápidamente dobló su diámetro hasta que, desde donde estaban sentadas, ya casi no podían ver a Isam y a su familia. La hoguera ya era enorme y los otros invitados se sentaron formando un gran círculo. Las bebidas y las pastas tradicionales corrían pasando de mano en mano. Algunos niños y mujeres se alzaron para danzar al ritmo de la música. Todos se divertían.

Tras una media hora, las mujeres que se habían levantado volvieron a ocupar sus respectivos asientos. Maisha y Kassandra advirtieron una especie de preparación ceremonial que no comprendieron hasta que, entre la música y el crepitar del fuego, oyeron una voz muy delicada, débil, que provenía de enfrente, del lugar que ocupaba la familia de Aisha. La intensidad de aquel leve sonido empezó a incrementarse y a él se unieron más voces. Se trataba de una especie de alaridos controlados cuyo volumen iba aumentando lentamente. Las ululaciones, largas y ondulantes, parecían un solo aullido, como el encuentro de una manada de lobas que se reconocen entre sí en medio de las montañas. Era el *zaghareet.* El movimiento veloz y repetitivo de las lenguas de las mujeres amazigh que convierte la resonancia de sus paladares en un grito. Proviene de los tiempos ancestrales y expresa un clamor o un lamento intenso. Se utiliza en celebraciones, pero también, en menor medida —y esta era la razón de aquel canto aquella noche, aunque solo ellas lo supieran—, en funerales de mártires para honrar su muerte.

De una en una, las mujeres fueron uniéndose al coro, en

escalada, ante todos los presentes. Una tras otra y luego otra más, como si de almenaras prendiéndose se tratara.

Los alaridos se solaparon entre sí y los timbales no cesaron, pero ya no era posible oír las conversaciones de los hombres, que continuaban hablando acercándose cada vez más unos a otros para poder conversar, ajenos al significado del *zaghareet* de aquella noche.

Aisha, Ijja, Menna y la pequeña Hayat dieron un instante de reposo a sus bocas para mirar intensamente a Kassandra y a Maisha, que estaban al otro lado de las llamas de la hoguera. Maisha apoyó la mejilla en el hombro de su amiga, y abrazó su cintura para reconfortarla. Los ocho ojos de las mujeres relucieron desde enfrente como estrellas blancas en el cielo. Aisha sonrió emocionada. Kassandra asintió dándole las gracias y alzó el rostro hacia el cielo nocturno del desierto. El *zahgareet* incesante y su eco se adueñaron de la fiesta y del poblado. Sonrió al firmamento negro y blanco y se llenó de su luz y de su oscuridad, con la cara iluminada por el resplandor de las llamas. Ni siquiera pudo pestañear. Las lágrimas rebasaron las fronteras de los párpados y se derramaron inundándole las mejillas.

«Aquí está, Polina —le dijo al cielo—. Justo donde te fuiste. Todas las mujeres que te vieron por última vez alzan sus voces junto al fuego. Están gritando por ti. Aquí está, Polina. Escúchalo, por fin. Este es el adiós que de verdad merecías».

El día de su partida, un desagradable suceso interrumpió la despedida en la linde del poblado justo antes de subir a la furgoneta de Samir. Se oyeron unos gritos que amenazaban violencia. Tanto la familia como ellas y Samir se adentraron de nuevo en la aldea y corrieron hacia el tumulto, colándose entre el gentío hasta descubrir a una mujer a la que su marido había pegado en público. La rodearon mientras ella permanecía llorando en el suelo. Era la esposa de uno de los hombres más importantes del lugar. Tras los gritos iniciales, se instauró el silencio. Maisha miró a Hayat, que estaba medio escondida entre las telas de las chilabas de los adultos, un poco más a la izquierda, y le sacó la lengua para intentar hacerla reír. La pequeña, un tanto asustada, le devolvió el gesto.

Entonces lo sintió. El miedo. Y pensó en dulcificarlo y fingirse ingenua ante aquellos hombres que formaban un círculo prepotente en torno a la mujer. Ellos eran diez. Y Maisha era incapaz de mantener el miedo ahí, en su boca. «Que no salga», pensó, porque sentía que el miedo quería salir y transformarse en más miedo, como le sucedía últimamente. «Vamos, inténtalo —se dijo—. Maneja el miedo».

Intentó convertirlo en un caramelo y jugar con él, pero no pudo. No estaba hecha para jugar con él. De golpe se vio masticando el caramelo. Crack. Lo rompió en pedazos con los dientes y se tragó todos los trozos. Le rasgaron la garganta y le hicieron daño, pero entonces la cobardía que se estaba adueñando de ella se convirtió en una fortaleza que pugnaba por expandirse y convertirse en palabra. Pensó en las palabras, ahora sin caramelo imaginario con el que tratar de entretenerse. Las palabras. Las tradujo a su idioma una a una y las ordenó mentalmente para formar la frase. Las palabras. Esas que tanto había temido durante tanto tiempo. Esas que tantas veces se le habían quedado en la lengua, como el caramelo. Esas que se le habían atascado tantas veces en la garganta hasta impedirle hablar.

Maisha las dejó salir sin ensayar el acento ni envolverlas en ninguna miel. La frase fue tan necesaria como necesario es lo que es urgente; tan amarga como el recuerdo que la embargaba al visualizar aquella escena y tan dolorosa como sonó al pronunciarla en voz alta, pues no hubo temor alguno que lo impidiera. Ahora lo sabía. Ahora podía hacer lo que no supo hacer aquella vez, cuando las palabras daban tanto miedo y estuvo así, tal y como recordaba, apoyada en una pared, contemplando una escena injusta, guardando silencio con el miedo en la boca. Podía hacerlo. Podía tragarse el caramelo. Podía tragarse el miedo.

—Volverá a levantarse —dijo Maisha.

Todos, incluida Kassandra, se la quedaron mirando, pero ella ni se disculpó ni se inmutó ni se acobardó. Miró a aquella mujer y sonrió.

«A la mierda el miedo».

No quedó un solo hombre que no las saludara en la zona VIP, a la cual las habían invitado a subir en cuanto llegaron a la discoteca. Allí en lo alto, las zonas privadas, más cotizadas que las públicas, se reservaban a los narcotraficantes y a sus sobrinos, hijos y amigos. Los hombres las fueron presentando y todos las invitaban a copas y a futuras fiestas en sus fincas.

Maisha regresaba al reservado cuando uno de los chicos con los que había entablado conversación en las puertas de los baños la paró cogiéndola del brazo.

—No te vayas aún —le suplicó juguetón.

—Me están esperando. Cuando termine la copa vuelvo a bajar y así pruebas suerte —bromeó ella guiñando el ojo.

El chico se colocó entre el inicio de la escalera que llevaba al reservado y ella, impidiéndole el paso, y le preguntó cómo se llamaba.

—Me llamo Maisha —gritó ella cerca de su oído para que entendiera su nombre correctamente pese a la mascarilla.

—Qué nombre más bonito ¿Y de dónde eres, Maisha?

—De ninguna parte —contestó. Sonrió y sorteó al conquistador por la izquierda.

Él volvió a agarrarla del brazo, con demasiada fuerza, y la devolvió a su antigua posición. Maisha esbozó una mueca de disgusto que al otro le pasó desapercibida.

—Tengo que subir —dijo.

El chico se acercó mucho a ella y le rozó la oreja con la boca, por suerte cubierta con la mascarilla obligatoria.

—No vas a subir. Te quedas conmigo. Siempre he querido saber si es verdad eso de que las negras sois unas fieras en la cama —se insinuó.

Maisha lo miró a los ojos y le dedicó una amplia sonrisa. Se le acercó esta vez ella, imitándole y cogiéndolo del cuello suavemente mientras se acercaba a su oído para hablarle.

—¿Cómo te llamas?

—Nicolás —contestó él sin separarse de ella ni un centímetro.

—Bien, Nicolás. —Maisha apretó con fuerza sus testículos con la mano derecha mientras le clavaba las uñas de la mano izquierda en el cuello. El chico intentó zafarse, pero ella apretó todavía más, aumentando la tortura y causándole un dolor indecible en los genitales—. ¿Sabes qué es lo que mejor se le da a una fiera, Nicolás? Contesta, o aprieto más.

—No, no lo sé —contestó él rápidamente, arrugando el rostro de dolor.

Maisha desenganchó las uñas de su cuello, le cogió la mano y la guio por su pierna hasta debajo de la falda para que palpara el filo del cuchillo que llevaba enfundado y bien sujeto al liguero.

—Lo que se le da mejor a una fiera es cazar —dijo Maisha apretando una última vez sus testículos y haciendo que se retorciera de dolor—. Cuidado. No vaya a ser que me entre hambre.

Soltó su mano y lo liberó de la opresión, aunque ella, pese a su punzante venganza, no pudo obviar aquel desagradable comentario. El muchacho apretó las piernas y se apresuró a alejarse de la escalera y de ella, mezclándose temeroso entre las mesas y la gente, con una mueca intensa de dolor instalada en el rostro.

El portero retiró la banda de separación al reconocerla y la dejó pasar. Ascendió por los escalones de acceso y divisó a Kassandra sentada en uno de los sillones centrales, sola, copa de champán en mano, observando absorta a la multitud agolpada en la pista de abajo. Se sentó a su lado y cruzó lenta y elegantemente las piernas sin mirar a su amiga. Se sirvió champán. Se retiró la mascarilla y bebió un breve sorbo. Apoyó el codo en el reposabrazos de terciopelo.

—¿Por qué brindamos? —comentó tras acercarse a Kassandra para hacerse oír, levantando la copa a la altura de su coronilla—. No te gusta el champán. Si lo bebes será que estás celebrando algo.

Kassandra apartó los ojos de la pista y la miró un momento. Después volvió a dirigir la mirada a la pista de baile y habló con su amiga mirando hacia el frente.

—En realidad no sé muy bien qué celebro. Y odio el champán. Sabe a mierda.

A Maisha se le escapó una risilla.

—A mí me encanta.

—Soy más de cerveza. —Kassandra bebió un sorbo y tragó. Hizo una mueca, pero enseguida recompuso el gesto como aceptando el sabor—. Aunque este no está tan malo.

—Entonces, brindemos —dijo Maisha.

—Está bien —contestó Kassandra alzando su copa—. No sé si conocerás una expresión de origen persa —continuó—. Se utiliza en un juego de mesa... ¿Cómo se llama...? En fin, ahora mismo no recuerdo el nombre —dijo divertida.

Maisha seguía mirándola y sonreía cada vez más.

—*Shâh mâta* —contestó Maisha. Significa «el Rey está acorralado y no tiene escapatoria».

Kassandra levantó aún más su copa. Asintió orgullosa tras la concreción de su amiga y ambas brindaron en honor a su extraña conversación.

—Jaque —dijo Maisha llevándose el champán a la boca.

—Mate —contestó Kassandra, que no bebió.

Las cintas de terciopelo burdeos y borlas doradas cercaban las escaleras y prohibían la entrada a la zona reservada a todo aquel que no perteneciera al espacio del que ahora ellas comenzaban a ser consideradas también dueñas.

Abajo, en la barra de la izquierda, él las observaba. Estaban sentadas muy rectas, en los amplios sillones de aspecto aristocrático, desafiando a la vida, como era propio del carácter de las dos amigas. No habría sido difícil verlas pese a la distancia, porque el aforo de la nave industrial transformada en discoteca se había limitado a menos de mil personas que debían permanecer la mayor parte del tiempo sentadas en sus respectivas mesas. Pero incluso con miles de personas amontonadas en aquel lugar, bailando y bebiendo, las habría identificado allá arriba. Aunque no distinguía bien sus rostros, las reconoció solo por el cabello y la actitud felina de una de ellas.

Las chicas ni siquiera repararon en su presencia, envueltas en la bruma de lujo, despilfarro y charlas animadas con los hombres que las rodeaban. Las suelas de sus tacones, que culminaban sus piernas cruzadas, parecían observar con soberbia y altivez a los que estaban abajo, a quienes la mayor parte de los ocupantes de aquellos reservados superiores consideraban, de forma casi despectiva, «los demás». Ellas presidían la discoteca, rodeadas de narcotraficantes y maleantes dispuestos a ser lacayos de los primeros. Y los narcojúniores las custodiaban como moscas rodeando las heces, revoloteando a su alrededor para ganarse su simpatía y conseguir un puesto en la pirámide de distribución y venta, por si se daba la opción de participar de alguna forma en uno de sus futuros tratos. Ahora eran ellas las que parecían unas verdaderas hijas de la mierda. Veneradas por los mejores de aquel mundo, el de arriba, que eran considerados a su vez los peores y más peligrosos en el otro, que se divertía abajo. El proceso por el que los narcos más pudientes de la ciudad comenzaban a tratarlas como iguales gracias a sus contactos y a su proceder limpio y beneficioso había comenzado y se extendía rápidamente junto a los nuevos rumores sobre ellas. Eran las jefas del negocio del hachís en la provincia, muy pronto lo serían de un territorio más amplio y, en un futuro próximo, si el engranaje continuaba funcionando con mecánica exactitud, del país.

—¿Y esas dos de allí quiénes son, hermano? —preguntó desde su silla, parando con el brazo a uno de sus conocidos, sobrino de un narco, que había bajado a la pista para pedir a las camareras que subieran a los reservados una botella de whisky adornada con bengalas prendidas.

—No veas —sacudió el chico la mano. Su reloj dorado centelleó entre las luces led que adornaban la barra—. Si te lo cuento no te lo crees. Se traen el mejor hachís que he *probao,* directo de Marruecos, a un precio que no has visto, ya te lo digo. No sé cómo lo hacen las chavalas, pero sin lanchas y sin *ná,* eso dicen.

—O sea que las niñas se han hecho de oro, porque ahora hay muy poca mercancía —comentó.

—De oro no sé, pero macizas están un rato —dijo el otro haciendo como que silbaba y meneando de nuevo la mano—, ¡cómo están de buenas!, me cago en sus muertos. ¿Quieres subir? Si hay un hombre que pueda con cualquier mujer ese eres tú, *compare.* A ver si me enseñas el truco algún día, que ya estás tú tardando mucho.

Ramsés se echó a reír.

—Las nuevas reinas del negocio, primo, hazme caso —le saludó el otro antes de irse y apretarle la mano—. De hecho, a la rubia la llaman así: la Reina.

Alicante, año 2018, un mes antes de la muerte de Katia Lassanis

Kassandra y Katia hablaban apoyadas en la ventana del patio de la galería cuando apareció Aleksandra, que pidió que ambas le hicieran un hueco para unirse a la conversación, ya que, según comentó a sus amigas, andaba un poco triste aquel día y sabía que las charlas entre Katia y K siempre eran muy divertidas.

—Katia, ¿qué escribes? —preguntó Aleksandra al verla lápiz en mano.

—¡No escribo! —contestó Katia—. Es un dibujo. Estoy dibujando las flores que trajo K.

—No tenía ni idea de que dibujaras —dijo Aleksandra.

—Sí. Me encanta dibujar, desde pequeña —contó Katia—. Es algo que heredé de mi padre. Cuando vivía en Rumanía, salíamos juntos los domingos y subíamos hasta la cima de una colina cercana. Él elegía un sitio, palpando con la suela de los zapatos, donde la tierra fuera más o menos firme y entonces colocaba su caballete y comenzaba a dibujar el paisaje en el lienzo. Yo me sentaba a su lado y lo observaba pintar. En mi octavo cumpleaños me regaló un bloc de dibujo y comencé a salir con él bajo el brazo y a practicar todo lo que había aprendido.

»Jamás pintaré igual que él —dijo mostrando una evidente congoja al evocar sus recuerdos—, pero es cierto que mejoré mucho. Me encantaba subir a pintar sobre todo en primavera, con los árboles y las plantas en flor. —Miró hacia el patio.

Dibujar las flores en primavera era la manera que Katia, de niña, tenía de seguir recordándolas en otoño e invierno, cuando se marchitaban, perdían las hojas y todo en rededor se transformaba en un manto gris y marrón parecido a una extensa y vieja piel de oso. Esa es la función principal del arte: que el objeto, el concepto, logre trascender el tiempo a través de la evocación de un sentimiento perenne, capaz de refulgir a cada instante, cada vez que una mirada se posa en la obra y un corazón se abre a su sentido.

Aleksandra preguntó a Kassandra de dónde había sacado las macetas, a lo que ella contestó que las había comprado a un florista en el mercadillo de la ciudad. Dijo que eran bonitas. También dijo que no entendía por qué la *madame* no las había tirado ya a la basura, a lo que Kassandra respondió que las había movido varias veces, pero que quizás las dejaba porque al ser una evidente capulla se sentía identificada. Todas rieron.

Kassandra se dirigió afuera para ayudar a Maisha a limpiar y Aleksandra y Katia se quedaron solas.

Katia también se dispuso a retirarse. Se despidió de Aleksandra con una mirada y una sonrisa, pero al llegar a la puerta recordó que se le había olvidado decir algo que le había estado rondando por la mente durante la conversación entre Aleksandra y K y que tenía claro que Aleksandra debía saber. Volvió sobre sus pasos. Se acercó de nuevo a Aleksandra, que se giró en cuanto volvió a advertir su presencia y, decidida, se colocó a su derecha y, volviendo la cabeza para establecer contacto visual, se dirigió a ella:

Aleksandra, tú eres tan bonita como esas flores, incluso cuando estás triste. No dejes que nadie te marchite.

Aleksandra se desconcertó. Un inevitable e ingenuo rubor invadió sus mejillas. Se avergonzó además de esa instantánea reacción de su cuerpo y no encontró palabra alguna que dirigir a Katia, que, comprensiva, entendió que la respuesta era el silencio y se marchó sin más dilación, rozando sin pretenderlo con su mano la de ella al salir —la galería era un pequeño reducto que consistía en un pasillo muy estrecho—. Tras rozar la mano de Aleksandra, Katia se paró un segundo y la apretó un poco, ya de forma consciente. Tras su marcha, Aleksandra se quedó muy quieta apoyada en la repisa, todavía absurdamente confundida y sonrojada, con el cuerpo inmóvil, la boca entreabierta y los ojos pasmados, como esperando algo. No sabía si esperaba otra vez la voz, un dulce olor a vainilla que sugiriera un nuevo acercamiento o algo más íntimo que ese leve roce, que ese breve gesto de incontenible cariño. Imposible, quizás. Ni siquiera el primer abrazo que se dieron en aquel coche al llegar juntas al primer club de alterne, cuando Katia rompió a llorar de miedo, había estado tan lleno de significado para ella, de *ese* significado, porque no habían podido profundizar la una en la otra hasta aquellos últimos meses, aunque siempre las hubieran trasladado juntas de un lado a otro.

Fuera como fuese, se quedó quieta y esperando *algo.* Porque cuando uno siente *ese algo,* espera continuamente *algo,* a veces sabe qué, a veces no lo sabe o simplemente espera sentirlo más. Así permaneció largo tiempo, quizás cinco o diez minutos, sola, con una leve sonrisa en los labios paralizados y con la mano, que conservaba el breve contacto anterior de la piel todavía reciente, también aún detenida esperando el siguiente roce, el siguiente olor, la siguiente mirada, la siguiente frase, la siguiente sonrisa, que los labios vuelvan a hablar o a abrirse o quizás a acercarse. Ese se convirtió en su mayor deseo en aquel momento y esperó hasta que aumentó y se agrandó tanto dentro de sí misma que estuvo a punto de echarse a reír o a llorar o a los brazos que crecían de aquellas manos o a los ojos azules que brotaban de aquel rostro o al pecho que contenía la semilla de aquel noble corazón que acababa de hacer temblar el suyo una vez más, porque ¿qué es el amor sino el continuo deseo de que suceda lo admirable?

MATAR O MORIR

Jamás un tono de voz había denotado tanto entusiasmo ante una noticia tan insignificante como el de Toni cuando Kassandra lo llamó para decirle que iría a impartir sus seminarios. Llegó el día 16 de julio, como un reloj. El nuevo gimnasio era mixto —aunque la clientela era todavía eminentemente masculina, observó al entrar—. Advirtió al fondo a la derecha a un grupo de mujeres charlando y calentando, la mayoría chicas jóvenes, unas diez. Imaginó que ellas serían sus nuevas alumnas de defensa personal.

Instructora. Qué palabra más grande para ella, que era tan pequeña, que entendía tan poco de acatar instrucciones. Era cuando menos irónico. Debía instruir y hablar de normas que teóricamente salvarían la vida a aquellas chicas, cuando ella se estaba saltando las reglas por todo lo alto y vivía en un constante desafío a la muerte.

Algunas de ellas advirtieron su presencia desde lejos. Después hubo miradas desde todos los rincones de la nave; del grupo de chicos jóvenes a la izquierda; de los grupos de hombres levantando pesas a la derecha. Y comprobó que su amigo se había encargado de contarle a cada cliente que una posible nueva profesora se añadía a la plantilla, junto a la profesora de clases colectivas de baile y tonificación. Sería la segunda mujer que daría clase en el gimnasio. El resto de las disciplinas se repartían entre él mismo —boxeo para adultos y judo y karate para niños— y Ramsés —artes marciales mixtas y sala de máquinas.

Esperó a que Toni volviera de habilitarle la taquilla en el vestuario femenino y siguió recorriendo con la vista el nuevo gimnasio. Se parecía en disposición y estructura al primero que habían abierto los dos primos, si no fuera por las máquinas que brillaban en una de las salas y la clase cerrada que se divisaba a través de los cristales. Las paredes estaban impolutas y un evidente aire a nuevo lo diferenciaba de aquella aura a usado que el primer gimnasio desprendía. Continuó escrutando el sitio y sus ojos se encontraron con alguna mirada indiscreta hasta que, al girar la cara hacia la derecha, chocaron, al fondo del local, con una lejana figura. Un segundo. Zap. Lo reconoció. El mismo cubículo independiente que servía como sala de dirección; el mismo escritorio; la misma presencia; la misma pose chulesca, recostado en la silla mirando algún video a través del móvil que mantenía en posición horizontal. La piel muy morena; los brazos fibrosos; los tatuajes asomando bajo las mangas de su camiseta deportiva. Zap. Los ojos de la figura se posaron veloces en ella: la misma mirada. Exactamente la misma mirada rasgada y profunda, que invadía con su contacto aquello que observaba, como un huracán: haciendo tambalear todo lo que se supone que se sostiene naturalmente. Su mirada no solo era invasiva, sino provocadora. Te recorría ocularmente y tu cuerpo pasaba a temblar sin necesidad siquiera de contacto alguno. Impetuosa. Esa era la palabra. Su mirada era impetuosa e incluso rozaba la severidad. Te atravesaba como una reprimenda a un niño; aunque no quisieras aceptarla, se adueñaba de tu consciencia. Era lógico que nadie pudiera resistirse a esa atención intensa y meticulosa, pasional pero recta. La suya era una seducción innata e implacable, como una de sus llaves de ataque personal. Así te miraba: igual que luchaba. Transformando el contacto en un encuentro a vida o muerte del que estaba acostumbrado a salir bien parado. Los dos ojos se mantuvieron posados en ella, estoicos, hasta que Toni llegó a su lado y la condujo, él delante, a través de la nave hasta el mismo puesto de dirección. Mientras se acercaba comenzó a dudar. No estaba segura de si la miraba a ella o solo fijaba la vista a un punto, ya que no mostraba expresión alguna, como si fuese una estatua griega. Era terriblemente guapo. Los labios gruesos, la mandíbula angulosa, la barba oscura como cincelada. Entonces, a través del cristal, antes de que se abriera la puerta, pudo verlo por completo. Absolutamente serio. Y los ojos seguían fijos en ella, el ceño levemente fruncido. ¿Era rabia? ¿Curiosidad, quizás? Parecía acecharla en lugar de observarla. Parecía querer intimidarla.

—Aquí la tengo, primo.

Toni le retiró la silla invitándola a sentarse y permaneció tras ella, quedando Ramsés y Kassandra separados por el escritorio colocado entre ambos. Él se arrellanó chulesco en la silla. Cogió un bolígrafo y jugó con él entre los dedos, mirando el bloc de notas blanco en la mesa, como si estuviera pensando qué escribir.

—Al final la has raptado —dijo seco, atento al bloc.

La misma voz. Enronquecida, exactamente tal y como la recordaba. Después sonrió sardónico, en un gesto de aprobación, incluso asintió levemente con la cabeza, como expresando que su amigo había completado con éxito su misión.

—No se ha podido resistir a mis encantos —bromeó el otro marcando bíceps—. Te dejo aquí, blanquita. Mi primo te explicará los horarios y cómo vais a dar los seminarios. Tranquila. Te dejo en buenas manos —bromeó sarcástico.

Toni salió y la habitación quedó sumida en un silencio sepulcral e incómodo, roto a cada segundo por un quejido de fuerza, la música de los videoclips repitiéndose incesantemente en los televisores que animaban la zona de cintas y el ruido de las máquinas de musculación.

Silencio. Ramsés bajó la mirada y examinó su cuerpo un instante, como cerciorándose de que era ella. Volvió a subirla. Ajustó el cuerpo en la silla, acercándola de mala gana a la mesa, y extrajo de un cajón los documentos explicativos.

Un golpe en el cristal los sobresaltó. «¿La nueva profe?», bramó un cliente amigo desde fuera. Ella asintió. El otro resopló y sonrió, baboso, mirándolo a él e ignorándola a ella. Kassandra alzó el labio con asco. La mascarilla impidió que el otro se percatara de su antipático gesto.

—Daremos los seminarios los martes y los jueves. Cada uno es de tres horas y las alumnas por ahora son quince. Algunas son clientas del gimnasio y otras se han apuntado por la página, por lo que no sé si serán deportistas, pero tampoco hace falta mucho fondo. Separaremos las clases en dos para guardar la distancia de seguridad. Nos limitaremos a las técnicas más fáciles, pero más efectivas. Supongo que estarás de acuerdo.

Comprobó que su acento tampoco había variado. ¿Habría leído su libro? Estaba mirándola realmente mal. Era evidente que su tono era distante. Aquella situación comenzaba a enfadarla. Y enfadar a Kassandra no era una opción muy aconsejable.

Kassandra calló. Sin perder el contacto visual, buscó en su bolsillo. Extrajo un chicle, lo desenvolvió despacio y se lo metió en la boca, por debajo de la mascarilla. Comenzó a masticar, añadiendo ahora su silencio al que él le había brindado antes e intentando, en un revés psicológico, devolverle la incomodidad anterior. Tragó la primera saliva repleta de sabor a menta.

—¿Estás de acuerdo? —preguntó él.

—Sí. Lo estoy —sonrió rebotada, y levantó las cejas. Sus pómulos se elevaron y encogieron, dejándole adivinar la sonrisa cínica que la mascarilla ocultaba.

Él le devolvió una sonrisa idéntica, tal como lo haría un espejo, pero aún más bobalicona y sin mascarilla alguna, como haciendo una medio burla a la irritación que, sabía, le estaba causando su trato indiferente.

—Tienes un manual de iniciación en recepción. Lo ha dejado mi primo para que puedas dar un repaso a las técnicas, por si has olvidado algunas.

—No suelo olvidar las cosas que aprendo.

Silencio de nuevo. Uno, dos, tres. Cuatro, cinco, seis segundos. Aquella respuesta pareció causarle una cierta incomodidad, que resolvió moviéndose y alzándose de su sitio. Sin mediar palabra, se trasladó a través del cubículo hacia la puerta de salida, diseminando su olor por la estancia. El aroma a almizcle dulzón de su perfume y su desodorante, en combinación con su olor corporal, invadió las fosas nasales de Kassandra. No había cambiado de perfume. Era el que descubrió, con todos sus matices, inhalándolo directamente de la piel de su cuello. Lamiendo el borde de su mandíbula. Besando su clavícula. Su perfume. Ella también se levantó automáticamente para dirigirse hacia la salida simulando no inmutarse.

Ya en la sala exterior, las chicas del corrillo a las que había divisado antes desde la entrada lo miraron y rieron inquietas, intercambiando gestos nerviosos y juguetones. Parecían fanáticas de un gurú, extasiadas por su presencia. Lo saludaron al pasar. Ramsés pareció no darse cuenta de lo que provocaba y siguió andando, haciendo caso omiso a la actitud de sus alumnas, deseosas de llamar su atención. Una de ellas en concreto, rubia y atractiva, le sonrió traviesa en lo que parecía ser un saludo más privado.

Kassandra continuó caminando unos metros tras él mientras los hombres imitaban la actitud de las mujeres del corrillo, esta vez con ella. Aquello se convirtió en una competición implícita y no buscada por ver quién causaba mayor sensación entre el público. Ambos lo advirtieron y ambos disimularon, acostumbrados a causar aquel efecto. Por la novedad de su presencia y el mayor descaro masculino, ella resultó ganadora de aquel pulso.

—Nos vemos en el seminario de inicio el martes, Reina —gritó él alejándose.

Pronunció el apelativo arrastrando la r, como expresando intensidad y en un tono hiriente. Las puntas de la corona se le clavaron a Kassandra en el estómago. Se paró en seco y se quedó muy quieta, los ojos congelados. Detrás de ella, la puerta del vestuario femenino chirrió antes de cerrarse de un portazo.

Había entendido lo que acababa de ocurrir.

—¿La ves? Hay gente que dispara bien por naturaleza. Son como los leones cuando ven una gacela. Su instinto parece que les diga adónde va a ir la presa, hacia dónde se va a mover, ¿me entiendes, ahijada? Saben adónde tienen que apuntar porque algo les dice que su objetivo va a moverse justo hacia ese lado. Eso o se tiene o no se tiene. A esa gente no le hacen falta trucos de milímetros ni *ná* de *ná*. Van *sobraos*.

Kassandra hizo una pompa con su chicle de menta y observó atentamente los movimientos de su amiga que estaba junto a Tío Luis. Desde una esquina, al fondo del campo de práctica de tiro, Maisha apuntaba, cascos puestos y brazos semiflexionados, mirando con concentración la diana en movimiento, siguiendo su recorrido con ellos. La diana pasó, dando la vuelta completa al circuito, y entonces, con un leve movimiento de vaivén en un aplique rápido de técnica, ¡zas! Dio justo en el centro.

Salieron los tres al bar para almorzar, acompañados por dos de los hijos del traficante. Ya sentados, uno de los jóvenes salió, llaves en mano, para ir al coche de su padre y regresó con dos pequeños maletines que dejó en la mesa.

—Para mis niñas —dijo Tío Luis acercando uno a cada una.

Los maletines llevaban grabadas en dorado una K y una

M, respectivamente, y al abrirlos, sus ojos se abrieron de par en par. Maisha se levantó rápidamente para abrazarse al narcotraficante.

—¡Gracias! ¡Gracias! —exclamó emocionada. Volvió corriendo a su sitio para sentarse y extraer su regalo, una Walter pocket de color negro, nueve milímetros, recogidísima y muy práctica, con su inicial también grabada justo en la culata.

—¿Te gusta? —preguntó el hombre—. Es tan pequeña que la puedes guardar hasta debajo de la falda.

—¡Me encanta! ¡El otro día le dije a K que quería comprarme una! —Maisha saltó de alegría en su asiento como una niña y volvió a levantarse para coger a Tío Luis de la cara y besarlo en la mejilla.

—Ea, ya tengo dos hijas más, solo les faltaba el regalo de cumpleaños —gritó él desde la mesa a los presentes, algunos policías de prácticas y otros delincuentes con licencia, también de prácticas, todos juntos hablando y relacionándose entre risas y confidencias en el mismo lugar (cosa que sucedía más comúnmente de lo que podría creerse).

Algunos comentaron la suerte de aquellas jóvenes, pues eran pistolas preciosas, compactas y manejables, pero difíciles de conseguir. Lo que ignoraban los presentes, aunque casi todos, y sobre todo los de uniforme, lo imaginaran, era que no se trataba de armas regladas ni legales.

—Venga, ¡vamos a que las probéis fuera, al campo, tienen silenciador!

Salieron los cinco —Tío Luis, sus dos hijos, Maisha y Kassandra— y comenzaron a probarlas por turnos en las dianas.

—Sabes, ¿padrino? —dijo Kassandra—. Acabo de darme cuenta de que un tiro con silenciador suena igual que una pompa de chicle cuando explota.

Luis se echó a reír escandalosamente, ahogándose en la última carcajada por culpa de sus pulmones de fumador empedernido. Tosió.

—Es verdad —dijo—. A ver, Reina, haz una pompa.

Kassandra colocó sus labios como en un beso y llenó lentamente el chicle de aire. Este fue formando una burbuja que se agrandó poco a poco. Pop. Un sonido similar a un disparo sordo salió de su boca cuando la goma, harta de resistir, explotó.

Entró veloz al tatami, entre resoplidos bajo la mascarilla, pidiendo disculpas por llegar tarde a las diez alumnas, que la esperaban congregadas y listas, mientras cerraba la puerta. Ramsés también estaba en la sala, de pie, presidiendo la clase delante de la pared de espejo y hablando con la chica rubia con la que se había saludado a guiños el primer día. Al oír su voz, alzó la cabeza para mirarla e indicó a la chica, también alumna, que se colocara en su sitio. Kassandra se acercó.

—¿Te presento yo o te presentas tú? —preguntó él sin saludarla. Aquella falta de saludo no vaticinaba nada bueno. La expresión adusta en el rostro de Ramsés era un mal augurio.

—Yo misma —contestó.

—Hola a todas —dijo Ramsés alzando la voz—. Como sabéis, hoy comienza la primera clase del seminario de iniciación al Krav Magá como técnica específica de defensa femenina, donde nos centraremos en cómo gestionar mediante sus técnicas las situaciones de peligro más comunes para las mujeres. Los profesores llevaremos mascarilla, ya que solo nos moveremos para marcar las posturas y hablaremos en voz alta. Vosotras podéis prescindir de ellas durante la clase. Por favor, colocáosla antes de salir. Sé que es una mierda, pero son las normas.

—Obedeceremos al profesor —gritó la rubia en tono pícaro.

—Así me gusta —respondió él.

—Clara y Berta, las cotillas del fondo que no respetan la distancia de seguridad —vociferó Ramsés—, ¿os traigo un café y os lo tomáis mientras habláis? —las reprendió sonriendo. Las chicas rieron y callaron—. Ahora se va a presentar la nueva profesora —prosiguió—. Ella fue alumna mía y dará conmigo las primeras dos clases. Luego os dejaré solas.

Las chicas corearon un ¡oh! divertido que denotaba la pena que les provocaba la futura marcha del instructor por motivos evidentes: era terriblemente guapo. Ramsés abrió los brazos hacia Kassandra, como si le pasara un micro imaginario. Ella se dirigió a las alumnas.

—Mi nombre es Kassandra, pero podéis llamarme K. Como ha dicho Ram... sés —Kassandra oyó como él se reía, breve e irónico, ante su supuesto lapsus. Y el rostro de la chica rubia cambió al oír su nombre, como si ya hubiese tenido la oportunidad de conocerla tiempo atrás y no estuviera muy conforme con su vuelta—, él fue mi profesor —siguió diciendo Kassandra—. Más tarde conseguí en el extranjero el título de instructora.

—Ahora vamos a hacer una ronda rápida de preguntas para conocer mejor a la profesora —avisó él—. ¿Alguna?

Una de las chicas levantó la mano.

—¿En qué país te terminaste de formar? ¡Eres superjoven!

—Saqué los cinturones en Colombia. Mientras estudiaba en la universidad con una beca.

—¿Tuviste tiempo de sacar los cinturones mientras estudiabas? —exclamó otra—. ¡Qué tía!

—Mientras estudiaba y mientras salía de fiesta. Me merezco más trofeos de los que tengo —bromeó ella.

Las alumnas rieron. Una segunda alzó la mano.

—El lema de Ramsés es «huir bien salva más que atacar mal». Siempre aboga por una huida a tiempo antes que un ataque innecesario. ¿Cuál dirías que es el tuyo?

Kassandra cayó en la cuenta de que no tenía ningún lema

aplicado a las artes marciales. Decidió usar uno de los que aplicaba en la vida.

—Hay uno que me gusta bastante: «Si quieres la paz, prepara la guerra».

—Ese no es válido. Alguien me ha dicho que ya tiene autor y es Virgilio —respondió Ramsés bobalicón, recordándole una de sus conversaciones pasadas—. Tiene que ser un lema propio.

Kassandra puso los ojos en blanco, fastidiada. Pensó mientras se reajustaba la mascarilla.

—Está bien. Entonces, que vuestro profesor me disculpe. Mi lema irá un poco en contra del suyo.

Ramsés, colocado a su lado, la miró curioso, de soslayo. Frunció el ceño.

—Matar o morir, esa es a veces la cuestión, querido Hamlet.

Nadie habló después de que Kassandra anunciara aquella nueva consigna tan cruda. Dos de las alumnas sonrieron en señal de aprobación. «Me encanta», susurró diez segundos después una tercera.

—¿Cuál es la postura favorita de la nueva profesora? —preguntó Ramsés intentando romper el hielo.

—¿De Krav Magá? —preguntó ella por costumbre, sin ánimo alguno de expresar un significado alternativo con sus palabras.

El hielo se rompió. Las chicas comenzaron a reír. Ramsés también lo hizo al percatarse de su metedura de pata. Se mordió el labio inferior y negó con la cabeza. Kassandra comenzó a sentir que el calor se adueñaba de la parte superior de su cuerpo y el rubor se instalaba en sus mejillas.

—Sí, Kassandra —la miró arqueando las cejas—, de Krav Magá.

Ella evitó mirarlo a los ojos y dirigió la vista hacia la sala de máquinas, que ofrecía movimiento a través de los cristales, pensando rápido en cualquier técnica que le fuera sencilla.

—Mmm..., el mataleón, supongo. Las técnicas de estrangulamiento son mis favoritas.

—Genial... —contestó Ramsés—. Es sencilla y efectiva. Empezaremos con ella.

—¡Blanquita! ¿Qué tal la primera clase como profe?

Toni vociferó desde la sala de máquinas hacia la recepción, donde Kassandra esperaba a que Ramsés le trajera uno de los horarios imantados del gimnasio para colgarlo en la nevera de casa.

—¡Tus chicas son majísimas y creo que yo también les caigo bien! —gritó ella.

Él alzó el pulgar y guiñó el ojo en señal de haber oído la respuesta y alegrarse por ella. Ramsés llegó y dejó el horario en el mostrador, luego entró en la recepción para buscar la ficha de asistencia que ella debía firmar.

—Aquí está —la extrajo del cajón—. Firma aquí.

—No tengo bolígrafo —dijo.

—¿Una escritora sin bolígrafo? —arqueó una ceja.

—Escribo en el ordenador. Yo lo llamo «actualizarse» —contestó ácida.

Él alzó aún más la ceja y le prestó un bolígrafo. Apoyó sus antebrazos en el mostrador, observándola escribir su nombre en la casilla y tacharlo y retacharlo hasta que desapareció por completo bajo un garabato, en la que probablemente fuera la firma más extraña que había visto nunca.

—Por cierto, Kassandra...

—Llámame K —lo interrumpió.

—Me gusta más «Kassandra» —respondió él imperativo—. Enhorabuena por el éxito del libro. Es una buena historia.

Kassandra se quedó con la boca entreabierta. Como si las palabras, curiosamente, no consiguieran salir pese a tener un bolígrafo en la mano.

—Un poco triste —logró decir muy despacio mientras lo miraba.

Él advirtió el tono afligido en su voz dulce.

—Sí... —chasqueó la lengua—, un poco triste, pero necesaria.

—Sí.

Al sentirse interpelada de forma tan íntima, ella bajó la mirada en un ataque de timidez espontánea. Dejó el bolígrafo en la mesa y alargó el brazo para coger el horario.

—Adiós, Ramsés. Ya nos veremos en la próxima clase.

Salió del gimnasio. Dos chicos que entraban se encontraron con ella y le sujetaron la puerta exterior, aprovechando para mirarla. Dejó una estela de perfume tras su marcha, cuyo olor encantó a uno de ellos. Lo comentó al pasar por el mostrador. Ramsés le dio la razón.

Aquel día, Ramsés ni la saludó ni la despidió. Permaneció callado mientras Kassandra recogía el folio plastificado y lo metía en su macuto. Miraba atento su mascarilla, allí donde estarían sus labios, que en aquel momento tenía apenas a un metro, pero no podía llegar a ver, ocultos por la tela. Se preguntaba si aún serían tal y como en aquel instante los estaba recordando.

Alicante es una ciudad extremadamente abierta y soleada durante el día, pero, por el contrario, al atardecer es muy cerrada, violeta y añil. Sus anocheceres son muy rápidos, quizás porque su naturaleza es clara y cuando llega la penumbra parece que lo haga con la impetuosidad y la brusquedad de la conquista de un tirano. Su atmósfera al amanecer es como un resplandor limpio, y al atardecer, cae plomiza envolviendo la urbe en un intenso moratón, como si contuviera dentro de sí dos personalidades antitéticas; anverso y reverso de una misma alma; luz intensa y oscuridad penetrante. Así pensaba Kassandra mientras caminaba por la avenida central repleta de tiendas y gente, mirando al cielo, escapando con sus pasos rápidos del atardecer que se cernía por detrás, como la sombra de una garra sobre ella y la ciudad. Aleksandra llegaría al día siguiente. Había decidido desplazarse hasta allí y viajar con ellas a Marruecos. Kassandra dobló la esquina derecha y subió por la calle paralela hasta vislumbrar el cartel con el nombre de la cantina. Los neones que dibujaban un cactus y una cacatúa con sombrero mejicano continuaban parpadeando, tal y como cuando la había visitado por primera vez. Al entrar al lugar comprobó que el dueño también seguía siendo aquel hombre mejicano delgado y de bigote tupido. Ella recordó su camisa floreada y su mirada traviesa; él recordó sus ojos fijos de largas pestañas y sus labios gruesos. Saltó de un respingo, como un recuerdo recién traído de nuevo al presente.

—¡Niña!

Ella sonrió y se sentó en uno de los taburetes.

—¡Cuánto tiempo que no la veo! —gritó acercándose desde el fondo de la barra—. ¿A qué vino la chica más guapa de la ciudad, aparte de a saludarme porque no podía pasar más tiempo sin el hombre más apuesto de la zona? —El comentario chistoso hizo reír al joven camarero que abría el lavavajillas—. ¿A que le sirva unos tacos para comer? ¿A que le sirva un tequila para pensar?

Kassandra lo saludó con un afectuoso choque de codo, entre risas. El hombre se paró frente a ella y hablaron. Ella le contó que había estado fuera. Que había estado madurando, como suponía que también lo habría estado haciendo su hija. El hombre se le presentó por fin como Adolfo. Ado para los amigos.

—La verdad es que vengo de nuevo a beber. Y ya soy mayor de edad en muchos países, así que ahórrate el sermón de padre —bromeó ella. Él rio.

—Le va a ser difícil al padre, pero lo intentaré, señorita —hizo una reverencia—. Está usted más crecida. Y como más seria, pero menos triste.

La imagen de Bilma se le vino a la mente y por un instante a Kassandra se le volvió a despertar el corazón. Entonces sí se puso triste. Como en una breve ensoñación, la vio. Su cara morena y ovalada. Sus marcados pómulos encogiendo los ojos oscuros al reír por alguna de sus tonterías en la cafetería de la universidad. Su pelo rizado y castaño alborotándosele en la cara por la brisa marina. Quería recordarla toda la vida así, como Bilma vivía: corriendo constantemente hacia el mar. Ahora estaba muerta. Sintió ganas de llorar.

—Ah... —dijo él escrutando el cambio repentino en el rostro de ella—. Pues sí está triste, sí.

—Una de las personas que más me cuidaba ya no está para ayudarme. Así que vengo a beber, pero también a pensar. Tengo que tomar una decisión.

—Mmm... ¿Qué decisión? —curioseó él.

—La de entrar en un lugar muy concreto, aquí, en esta ciudad, que también implica ponerme frente a una mirilla. Y no es exactamente la mirilla de una puerta —metaforizó Kassandra.

—Entiendo. Marchando un aguardiente —chasqueó los dedos el hombre.

Le sirvió un vaso de chupito que llenó con tequila antes de retirarse para atender a otros clientes.

—Bébaselo y en unos minutos me cuenta. Qué alegría verla.

—Te permito tutearme, Adolfo —bromeó. Volvieron a reír ambos—. Puedes llamarme K.

—Soy un caballero de los de antaño, señorita. Discúlpeme el tratamiento de usted. Y el trabajo —dijo mirando hacia los nuevos clientes, que esperaban parados ante el atril de reservas para comensales—. A veces, uno tiene que hacer de jefe —guiñó un ojo—. Ya mismo vuelvo. Usted no sale hoy de aquí sin una borrachera y sin su decisión.

—Hecho.

Kassandra se quedó sola en la barra. Permaneció casi media hora en el taburete, con aquel vasito en la mano jugando a alejarlo y a acercarlo con los dedos, discutiendo acalorada e internamente con la mujer que era, y con la niña que también era, sobre la posibilidad de aceptar a la mujer en la que corrían el gran riesgo de convertirse. Esa era la palabra: «riesgo». Miró el vaso y luego sus dedos y luego el dedo tatuado con aquel símbolo, que ya casi formaba parte de ella. Volvió a apretar el vaso.

El dueño, en realidad, se había percatado de quién era ella en cuanto entró. También del cambio acaecido en sus maneras y en su ánimo y de que algo volvía a perturbar a la chica, tal y como había ocurrido un tiempo atrás, pero, cual padre postizo y pese a su preocupación, no hizo ni dijo nada y, como al saludarla, siguió disimulando y continuó atendiendo las reservas en el atril para dejarla tranquila un rato. Sin molestarla, se puso a repasar con un paño seco las copas de cristal recién lavadas mientras la miraba y a su vez ella miraba absorta hacia el fondo de la barra, más allá de las botellas de vino y ron y whisky, vasito vacío en mano. ¿Llevaba tatuado el dedo corazón?

Casi podía oír en su interior la canción que se había convertido en la banda sonora de aquel lugar, aunque no sonara en aquel momento, mientras el martillo del tiempo, con cada tic-tac del reloj situado en lo alto a la derecha de la pared que daba a los baños, golpeaba aquella posible bienvenida a la nueva Kassandra como un puño a una puerta. Tic-tac-tic-tac-tic-tac. La posibilidad se hundía cada vez más en su sien, como un clavo ardiendo que le perforara la cabeza. Recordó a La Mano y la extraña referencia a la prisa estresante implícita en su discurso sobre la inexistencia del tiempo. Tic-tac. Tic-tac. El reloj parecía mirarla atento.

Decide.

Kassandra niña apareció sentada a su lado, los pies colgando del taburete contiguo y la falda de uniforme de tablillas arrugada en el asiento.

«Te pediría algo, K, pero igual le parece a esta gente un poco raro —le habló en su mente—. Además, solo veo zumo. Y creo que la piña no nos gustaba de pequeñas».

La niña hizo una mueca de asco.

«¿Qué hacemos, K? ¿Entramos allí? Eso significa exponernos demasiado».

La niña se encogió de hombros.

«Y, por otro lado..., ¿la dejamos entrar a ella? Ya sabes. Como decía Nietzsche: "Quien con monstruos lucha, cuide de convertirse a su vez en monstruo. Cuando miras largo tiempo a un abismo, el abismo también mira dentro de ti". Llevo días con esa frase martilleándome la cabeza».

Se sentía como el gato de Schrödinger, viva, pero muerta al mismo tiempo. No sabía cuál de las dos sensaciones le era más cercana. Era curioso que, en aquella inminente nueva etapa de su vida, cuanto más viva estaba, más cerca estaba de morir. Y luego estaba esa otra sensación. La sentía dentro. Ahí, entre el tórax y la cabeza, revoloteando y danzando arriba y abajo como una erupción. Sintió una grave punzada que la obligó a encogerse. La niña se quejó del dolor. Sentía que ambas iban a explotar de un momento a otro.

De nuevo echó de menos a Bilma. Ella sabría qué hacer. O al menos, sabría decirle qué era lo mejor y así Kassandra sabría qué era lo peor y elegiría entre ambas posibilidades —normalmente la peor, y Bilma resoplaría y negaría fastidiada con la cabeza—. Bil siempre le decía que lo importante era no vivir muerta. «No basta solo con vivir, hay que vivir viva». Daba buenos consejos y no esperaba que nadie los tomara al pie de la letra simplemente por ser suyos. Era una de esas personas que todos necesitamos en nuestra vida: las personas que saben que quizás nos equivoquemos y no por ello dejan de acompañarnos mientras corremos el riesgo. Así, sin ella, había dejado de saber qué era lo bueno o lo malo o qué era lo mejor o lo peor.

Miró de nuevo el reloj, que le devolvió la mirada. Miró su dedo corazón, apartando el índice hacia arriba para ver el tatuaje. El pulgar también se separó instintivamente y su mano adoptó la forma de una pistola con la que Kassandra apuntó hacia las botellas alineadas en las estanterías detrás de la barra.

Kassandra niña suspiró pensativa. Se sobresaltó con el grito del hombre y desapareció de un susto.

—¡Marchando otro aguardiente! —gritó. Cogió de nuevo la botella de tequila y rellenó su vasito de chupito sin preguntar—. ¿Estás bien?

Adolfo estaba frente a Kassandra y ella le apuntaba sin darse cuenta con su pistola imaginaria, que miraba embelesada.

—¡¿Eh?! —cerró la mano—. Sí.

—Me estaba apuntando con un arma-no-arma, ¿eh? —sonrió el hombre.

—Sí..., o sea, ¡no! —exclamó ella. Después suspiró intensamente mientras él reía por su confusión—. Estoy viva, Adolfo. ¿Eso es estar bien o estar mal?

Adolfo la miró con perspicacia, entrecerrando los ojos.

—Yo creo que aún nadie tiene la respuesta.

—Es verdad. Supongo que la vida se trata de eso, de buscar las respuestas, aunque uno no sepa siquiera si existen. Oye, Adolfo, tienes que tomar un chupito conmigo. Las tradiciones son las tradiciones.

El hombre arrugó la cara. «Maldita niña». Sonrió. Fue a por un vaso y ella vitoreó la decisión divertida.

—Está bien, ¿por qué brindamos hoy?

—¿Brindamos por no tener respuestas?

—Dale. ¡Y que no se pierdan las costumbres! Por la vida, que nos chinga a todos —repitió la máxima que hacía dos años los había llevado al primer trago.

—Y por la muerte, que no nos chingue antes de que nos chingue la vida —terminó ella el brindis.

—Y por la muerte, que no nos chingue antes de que nos chingue la vida.

Entrechocaron los vasos y bebieron. Tras el primer sorbo, amargo, su expresión se animó. El ardor les recorrió la garganta mientras se abría paso hacia el estómago y una cálida sensación les invadía el cuerpo.

—Niña... —le dijo el dueño con la cara vestida de media sonrisa—. ¿Acaso no quiere que le ponga también la canción?

—¿La de Bomba Estéreo? *¿Fuego?* —alzó ella las cejas.

—¡Claro! Quiero verla bailándola de nuevo.

El bar estaba tan lleno como la ley permitía y Adolfo quería que ella bailara una canción cuyo significado oculto solo comprendían ellos dos. Aquello era un claro guiño a su alegría. Una idea divertida cruzó su mente.

—Está bien, te lo agradezco, pero... solo la bailaré si también la bailas tú. Conmigo.

El hombre soltó una carcajada y se rascó la barba. Negó con el índice. Ella insistió y pretendió inspirarle pena con un impostado gesto de tristeza en el rostro. Él negó con la cabeza y miró a los tres chicos que servían las mesas. Se acercó a ella, apoyando los antebrazos en la barra, para hablarle al oído.

—Dígale la verdad a este viejo, ¿le chinga ahora más la vida o la muerte?

Kassandra pensó.

—¿Cómo se dice «no me importa» en mejicano?

—Me vale madres.

—Pues me vale madres cuál me chingue de las dos ahora mismo, Adolfo.

Se miraron ambos cara a cara y se giraron a la vez hacia el público del restaurante, ajeno a aquel instante. Volvieron a mirarse inquietos y confidentes, como si fueran dos amigos muy íntimos contándose secretos.

—Ah..., ¿así está la cosa?

Kassandra asintió.

—Así está la cosa.

Se separaron. Él volvió a mirarla mientras se retorcía el bigote con los dedos. Luego miró de nuevo hacia el interior del local, a sus empleados. Tardó unos segundos en gritar.

—Jony, póngaseme a la barra —ordenó al más bajo de todos. El chico se señaló a sí mismo en forma de pregunta—. Sí, hijo, ¡usted!, cubra a su jefe un momento. Y quíteme la ranchera y póngame la canción que yo le diré ahora —le pidió amablemente mientras cruzaba la barra y se quitaba el delantal, dejándolo encima de las cámaras frigoríficas.

A Kassandra se le emocionó hasta el grito de su niña interior y se le vistió la cara de alegría. Apuró su vaso de tequila. Sintió el ardor en la garganta. Se apeó del taburete ante la curiosa mirada de los clientes, que comenzaban a girarse en sus asientos, como intuyendo que el local iba a convertirse de un momento a otro en un escenario. Volvió a recordar a Bilma. «Pienso montar el jodido incendio más grande de todos, Bil —se dijo—. Tan grande que vas a poder verlo desde donde estés».

—¡Jony! —El hombre señaló el teléfono conectado al altavoz en la estantería del fondo—, *Fuego* —indicó al chico, marcando mucho la palabra con sus labios para que entendiera el título de la canción—, de Bomba Estéreo.

El chico pulsó el teléfono y la canción comenzó a sonar. Kassandra, ya de pie en medio del restaurante, miró al dueño del bar y se tapó la boca con la mano para aguantarse la risa.

—¡Y no se ría nadie si no es brindando! —avisó este a los comensales—. ¡Con la copa en la mano quiero verlos a todos ustedes si se atreven a reírse! ¡Este viejo va a hacer un disparate!

—Ya empieza, Adolfo —dijo ella.

—Si tiene que empezar, pues que empiece —sonrió él dándole la respuesta que necesitaba.

QUE EMPIECE EL FUEGO

Las rejas que protegían la puerta de entrada de la casa parecieron cobrar vida para recibirla con recelo. Subió las escaleras y tocó el timbre. Tras unos segundos, oyó unos tacones que golpeaban el parqué y unas llaves que jugaban a abrir la cerradura.

Una mujer morena y muy delgada, de tez olivácea y cejas pintadas, grandes ojeras marcadas y aspecto taciturno, la recibió mirándola de arriba abajo.

—Sí —dijo a modo de seco saludo. Aquella forma de presentación le resultó familiar.

—Buenas noches. Vengo al club.

—¿Al club? Esto es un club de chicas —la mujer entrecerró los ojos. Con la mano aún sujetaba la puerta, evitando abrirla por entero.

—¿No pueden entrar mujeres al club? Me gustaría tomar algo.

La desconocida dudó unos instantes. Sin mediar palabra, extrajo un teléfono móvil del bolsillo de sus vaqueros y marcó un número. Kassandra mantuvo los ojos fijos en la mujer mientras parecía preguntar algo en un idioma extranjero que reconoció. La camiseta básica de tirantes; los tacones altos; la riñonera para llevar con ella a todas partes el dinero recaudado. El acento eslavo. Reconoció en aquella mujer muchas cosas. Colgó.

—Sí. Puedes entrar en el bar y consumir copas sin problema —abrió la puerta por completo y la dejó entrar, sin abandonar su evidente actitud circunspecta.

La acompañó hasta el sótano. El lugar era una copia casi exacta del antiguo club, en el que ahora ella vivía con Maisha. Lo único que variaba era el color: paredes gris cobalto, en lugar de negras, y neones lilas y azules, en lugar de rojos y rosas. En la barra, una mujer de edad similar a la *madame* atendía a dos hombres trajeados. A la derecha se encontraban los baños y al fondo varios sofás circulares para grupos y algunas mesas redondas, donde otros hombres hablaban entre ellos y con varias chicas. Los clientes parecieron no extrañarse demasiado de su presencia, concentrados como estaban en seguir la fiesta de toqueteos y coqueteos. Para no levantar sospechas, Kassandra pidió a la mujer, que la atendía con simpatía y prontitud, un ron cola. Odiaba el ron cola, pero esa fue la primera bebida que se le había ocurrido pedir. Bebió un sorbo y disimuló la mueca de asco. Definitivamente terminaría por tirarlo al inodoro.

Mientras sorbía a pequeños tragos el asqueroso mejunje, contó que había más de seis chicas trabajando allí, todas extranjeras. Observó sus actitudes y sus rostros porque tenía clara su misión: elegir a la mejor candidata. La más joven e inexperta. Por fin la vio al fondo a la derecha. Rubia, atractiva, pequeña y evidentemente incómoda, por lo que seguramente sería nueva. Blanco fácil, pues todavía no estaba curtida en la violencia de aquellos hombres y esa falta de hermetismo traumático facilitaría el contacto. La chica, cabizbaja y sentada con las piernas cruzadas en uno de los sofás, alzó el rostro al sentirse observada. Kassandra estableció contacto visual con ella. La llamó con la mirada desde la barra y se levantó para dirigirse a una de las mesas. Se saludaron y se sentaron una frente a la otra.

—¿Cómo te llamas? —preguntó Kassandra.

—Me llamo Lenuta o Helena, que es mi nombre en español, como prefieras, guapa. Tú eliges mi nombre.

Aquella presentación y aquel «guapa» sonaron tan mecánicos e impostados que Kassandra se sintió terriblemente fea allí, en aquel lugar, obligando a aquella chica que tendría su misma edad a hablar con ella y a emplear las muletillas de rigor para intentar desarrollar una confianza tan falsa como su sonrisa. Su actitud teatral le recordó a Aleksandra, a Katia, a Bruna, a Marcela. Todas ellas siempre sonriendo por fuera, pero tristes por dentro. A Kassandra la sonrisa le parecía el gesto más ambiguo de todos. Es curioso. La mayor parte de las veces, cuanto más se sonríe, más se intentan esconder precisamente las emociones más opuestas a la alegría. Hay sonrisas que esconden verdaderos infiernos, como las de esas mujeres, a las que en cualquier momento podían dejar sin dientes si no los mostraban cuando y como sus nuevos dueños querían.

—Encantada, Lenuta. Siéntate aquí a mi lado y pide lo que quieras —dijo. Conocía el funcionamiento de todo aquello a la perfección. Sabía que las copas que tomaran las pagaba ella como cliente. Conocía bien los códigos. Quería que la otra se percatara de ello.

La chica se acercó a la barra a pedir la copa y Kassandra extrajo su teléfono móvil para buscar algo. La joven volvió con una copa de ginebra y hielos y una tónica en la mano.

—Tu nombre significa antorcha —le informó Kassandra una vez se hubo sentado de nuevo.

Lenuta no supo reaccionar. Se quedó muy quieta, sin haber mezclado todavía la tónica y la ginebra. La miró entre extrañada y maravillada. Su expresión evidenció contrariedad.

—Perdona, ¿te parece extraño? —sonrió Kassandra—. Es que me encanta buscar el significado de los nombres de las personas a las que conozco, es una costumbre. Sobre todo, los que no son muy usuales en España. Yo me llamo Kassandra.

—Es bonito —contestó Lenuta. Entonces sonrió amable,

sin enseñar los dientes, y se le formó un pequeño hoyuelo en cada mejilla.

Kassandra la miró a los ojos. La otra, pese a ser algo tímida, no apartó la mirada. Casi dudó, por un instante, sobre la capacidad de aquella desconocida para adivinar sus intenciones. ¿Sabría para qué había ido allí? «¿Lo sabes, Lenuta?». Quizás lo intuía. Dio un sorbo al ron cola como gesto preparatorio y formuló la pregunta.

—¿Te gustaría subir conmigo a las habitaciones, Lenuta?

—Sí.

Mihaela, la camarera y la chica más antigua del club, las observaba desde la barra mientras preparaba las bebidas para los clientes. Al verlas dirigirse juntas hacia la salida, Mihaela, con media sonrisa tierna en el rostro, pensó que podrían ser hermanas. «Creo que tienen la misma edad —se dijo—. Y tienen también la misma belleza las dos». Como si fueran flores recién nacidas.

Lenuta intentó besar a Kassandra en cuanto se hubieron sentado ambas al borde de la cama de la habitación suite, pero no hubo beso alguno, excepto los dos que se dieron en la mejilla al despedirse. Tampoco hubo dinero de por medio, excepto el que Kassandra pagó a la *madame* por los hipotéticos servicios. Lenuta aceptó proporcionarle información sobre la estabilidad de los clubs de la zona tras el mortífero virus y el posterior corte del trasiego de cocaína —del que todas las chicas estaban ya enteradas— a cambio de la promesa de Kassandra de ayudarla a salir de allí. También le pasaría información sobre las conversaciones de los proxenetas al respecto de cualquier temática que pudiera serle de interés.

Lenuta y Kassandra no solo cerraron su trato durante la hora de servicio. Se miraron y se sonrieron mucho la una a la otra. Comprobaron que tenían la misma edad y que llevaban el mismo perfume intenso y oriental que lograba ganar la partida a los litros y litros de ambientador de canela esparcidos por cada resquicio del local. Surgió entre ellas ese tipo de conexión instantánea y casi mágica, hija de lo extraordinario de la vida, cuando el destino te presenta a alguien que es como tú sin que seas tú. Alguien en quien reflejarte cuando necesitas mirarte a ti mismo a los ojos para reunir fuerzas con las que continuar. Resulta singular encontrar a alguien en quien confiar en un mundo en el que nadie confía siquiera en sí mismo.

Hablaron sobre ellas y sobre sus historias. Kassandra escuchaba atenta a Lenuta mientras contaba cómo la habían arrastrado a los infiernos; cómo la habían raptado y separado de su madre y de sus dos hermanas menores que, imaginaba, la estarían buscando sin éxito. Lenuta también ideó cómo lo haría para enterarse de cuál era la situación de la organización y cuáles serían sus siguientes pasos para facilitar los movimientos de Kassandra en el tablero. Y hasta rieron imaginando cómo celebrarían lo que sucedería si el plan de Kassandra —del que Lenuta aceptó saber solo que Kassandra necesitaba toda aquella información confidencial para llevarlo a cabo— llegaba a buen puerto.

Encima del cabezal de la cama redonda donde conversaban semiacostadas con las piernas colgando, un cartel de neón con la palabra GIRLS repetida tres veces parpadeaba incesantemente. En efecto, no eran dos chicas allí, sino tres, pues sentada en el sillón de terciopelo negro y tachuelas de la esquina, con la cara iluminada por la luz roja de los neones que tenía encima y que rezaban LOVE, una niña las miraba con actitud mucho más seria y preocupada que ellas. De su pequeña mano sobresalían los bordes de un objeto que apretó nerviosa. Sintió un pavor intenso por lo que estaba por llegar, pero comprobó que la chica que era ahora estaba dispuesta a todo para convertirse en una mujer sin miedo.

Había llegado la hora. Abrió el puño y observó la figura

blanca en su palma sudorosa. Se alzó de un salto y caminó hasta la mesita de noche, pasando al lado de las chicas, que continuaban charlando.

Colocó encima de la mesa la pieza, plantada sobre ella misma. Como en una partida imaginaria, desplazó lentamente a la reina por la superficie de mármol negro de la mesa, haciéndola avanzar.

Una vez se hubo instalado y acomodado, Aleksandra cayó en la cuenta de aquello de lo que Maisha ya la había advertido semanas atrás por teléfono. Kassandra estaba absolutamente segura de que la cúpula de la organización de los Hombres de Hielo y el mismísimo Rey de Corazones se encontraban en Marruecos; absolutamente segura de que, tras la primera confrontación, no habían salido de la ciudad de Marrakech, sino que se habían escondido, como fieras hibernando en frías cuevas, en algún lugar de aquel laberinto, envueltos en un todavía mayor secretismo. Kassandra estaba también absolutamente obsesionada con aprenderse de memoria toda la ciudad. Absolutamente toda. Había pasado meses memorizando los nombres y las direcciones de los cientos y cientos de callejones —la mayoría de los cuales contenían dentro de sí nuevos callejones sin salida en lo que terminaba por ser un laberinto imposible— donde se amontonaba el conglomerado de construcciones antiguas de la medina, la ciudad antigua.

Aquella proeza exigía no solo una técnica memorística digna de un doctor en Matemáticas de Oxford, sino una frialdad calculadora que a Aleksandra y a Maisha les recordaba a los mismos hombres contra los que su amiga cargaba los ojos cada vez que observaba el mapa que estudiaba, cual depredadora escondida, como si estuviera quieta esperando a sus futuras presas en la oscuridad hasta atisbar un movimiento. Cada mañana, mientras desayunaba, clavaba la vista en el plano de la ciudad mientras bebía el café y masticaba la tostada, con las pupilas llenas de tanta rabia contenida que las chicas empezaron a temer que en cualquier momento su pupila «buena» también explotaría y se le derramaría dentro del verde del ojo, al igual que había hecho su pupila «mala» al nacer. Su constancia fue tal que consiguió trazar con el dedo un camino para cruzar toda la medina de norte a sur, saltando de terraza en terraza, como un gato callejero. También podía señalar el camino para llegar a la gran explanada central, la plaza de Jemaá El Fna, a través de callejuelas secundarias, estrechas y alternativas.

—¿Por qué las terrazas? —preguntó Aleksandra mientras desayunaban y la oía bisbisear escrutando el mapa.

Kassandra continuó masticando y susurrando en árabe, absorta, recorriendo las líneas y los nombres del plano con los dedos.

—Marrakech está lleno de callejones donde pueden acorralarte y sótanos donde pueden capturarte —dejó de masticar cuando el recuerdo le punzó el estómago. Se tragó con dificultad el pan a medio triturar—, pero también de terrazas inmensas por donde escapar.

Detuvo el dedo encima de una de las angostas calles plagadas de recónditos pero enormes *riads*, antiguas casas árabes transformadas actualmente en hoteles tradicionales en cuyas cuadradas terrazas superiores cualquier rincón se acomoda con sofás y cojines para tomar el té, observar la panorámica de la ciudad y disfrutar de sus espectaculares atardeceres. A través de las antiguas puertas de hierro, ahora oxidadas, las zonas altas comunican con los pasillos que conducen a las zonas centrales e inferiores de las casas. Kassandra recorrió con la punta del índice el nombre de la calle y lo pronunció en un susurro para memorizarlo.

—Y por donde entrar —continuó—. Todo el mundo cierra bien esas grandes puertas de madera que decoran las callejuelas de piedra marrón y protegen esas inmensas mansiones, pero nadie cierra a cal y canto las pequeñas y endebles puertas que comunican las terrazas con el interior.

Aleksandra abrió la boca involuntariamente. Se sorprendió ante aquella información. En efecto, si no quieres que nadie se entere de tus pasos o que nadie te vea llegar, si quieres entrar fácilmente, pero sin ser visto, las terrazas son la clave. Marrakech estaba llena de terrazas, pero ¿cómo usarlas para llegar hasta cualquier lugar?

—Quiero que me enseñes los secretos de esa ciudad —contestó Aleksandra, plantada al lado de Kassandra, que levantó la vista para mirarla.

—¿Quieres aprender a caminar por el cielo? —alzó una de sus cejas.

—Quiero aprender a caminar por el cielo.

Sentada junto a su amiga en el sótano del chalé, durante días Aleksandra estuvo observando detenidamente aquel revoltijo de líneas y recuadros y pronunciando una vez tras otra los nombres de las calles principales y de los lugares más importantes. Después, pasaron el plano a imagen real extraída de Google Maps, gracias a la que, asombrada primero, pudo familiarizarse poco a poco con la extraña arquitectura del lugar y sus amplias terrazas marrones repletas de alfombras y toldos de colores. Parecía un enorme caleidoscopio. Observar Marrakech desde arriba, a vista de pájaro, era como mirar a través de la lente de un telescopio cuyo cristal fuera un mosaico de mil colores cálidos. Aprendió de memoria cada entrada engañosa, cada esquina sin salida de cada angosto callejón, cada resquicio de aquel puñado de trampas arquitectónicas.

—¿Estás segura de que están aquí?

—Estoy segura.

—Pero es como buscar una aguja en un pajar, K.

Los ojos entrecerrados de Kassandra miraban inmóviles las imágenes de la ciudad. Sonrió en una mueca extraña.

—No es un pajar —contestó—, es un laberinto. Y en algún punto, el Rey tiene su guarida. Voy a entrar en ella, aunque me cueste los ojos, la mente y la vida.

La actitud implacable de Kassandra le erizó la piel. Aleksandra sintió algo parecido al temor. No dijo nada porque, últimamente, la impetuosidad de su amiga la dejaba sin palabras.

—Podría ser el laberinto más grande que jamás se hubiera visto, Aleksandra, pero debo recordarte y recordar quién soy —dijo Kassandra, que se giró para atravesarla con sus penetrantes ojos verdes—. Yo soy Alicia —añadió—. Encontraré la salida.

Cimino, Cigioc y Mauricie, conocidos criminales, capos de un clan rumano dedicado a la extorsión y al sicariato, estaban celebrando la compra de un cargamento de mujeres destinadas a sus nuevos locales del norte de España. Habían conseguido estrenarse en el proxenetismo gracias al trato que cerraron con la organización de los Hombres de Hielo. Obtener un negocio con la poderosa organización era, ya de por sí, un motivo de orgullo y júbilo. Se mostraban felices. Exhibían su poder y su mando de manera ostentosa, tirando los billetes al suelo del bar del club al más puro estilo siciliano, aunque sin que sonaran de fondo tarantelas napolitanas. Mihaela, la camarera, que los observaba con una incomodidad mal disimulada en la cara, había puesto música folclórica rumana y los hombres bailaban con los brazos y bebían como cosacos.

Lucían bandoleras de cuero, grandes y anchas cadenas, camisetas de marca, Cartier de oro y plata. Tatuajes con motivos agresivos y consignas mafiosas en brazos, cuello y manos. Mihail, el jefe de zona, que se encargaría del trasvase de las chicas desde la costa alicantina hasta la gallega, los acompañaba e invitaba a la fiesta.

—¿Quién es esa cría? —preguntó Mauricie.

Kassandra acababa de sentarse en una de las mesas del fondo. Esperaba la llegada de Lenuta, que estaba arriba realizando un servicio, mientras pensaba qué copa con sabor asqueroso pedirse aquella vez.

—No lo sé —contestó Mihail al verla.

—¿Dejáis entrar a mujeres aquí? ¿O es una de las vuestras?

—No, no es de las nuestras —se extrañó Mihail, que la escrutó con recelo achicando su ya de por sí diminuto ojo derecho. Se le arrugó el semblante en un mohín de mosqueo al comprobar la actitud de la desconocida.

Estaba sentada muy erguida y seria, con la mirada clavada en la mesa, como absorta. Mihail arrugó la boca. Una larga cicatriz cortaba su labio superior en diagonal y lo partía en dos, como una especie de falla, producto de un profundo corte con un machete durante una reyerta en Albania —el país donde había transcurrido buena parte de su juventud— contra una banda rival, a los dieciséis años. Aquel resalte en la carne confería a su rostro una imagen siniestra, demoníaca. Al reír, la cicatriz se ampliaba y la boca quedaba dividida, una parte subía hacia la nariz y la otra bajaba hacia la barbilla, en una mueca deforme.

No era una de sus mujeres. Era desconocida. Pero lo que le llamó la atención fue aquella actitud como de tensión serena. Impertérrita. Helada.

Tras unos minutos pensativa, ella se levantó para pedir su consumición en la barra. Mihail, desconfiado, siguió con la mirada sus rápidos pero seguros pasos mientras jugaba con el sello de oro que hacía girar en su grueso dedo anular. Lenuta apareció por la puerta y se percató de la presencia de los jefes. Se acercó a Kassandra y la besó en la mejilla. El proxeneta advirtió un cierto coqueteo en el saludo y lo que parecía ser un trato corriente entre ellas, cómplice por parte de la nueva, que parecía haber captado a la perfección cómo debía comportarse con los clientes. Bien enseñada. Aquel flirteo le hizo suponer que ya se habían encontrado anteriormente. La desconocida pidió una copa para la chica nueva y ambas se sentaron.

Mihail se alzó de su sillón y caminó hacia la barra. Llamó a la camarera con un chasquido de los dedos.

—¿Quién es esa cría? —le preguntó.

Mihaela contestó que era clienta y que ya había visitado a la nueva varias veces. En efecto, la identificó. Era la chica joven de cuya visita la había avisado la *madame* hacía poco. Llegaba, pagaba una hora en la suite y, cuando terminaba, se iba. Nada inusual salvo por tres motivos, pensó Mihail: era mujer, era joven y era terriblemente atractiva. Podía follar fuera de allí perfectamente. Aquella cría era sospechosa, y su presencia, pese a ser inocua para la clientela masculina que allí se reunía o incluso resultar satisfactoria para el negocio en el plano económico, era peligrosa para él justo aquel día, cuando alguien tan importante estaba a punto de llegar. Había que echarla.

La camarera se acercó a la mesa.

—El jefe dice que debes irte. Hoy no puedes estar aquí.

—¿Cómo? —preguntó Kassandra contrariada.

Al escuchar la orden, Lenuta se levantó de la silla que ocupaba rápida y temerosa. Se recogió los brazos y los cruzó sobre el pecho, encogiéndose, protegiéndose de algo que aún no había sucedido, pero que ella ya vislumbraba. Su mente entonaba una algarabía de represalias posibles. Las frases amenazadoras se sucedían y se agolpaban en sus pensamientos. Va a pasarte esto. Te pasará lo otro. En cuanto se vaya, van a hacerte daño. Pagarás por esto.

Estaba aterrada. Aquellos hombres no solo ejercían la violencia directa contra ti con sus grandes y fuertes puños, sino que te los tatuaban en el cerebro. Ese era el truco: convertirte en su violencia. Provocaban un estado mental de amenaza constante que te llevaba a la locura. Ella era joven, inexperta y desobediente. Se había arriesgado demasiado subiendo con K y pasándole información. ¿Y si ella era una de ellos? En efecto, sabía que había estado trabajando para ellos. ¿Sería una mentira? Se parecía enormemente a ellos físicamente. ¿Querrían probarla y había caído en su trampa? Miró los grandes ojos de K. Ella le devolvió la mirada. Entonces Lenuta, ya casi muerta, asesinada por sus propios pensamientos, volvió a respirar. Es imposible que alguien que te mira con evidente deseo de que vivas quiera hacerte daño. El amor no miente. Las personas pueden fingir sentimientos cuando estos no existen, pero no disimularlos cuando existen. Es la mentira la que miente, nunca el amor. Un sentimiento no puede mentir.

En los ojos de Kassandra había rabia, asco, coraje y pena, pero también había amor. Y, sobre todo, había otra cosa, un concepto limpio y puro que aureolaba aquellos verdes iris como si le pertenecieran. Como si esa aureola luminosa y brillante fuera una corona; como si presidiera el resto de los conceptos, siendo más grande, más importante y más intenso que todos ellos. Aunque, ¿era esa corona resplandeciente un sentimiento? Quizás no lo fuera, pero si algo definía la mirada de aquella chica era esa palabra. Y el concepto brillaba en sus ojos alrededor de todos los demás, destacando sobre ellos. Sí. Lo tenía claro. K no mentía, pues sus ojos poseían esa aura de fuego alrededor. Y cuando la miraba era capaz de ver el fuego. El único fuego que podía convertirse en el único rival al que temía la mentira: la verdad.

—No es nada personal..., es solo que justo hoy es mejor que no haya mujeres que no sean las que trabajan aquí.

—¿Por qué? ¿Quién es el jefe? —la interrogó Kassandra visiblemente molesta.

Mihaela dudó unos instantes antes de ceder y contestar a la mitad de su pregunta.

—Mi jefe es el hombre que está sentado con los otros en la zona alta, al fondo, justo en los sillones circulares, camiseta de Emporio Armani blanca y reloj grande. No tiene ningún problema con que estés aquí. Ya te ha dejado entrar anteriormente. Es solo que hoy no puede haber mujeres aquí... que no sean las de aquí.

Kassandra los observó y cayó en la cuenta de lo escondidos que estaban y de cuántos más habían ido llegando y se habían unido al grupo, en la zona más apartada, de grandes sofás y robustos sillones. Ahora había allí unos diez hombres, o eso creía, que parecían estar esperando algo.

—Puedes volver en otra ocasión, pero ahora, por favor, debes irte —le rogó la camarera algo incómoda al verse obligada a insistir.

—Está bien, ya me voy. Lo último que quiero es causaros problemas con vuestro jefe. —Aquella considerada frase provocó en Mihaela una grata sensación de seguridad. Miró a Lenuta, que le dedicó una corta sonrisa de simpatía.

—Te lo agradezco mucho —contestó la camarera.

—No hay de qué.

Entonces lo vio entrar justo cuando ella recogía su bolso para dirigirse hacia la salida. Se quedó plantada junto a la camarera y Lenuta y asistieron a la escena, medio resguardadas tras una de las columnas que separaban las mesas, la misma que antes le había impedido ver la paulatina llegada de los proxenetas. Lo observó mientras caminaba, custodiado por dos grandes matones, también extranjeros, hasta que subió los tres pequeños escalones que separaban la zona de los sofás del resto del club. Ante aquella nueva presencia, quedó patente que los hombres no esperaban algo, sino a alguien. A *ese alguien.*

Los mafiosos lo saludaron con evidente respeto, como si se tratara de una persona de gran importancia, pero no era el jefe de zona, pues el jefe de zona era el que había hablado con la camarera para que echara a Kassandra. ¿Quién era *ese alguien* que acababa de entrar? ¿Un lugarteniente venido a más?

El hombre se situó a un lado del reservado. Justo enfrente de la barra de *pol dance* donde una de las chicas se contoneaba. Kassandra lo miró un poco más, como intentando descubrir algo; extraer algún dato. Cualquier indicio que llenara, aunque solo fuera un poco, el vacío que había abierto en su cabeza aquella intensa sensación de curiosidad tras la llegada de aquel hombre. Miró a Lenuta. Esta negó enseguida levemente con la cabeza. «No tengo ni idea. No han avisado a nadie», decía su gesto.

No era un simple lugarteniente y, desde luego, tampoco era un soldado.

¿Quién eres?

El deseo de saber se acrecentaba con cada gesto y cada movimiento del desconocido. Continuaba estrechando manos muy erguido. Era alto. Aguzó la vista y observó su tez blanca; la gruesa vena que sobresalía en la cabeza rapada; las cejas y pestañas rubias; la mandíbula cuadrada. Lo había visto antes. Conocía a aquel hombre. Estaba segura. O quizás no.

¿Quizás era una corazonada? ¿Un presentimiento? ¿Un *déjà vu*?

Debía irse. Se despidió de ambas mujeres y caminó con disimulo hacia la puerta. Luego se giró, en un movimiento casi inconsciente, para volver la vista atrás una sola vez más. Al virar el cuello, los ojos del hombre, de un azul cobalto, miraban hacia el frente, lugar donde ella estaba unos instantes antes. Pudo observar entonces detenidamente su perfil. Sus elegantes movimientos le resultaron familiares.

¿Quién eres?

Fue cuestión de segundos porque, en cuanto sucedió, se apresuró exaltada a abrir la puerta y a salir de allí rápidamente. Podría no haberlo visto, pero si aquellos dos ojos se topaban con los suyos, como así ocurrió, resultaba imposible no percatarse de aquel dato que terminó embistiéndola.

El hombre tenía una pupila buena y una mala, rota y derramada en el iris. Exactamente igual que la suya.

Alicante, año 2018, una semana antes
de la muerte de Katia Lassanis

Kassandra y Katia charlaban en la ventana del patio cuando Aleksandra se les acercó por detrás para unirse a la conversación.

—Mira, Ale, se la voy a regalar a K —dijo Katia levantando la servilleta y colocándola al trasluz para que el boceto de la flor pudiera verse mejor—. Me ha comprado estos lápices de colores —le señaló el estuche nuevo que descansaba en la repisa.

—K, yo necesito maquillaje nuevo, por si cuela —bromeó Aleksandra.

Kassandra sacó la lengua a su amiga.

—Ella me va a regalar el dibujo, así que para que te compre maquillaje tendrías que venir a mi casa a maquillarme antes de salir —contestó Kassandra.

Tras el comentario, las tres se quedaron muy serias ante la evidencia de que, pese a tener edades similares, solo una de ellas podía salir a bailar con sus amigas.

—¿K, sabías que en nuestro país —rompió el silencio Aleksandra, resquebrajando la pena con su positivismo, como de costumbre— existe la tradición de regalar cosas el día uno de cada mes de marzo para recibir la primavera? Con lo que te gustan las flores, te encantaría esa festividad. Se llama «martisor». Las mujeres reciben los *mărișoare,* que son pequeños objetos, o flores, adornados o atados con dos hilos, uno blanco y uno rojo. El blanco representa la nieve del invierno, y el rojo, la primavera, con un color más intenso, como el de la sangre. Muchas personas regalan prímulas como esas —señaló las pequeñas macetas de flores rojas— por ser las primeras flores que nacen aún en invierno, entre la nieve.

«Para que algo nazca, algo debe morir; para que algo empiece, algo debe terminar», recitaron Katia y Aleksandra casi al unísono el lema de la efeméride. Ambas rieron por la coincidencia.

—Y además de significar eso, el fin del invierno y el inicio de la primavera —continuó contándole Kati—, también significa la victoria del bien sobre el mar..., perdón, ¡el mal!, aunque en algunos lugares, como en las comunidades rumanas venidas de Albania, como mi familia, solo simboliza que son ambos... juntos.

Katia dudó sobre su explicación, que quedó extraña al atascarse con la palabra «mal». Cuando se equivocaba con el castellano, los nervios se apoderaban de ella y corría el riesgo de fastidiar la frase entera empalmando equivocaciones una tras otra y mezclando palabras con significados erróneos. Se quedó pensativa colocando los dedos en sus labios.

—¿Cómo se dice en español cuando dos cosas son juntas? —preguntó a Kassandra.

—¿Su coexistencia? ¿Que coexisten?

—¡Sí! Eso. Existen juntos, bien y mal. Los dos. Eso es el *martisor:* el principio y el fin, la vida y la muerte y el bien y el mal. A veces uno puede con el otro y a veces simplemente... coexisten. Eso es lo que significa para mí esta flor —miró hacia su dibujo—: el triunfo del bien sobre el mal. El bien siempre llega, como la primavera con su rojo, aunque el mal dure mucho y parezca un invierno largo y frío y blanco. El invierno siempre termina porque llega la primavera. Es la ley de la vida. Eso pienso sobre el dibujo.

—Entonces es el regalo más bonito del mundo —dijo Kassandra.

Kassandra se retiró hacia la recepción y Katia y Aleksandra se quedaron solas junto a Maisha en la cocina. Aleksandra salió de la zona de la colada para ayudar a Maisha a recoger la mesa.

—Ale —la llamó Katia desde la ventana—. ¿Puedes venir un momento?

Aleksandra volvió sobre sus pasos.

—Sí, dime, ¿qué pasa? —preguntó.

—Hoy no es *martisor* ni lo que tengo para ti es maquillaje, pero me gustaría regalarte algo —dijo Katia.

—¡¿En serio?! —exclamó Aleksandra, que sonrió ampliamente—, pues dámelo.

Katia le devolvió la sonrisa y le pidió que cerrara los ojos y que enseguida se lo daría. Guardó el papel bajo el macetero y escondió los lápices detrás del hueco entre la lavadora y la pared. Después cerró la puerta de la galería y agarró a Aleksandra con sus manos, las entrelazó detrás de la nuca y se acercó poco a poco a su rostro hasta que sus labios se apoyaron en los de ella.

¿QUIÉN SOY?

Sintió que observaba la escena disociada de su propio cuerpo, situada en un ángulo superior desde el que divisaba toda la estancia a través de unos ojos que no le pertenecían, pues ella misma era la protagonista de lo que sucedía allá abajo.

Las paredes estaban salpicadas de sangre. La chica se encontraba en el suelo. La estaba apuñalando. La primera punzada del extremo del cuchillo en el vientre provocó un intenso desgarre. La oyó suplicar. La carne cedió ante el frío metal y las delgadas manos de la víctima agarraron la empuñadura como pudieron para intentar que el cuchillo no se hundiera más, pero no pudo evitarlo. La oyó llorar. Ella no cedió y hundió más el cuchillo en su estómago, hincándolo hacia abajo y abriéndola en canal.

Alrededor, cuerpos de mujeres magullados y maltrechos en el suelo. Contó seis. Todas vestidas de alterne. Todas cubiertas de sangre. Todas muertas.

La escena cambió, fugaz. Volvió a verse a sí misma. Esta vez estaba sentada en un gran trono blanco dentro de una habitación igual que la primera, pero del tamaño de una gran nave industrial.

Las cabezas inclinadas de los hombres se contaban por miles. Miraban hacia el suelo y estaban postrados ante ella en una especie de reverencia. Entonces alguien, una mano muy fría, agarró la suya. Giró el rostro y se topó con el demonio.

—Mi reina.

Aquella tétrica mirada penetró en su interior helándole las entrañas. Las dos palabras se clavaron en su mente, como dos arpones afilados insertados en las sienes y repitiéndose en un eco incesante. Era él. Clavada en la punta del cetro que sostenía con la misma mano que él apretaba, una de las cabezas de las mujeres a las que ella misma había asesinado la miraba inerte. Su padre sonrió.

Despertó sudada y temblando. Respiró profundamente varias veces para calmarse, abriendo mucho la boca para no hacer el menor ruido. Se apeó de su cama y caminó descalza y en ropa interior por el pasillo. No quería despertar a Maisha y a Aleksandra, que dormían en la habitación contigua. Prendió la luz del baño y se miró al espejo. El pelo rubio pegado a la cara pálida y descompuesta por el pánico. Los ojos muy abiertos. Observó con atención el ojo roto, cuyo centro atravesaba un rayo de luz matutina que lograba colarse por las rendijas de la pequeña ventana que daba al exterior. La línea iluminaba en diagonal la garra oscura de la pupila, invadiéndola con su luz. Anduvo lentamente hasta el salón y descolgó la gran fotografía que adornaba el hueco de la pared bajo las escaleras y las mostraba a Bilma y a ella juntas en Bogotá. Detrás de aquella imagen guardaba sus tesoros: las cartas de Aleksandra y Maisha durante su estancia en Colombia, los regalos que Bruna y Marcela le hicieron antes de volver a España, el dibujo de Katia, el amor de sus amigas y su madre encarnado en pequeños objetos y ahora también varias armas. Introdujo la combinación en la rueda de la pequeña caja fuerte y extrajo de ella una placa de 100 gramos de polen marroquí. Se sentó en la *chaise longue* y calentó con un mechero una esquina de la placa para ablandarla. Cortó un trocito con un cuchillo afilado, lo quemó y lo desmigajó en la palma de la mano.

Dio una calada al porro recién prendido. El olor del hachís invadió el salón y ella saboreó el aroma característico de los parajes ocres marroquíes y de las villas bereberes de construcciones pardas, rojizas como su sol. Rincones que ella misma se acostumbraba poco a poco a descubrir; caminos de tierra, carreteras kilométricas e imbricadas entre amplias montañas de un atlas que recorrer y aprender de memoria, como si de un segundo hogar se tratara. Su boca evocó el sabor del desierto, de la arena. En aquel instante, se sintió como el reloj de arena de Sadiq Alabi que esperaba en un cajón oscuro a que alguien lo moviera para ponerse en marcha. Pese a haber dado grandes pasos, ella tampoco había conseguido poner en marcha lo que quería. Seguía sin encontrar al Rey y sin provocar movimiento alguno por su parte. No tenía otro remedio que esperar el momento. Ningún reloj de arena sabe hacia dónde irá su tiempo, pues dependen de que alguien los coloque boca abajo o boca arriba. Ni siquiera saben si están boca abajo o boca arriba. Ni siquiera saben cuánto tiempo han medido o cuánto medirán. En quién ella se convirtiera —incluso el devenir de su propia vida— dependía de lo que estaba por ocurrir y de cómo la vida la colocara.

Llevó sus ojos a la mesa baja de cristal. Al peso eléctrico, al cuchillo manchado de aceite y resina seca. Ahora era una traficante —se había convertido en la representación viva de esa palabra que siempre había odiado—. Como si estuviera mirándose a través de un espejo que le devolvía su propia imagen sin ser ella, se veía a sí misma desde afuera, como en una ensoñación, negociando con tratantes, visitando a proxenetas, quebrantando las leyes y poniéndose en peligro para intentar terminar, eso sí, con una realidad nefasta. Una realidad horrible. El infierno en la tierra. Aquellos hombres tenían en su país verdaderas granjas de niñas de origen pobre, a las que vendían a los pedófilos que viajaban hasta allí para violarlas. Entonces, el fin era bueno, aunque los medios fueran malos. ¿Y ella? ¿Ella era buena o era mala? ¿Era justicia lo que quería impartir o era venganza por todo aquello que le habían robado? ¿Es el destino la mano que elige si nuestro reloj de arena funcionará hacia arriba o hacia abajo, o esa mano, como en el caso de Sadiq Alabi, somos nosotros mismos? Ni siquiera sabía si existía el destino. Quizás eso que llamamos «destino» no es más que una concatenación de decisiones cotidianas y aparentemente irrelevantes que nos acercan paulatina e invisiblemente hacia lo extraordinario. Quizás el destino somos nosotros mismos.

Dio otra calada, que no la ayudó en absoluto a encontrar respuestas, sino que se sintió peor con ella misma. Colocó sus labios formando un círculo y expiró el humo poco a poco, en pequeños aros grises que giraban a su alrededor. Inmóvil, observaba las formas irregulares que adoptaban al entrar en contacto con las invisibles corrientes de aire. Recordó el personaje de la oruga de *Alicia en el país de las maravillas,* aquella que fumaba una larga pipa y formaba aros con su diminuta boca de insecto, mientras acribillaba a preguntas sobre su identidad a la aturdida niña que solo sabía responder que ya no sabía quién era.

La Oruga y Alicia se estuvieron mirando un rato en silencio: por fin la Oruga se sacó la pipa de la boca, y se dirigió a la niña con voz lánguida y adormilada. «¿Quién eres tú?», dijo.

El bien y el mal eran conceptos tan difusos como ese humo. Volvió a dar otra calada.

«¿Quién eres tú?», repitió la Oruga azul otra vez.

«Sé quién era esta mañana, pero creo que he cambiado varias veces desde entonces», dijo Alicia. «¿Qué quieres decir? —protestó la Oruga—. ¡A ver si te aclaras contigo misma!».

Observó su silueta semidesnuda, difuminada por el humo, reflejada en la pantalla del televisor apagado. Se recostó en la *chaise longue,* aturdida por el efecto del porro. «¿Voy hacia arriba o hacia abajo?». Miró hacia el techo, que pareció desdibujarse hasta casi desplomarse sobre ella.

«¿Me aplastará el bien por hacerlo mal o el mal por hacerlo bien? Todo depende de que encuentre la verdadera respuesta», pensó, y se formuló a ella misma aquella pregunta, que no distaba de ser la que creía ciertamente una de las preguntas más difíciles —si no la que más— de todas las que se había hecho a sí misma.

Qué curioso. A veces, todo nuestro destino no cabe en una mano ni en un reloj ni en una acción. A veces, el destino puede caber en la respuesta a una única pregunta que solo consta de dos palabras:

¿Quién soy?

Dos semanas antes de la visita de Kassandra al club

Mihail apuró el último trago y descolgó el teléfono. Indicó a la camarera que se acercara y renovara su bebida, moviendo el dedo índice con desdén. La temerosa mujer, acostumbrada a los gestos del hombre, se apresuró tanto en cumplir la orden que, antes de que el interlocutor de aquella llamada hubiera articulado palabra alguna, había cambiado la cerveza por una nueva, fresca y recién abierta.

—Soy Marcellus. Se ha llamado desde este teléfono —habló Marcellus Tareov al otro lado de la línea.

—Marcellus, soy Korvatova. Necesito saber cuándo podré hablar con tu hermano.

—Ahora mismo está reunido.

—De acuerdo. Te pido que, en cuanto lo veas, le digas que lo he llamado. Es importante.

Mihail Korvatova, jefe de la zona alicantina, se hallaba en una disyuntiva extraña desde hacía varios días. Los traficantes que suministraban la mercancía para el consumo a sus clubs habían dejado de hacerlo. Había enviado a dos de sus lugartenientes a dialogar con los españoles, pero regresaron con noticias que no podía tolerar: durante el confinamiento, el tráfico se había complicado mucho y las diversas familias que estaban en el negocio habían tenido que buscar otras vías de lucro. No indicaron cuáles y tampoco dijeron si volverían a tratar con las drogas que les eran de interés. El ambiente general del negocio estaba más enrarecido de lo que habían esperado. Mihail había comentado la cuestión con el hermano del Rey, pues consideraba que la situación tenía que resolverse cuanto antes.

—Debes comprobar si sucede lo mismo en otras zonas. No hemos recibido reporte alguno.

Ahí estaba el núcleo de la cuestión que había perturbado la tranquilidad de Mihail. Parecía ser que la problemática solo se reportaba en su zona. Eso lo irritaba, porque sospechaba que los españoles no habían sido sinceros.

—Algo ocurre solo aquí —aunque temía que fuera demasiado pronto para hacer conjeturas con uno de los Tareov, consideró necesario explicar lo que había descubierto—. Creo que alguien está compitiendo contra mí, en mi zona. Y creo que es español. Ha convencido a sus conocidos para que corten el suministro a nuestra gente y así hacerse con el negocio.

Marcellus esperó a que Nikola terminara la reunión para hablar con él e informarlo de lo sucedido Y, luego, devolvió la llamada a su lugarteniente para trasladarle las directrices.

—Marcellus.

—Sí, Marcellus. Soy Korvatova de nuevo.

—No hablarás con el Rey —dijo a su inferior—. Hablarás conmigo. Yo me desplazaré a España dentro de unas semanas. Mi hermano no quiere ni oír hablar de su gente en la provincia. Le resultáis gente débil. Sus antiguos encargados ya le fallaron allí mismo. Su estupidez casi le cuesta la vida.

Mihail aceptó la visita de uno de los Tareov de una mala gana que se esforzó en ocultar. Colgaron. Marcellus caminó hasta el límite de la terraza y prendió un cigarrillo con su corpulento brazo apoyado en la baranda y secándose el pegajoso sudor de la frente con el dorso de la mano. Los rezos abrazaban la ciudad en un sonido envolvente y ascendente. Desde su posición, la Kutubia, magnánima, llamaba a la oración recitando el almuédano desde su minarete y abierta a cualquier mirada gracias a su majestuosa presencia. El sol meridiano la vestía y refulgía anaranjada como la llama resplandeciente de una candela.

«¿Por qué está tan seguro de que la causa de todos sus males es esa cría?», pensaba Marcellus recordando la conversación con su hermano. Y aun así quiere poseerla, como si fuera una joya única en el mundo, pero no atraparla, pues suponía que, de haberlo querido, ya lo habría hecho. Tres hipótesis se barajaban en la mente de Marcellus Tareov respecto a los planes de su hermano: quería exprimirla y hacerla sufrir a tenor de los anteriores acontecimientos; quería tallarla y transformarla en una Tareov pura o quería comérsela tras jugar con su capacidad de subsistencia. Quizás ocurriera que el parecido de aquella niña con su hermano fuera más acusado del que él mismo había advertido en otra época, pues no la quería muerta, sino viva, para matarla él mismo con sus manos o para extraer algo de ella. Algo que no lograba descifrar.

Pronto lo adivinaría.

Todas las alumnas sacaron sus cuchillos tácticos debidamente enfundados y atendieron a la instrucción de Kassandra. Una vez explicada la táctica, Ramsés se colocó frente a ella —que lo señalaba con el cuchillo, como apuntándole— y marcó el movimiento con rapidez, robándole el arma con una luxación de muñeca e inmovilizándola en una llave de brazo, que la obligó a agacharse hasta quedar con su tronco superior doblado y el rostro hacia abajo, sujetando con sus brazos los de ella tras la espalda.

—Una vez la tengo aquí, a mi merced, puedo hacer dos cosas: obligarla a arrodillarse y sujetarla hasta que llegue la policía o hacerle daño, que es la técnica «pura» que no voy a enseñaros porque no hay que usarla.

—Hazlo, Ramsés —pidió Kassandra con la voz quebrada, aguantando el dolor de la sujeción.

—No —se negó sin vacilar—. No voy a enseñarles a hacer eso. Deben entrenarse para escapar y salir indemnes provocando el menor daño posible.

En un viraje rápido, aprovechando que Ramsés seguía hablando y no estaba concentrado, Kassandra se zafó de la llave y abrió la mano luxando sus falanges para agarrar de nuevo el cuchillo. Se pegó veloz a él, atrapándolo por la nuca, y le clavó el cuchillo enfundado en el estómago.

—Matar o morir, querido Hamlet —susurró en su oído

con el cuchillo hincado en su vientre—. A veces esa es también la cuestión.

Tras separarse, todas las alumnas —incluida Maisha, que se había apuntado a los seminarios— vieron que el rostro de Ramsés se tornaba rojo de rabia. Maisha miró con los ojos muy abiertos a Kassandra, en un gesto subliminal de alarma. Ramsés agarró de malas maneras el cuchillo de Kassandra y lo tiró al suelo visiblemente crispado.

—¿Crees que como profesora haces bien enseñando estas mierdas a tus alumnas? —la reprendió en voz alta.

—¿Perdón, Ramsés? —Kassandra alzó las cejas.

—¿Sabes quién no perdona que mates a alguien? La puta cárcel no te lo perdona.

—¿Sabes quién no perdona que vayas sola por la calle? Un violador.

—Pueden zafarse de un violador. No es necesario que lo maten, como haces tú. Estoy seguro de que la mayor parte de mis alumnas ya saben de oídas cuánto te gustan las armas.

—¿Por qué estás tan seguro de eso?

—Porque seguro que tienes más de una. Como todos los de tu calaña.

—Si no lo sabían, ahora ya lo saben, gilipollas —le gritó irritada.

Los gritos que se lanzaban subieron de tono y la agresividad aumentó. Las alumnas observaban la escena atónitas. Las formas de ambos se tornaron peligrosamente violentas.

—¡No me insultes!

—¡Me estás insultando tú!

—Si no quieres que te insulte no te dediques a cosas que consideras un insulto.

—Eres un maleducado de mierda —contestó ella, marcando sus palabras con el dedo índice en el pecho del chico, señalándolo.

—Y tú, una irresponsable por esto. Lo otro que eres, ya lo sabes —respondió él sagaz.

Kassandra propinó un puñetazo a Ramsés en su pómulo izquierdo y este la empujó con fuerza tirándola al suelo. Ella se alzó rápida y rabiosa y saltó hacia él para pegarle de nuevo, acto al que él respondió alejándola con una patada en el muslo. Volvieron a acercarse y volvieron a empujarse. Kassandra lo agarró y le propinó otro puñetazo. Cayeron ambos al suelo. Las chicas les gritaron varias veces, pero ellos siguieron rodando y forcejeando en el tatami hasta que tuvieron que correr a separarlos.

—¡¿Pero qué coño os pasa?! —gritó Maisha colocándose en medio de ambos mientras las alumnas agarraban a una y a otro y los improperios que se lanzaban a gritos no cesaban.

Fue imposible continuar con el seminario de aquel día y quedó aplazado para la siguiente semana. Mandaron a Ramsés a los vestuarios masculinos y a Kassandra a los femeninos, como si fueran dos niños castigados por pelearse en el patio del colegio.

Maisha sermoneaba a Kassandra en el vestuario de mujeres mientras ella tenía la vista clavada en una de las paredes blancas y mostraba indignación, respirando profundamente y sentada en el banco de madera con las piernas estiradas y los brazos cruzados. El chirrido de las bisagras de la puerta y el golpetazo contra la pared al abrirse con excesivo ímpetu interrumpió el monólogo de Maisha. Entró Ramsés, aprovechando que era tarde y estaban las dos solas. Se quedó plantado de pie, quieto, mirándolas a ambas: a Maisha con seriedad y a Kassandra con desdén.

—Os vais a pegar.

—No nos vamos a pegar. Vamos a discutir esto tranquilamente y como dos personas normales.

—Ni sois tranquilos ni sois dos personas normales. No me voy. Hablad otro día. Ahora no es el momento.

—Está bien.

Se acercó a Kassandra, que no lo miraba ni por asomo. Alargó el brazo con su mascarilla en la mano. Le habló pausadamente, evitando que el cabreo, que en realidad lo invadía, saliera expedido por su boca e impregnara su tono.

—Tu mascarilla. Se te ha caído en la sala.

—Me la has arrancado tú —corrigió Kassandra, que esta vez lo miró.

En las caras de ambos se advertía un evidente enfado. Ramsés examinó el rostro de Kassandra. No había podido verlo sin mascarilla y con tranquilidad hasta aquel momento. Debajo de su ojo derecho, un golpetazo había dejado una marca roja que se transformaría muy probablemente en un moretón. Sus mejillas estaban enrojecidas y su cuello mostraba las marcas que sus propios dedos habían dejado al intentar librarse de ella cuando lo tenía apresado en el suelo. Pero su boca estaba intacta. No, no lo estaba, era intacta. A diferencia de todas las demás —incluida la suya—, había algo en su boca que la llenaba de pureza. Eran el timbre de voz, el aliento y los labios, siempre apaciblemente entreabiertos, de movimientos tiernos, pero cándidos e inocentes, aunque, a su vez, los más salvajes que había probado jamás. Su boca siempre le había parecido un paraje inexplorado y, de alguna forma, impenetrable, incluso cuando la besó y la recorrió por completo con la suya.

—¿Que te la he arrancado, dices? —repitió sus palabras.

Kassandra contestó con una mirada sarcástica. Inesperadamente, Ramsés se acercó a ella hasta quedar pegado a un lado de su cara. El movimiento fue tan rápido que ella no tuvo tiempo de apartarse y sintió tan cerca su aliento que le provocó cosquillas en la piel del oído derecho.

—No te diré que no he tenido ganas de hacerlo —susurró dejando la mascarilla encima de sus piernas.

Se despidió de Maisha, a la que dejó boquiabierta tras mostrar esa actitud tan alejada de la propia de un instructor y, arrastrando un gesto contradictorio, entre la sonrisa pícara y el enfado ceñudo, salió del vestuario.

Tres días después de la visita de Kassandra al club

Cuando Marcellus Tareov habló en privado con Mihail Korvatova, este ya intuía que la chica desconocida tenía algo que ver con los problemas de la organización que a él le atañían. Según pudo saber, el capo se percató de la presencia de la chica al llegar, pero creyó que se trataba de una de sus mujeres. Mihail tuvo que explicarle lo de las visitas anteriores y recordarle su aspecto; sobre todo hablarle sobre su conducta. Aquello último fue lo que más pareció importar a Marcellus Tareov.

—Sus ojos. El color —requirió Marcellus.

—No son azules, pero son claros.

—Verdes.

—Creo que sí.

Marcellus intentó recordar su rostro. Era pálido. El cabello era rubio, como el suyo cuando era niño.

—Podría ser ella la que ha cortado el flujo —dijo Korvatova, aun a sabiendas de que la posibilidad era muy remota, por ser tan joven y por ser mujer.

En cierto modo, si uno de los Tareov se había desplazado hasta allí y se interesaba por ella, tendría sus buenas razones. Nunca modificaban su localización ni arriesgaban su posición sin una razón de peso. Mucho menos tras el incidente de la que ya llamaban «la noche marroquí». Todos eran conocedores del estado de salud del Rey, que distaba de ser óptimo en los últimos dos años. Resultó gravemente herido en el incidente. Su pierna izquierda había sufrido pérdida de movilidad y caminaba con dificultad desde entonces. Pero las secuelas no eran las únicas responsables de su declive físico, sino la terrible enfermedad que se lo comía por dentro, a la que nadie había logrado poner nombre. Su hermano se había trasladado hasta su casa para proteger su paradero y evitar que fuera visto en aquel estado hasta que consiguieran que se recuperara. Estaba siendo tratado por los mejores médicos del país, pero las pésimas condiciones sanitarias del lugar donde vivía retrasaban el proceso de curación. Los pocos que habían tenido ocasión de advertir su estado hablaban de una evidente delgadez, un aspecto ceroso de la piel y un extraño color amarillento en las córneas. La enfermedad sin nombre le había conferido un semblante aún más terrible, pues Nikola Tareov no había perdido ni un ápice de su mefistofélico temperamento.

—Tus sospechas eran ciertas, hermano. El jefe de zona advirtió la presencia de una chica joven en uno de sus clubs, el más grande, durante las últimas semanas. Liquidar a aquella otra cría ha provocado que esta vuelva a aparecer. Tras interrogar a Korvatova, estoy casi seguro de que es ella.

—¿Estás seguro de lo que dices? —la voz de Nikola Tareov sonó grave y profunda a través del auricular.

Marcellus estaba seguro. Se explicó.

—Supongo que sí. Matamos a la que consideraba su hermana. Las mujeres establecen vínculos de hermandad unas con otras, aunque no compartan la sangre. Según Korvatova, es probable que sea la causante de la falta de droga.

—Es cierto.

Se produjo un largo silencio. Ambos analizaron la situación desde la estrategia y la frialdad, rasgos característicos del carácter de los Tareov.

—¿Qué harías tú si me mataran a mí, Marcellus? —preguntó el Rey.

Marcellus calló, sintiéndose peligrosamente interpelado. Supuso que no era un examen, sino una indagación sobre los que podrían ser los futuros movimientos de la cría.

—Matar —contestó.

Habían encontrado la respuesta que buscaban. Aunque mujer y joven, también era una de los suyos. Una mujer capaz de cualquier cosa por ganar. Incluso comenzar una guerra fría como la que parecía estar librándose contra su organización.

—Te enterarás de lo que está preparando. Con tus hombres seguirás sus pasos. La capturaréis en España y aprovecharéis la situación para trasladarla escondida hasta mí.

Marcellus recordó lo que había ocurrido hacía dos años. Había matado a tres soldados y había logrado herir de gravedad a su hermano. Si había conseguido hacer aquello con apenas veinte años, en cierto modo era lógico que Nikola la considerara una especie de joya y quisiera hacerse con ella, intacta, a toda costa. Jamás habría imaginado que una mujer fuera capaz de hacer lo que aquella debía estar haciendo. Las mujeres eran débiles. Sin duda, ella estaba tallada a su imagen y semejanza. Ahora él también lo sabía.

—Haz lo que debas —ordenó el Rey.

—Comprendo.

Marcellus colgó el teléfono y miró hacia el mar a través del gran ventanal circular del lujoso y céntrico ático en el que se alojaba. Observó las olas romper en el espigón. Desde que había llegado a la ciudad, había pasado horas mirando aquel movimiento repetitivo y despacioso. Sacudió la cabeza. Aquel espigón tenía algo que lo hipnotizaba y le impedía pensar con claridad.

Comprendía la obsesión de su hermano. Tras conocer las aptitudes de su hija y visto su estado de salud, intentaría de todas las formas posibles que el trono tuviera un heredero directo, tal y como la ley mandaba. En este caso, se trataba de una futura heredera. Debía hacerse con ella. Mandaría a sus segundos a realizar un seguimiento.

A partir de aquel instante, Marcellus volvía a convertirse en lo que había sido durante toda su vida antes de trasladarse a África para proteger al Rey en calidad de alfil: un *gjuetar*. Un cazador.

Una semana después de la visita de Kassandra al club

No sería una afirmación descabellada decir que sus miradas se encontraron a cada minuto durante las dos horas que Ramsés pasó en la zona de los reservados. No se habían saludado, pese a constatar ambos que se encontraban en el mismo lugar y que se codeaban con la misma gente. La tensión era palpable, mirada furtiva aquí, mirada furtiva allá. Él, en una de las mesas cercanas a las escaleras de bajada; ella, en uno de los sofás situados más al fondo. Ambos arriba, disfrutando de la zona privada de la discoteca y fingiendo que no se conocían, hasta que uno de los chicos jóvenes insistió en presentarlos. Jamás Ramsés había visto los ojos de Kassandra tan rotos como en aquel instante, cuando se acercó con el conocido hasta su zona y ella lo miró de cerca. Era otra mujer. Era otra mujer cubriendo a la que él conocía, como si la de fuera constituyera una armadura, una cobertura, una réplica exacta de ella misma cuya función fuera ocultar su interior, como una de esas muñecas rusas.

El conocido los presentó y ella estiró su delgada y pequeña mano y estrechó firmemente la de Ramsés, que cubrió la suya por completo. Kassandra cortó el flujo de aire en su nariz para evitar respirar su perfume. La discoteca seguía en movimiento alrededor de aquella escena, que parecía transcurrir a cámara lenta.

—Encantada —dijo ella con su característica voz aniñada, cuya musicalidad parecía siempre sonreír, aunque ella no lo hiciera. El conocido sonrió henchido de orgullo, pues estaba seguro de que Ramsés se sentiría atraído por ella de inmediato, tal y como le había asegurado para convencerlo de ir hasta allí.

—Igualmente —dijo él—. Soy Ramsés. Tenía ganas de conocer a la Reina. Estás muy de moda.

—Conque estoy de moda... Pues no sé si me habrás visto bien, pero no soy un tipo de pantalón, Ramsés, soy una mujer —respondió ella.

El chico dio un puntapié disimulado a Ramsés en el gemelo para advertirle que se calmara y no hiciera ese tipo de comentarios.

—Bueno..., quizás lleves razón. —Él ladeó la cabeza—. Es más... —la miró de arriba abajo—, yo creo que, si fueras una prenda de ropa, serías un top. ¿Qué opinas?

—¿Un top? —dejó de masticar el chicle que llevaba en la boca y alzó las cejas, con el resto de sus facciones inmóviles.

—Sí. Un top deportivo. Tienes pinta de ser alguien que hace deporte.

El chico los miraba con evidente gesto de estupor ante la absurda conversación que mantenían aquellos dos supuestos desconocidos. Ella volvió a sentarse en el sillón y cruzó las piernas.

—Un top deportivo. Resistente, pero sexy. Me gusta. Tienes suerte.

—Menuda suerte tengo de que te guste lo que te digo.

—¿Por qué has venido a presentarme a este chico? —se dirigió ella al otro—. ¿Por guapo?

El chico vaciló antes de responder. Dudó si beber de la copa o no, nervioso. Finalmente, no bebió y contestó mirando a Ramsés.

—Él es el sobrino de Juan, el Tigre. El que ha *comprao* la mitad de tu regalo a tu padrino.

—Muy bien —les dedicó a ambos una amplia sonrisa, visiblemente molesta. Levantó la mano y la sacudió en un soberbio aspaviento—. Pues si no tiene nada interesante que decirme, ya te lo puedes llevar.

Kassandra se cruzó de brazos y desvió la mirada. Frunció el ceño y susurró algo inaudible, en un gesto de rabieta infantil.

—Se te acaba de salir un poco por la boca, Reina —dijo Ramsés señalándose él la suya.

—¿El qué?

—La otra chica. La que escondes dentro de esa mierda que llevas por fuera y que hace que te ronde tanta mosca.

Ni un solo músculo de la cara de Kassandra se movió un ápice. Únicamente su labio inferior, que tembló inevitable y brevemente de rabia. Dirigió los ojos hacia el otro joven con una gélida mirada que indicaba que a ambos les había llegado la hora de irse. Ramsés se colocó la mascarilla, hizo una reverencia a modo de burla y se despidió ante la incredulidad del otro chico. Se despidió también de cada uno de los que había bautizado como «las moscas» y se marchó a la zona de abajo, donde Kassandra lo perdió de vista.

Aproximadamente una hora después del encuentro, Kassandra pasó cerca de Ramsés para dirigirse a los baños y vio que estaba besándose con la rubia del gimnasio. La saludó, pretendiendo mostrarse simpática, pero la chica no respondió, pese a que se la quedó mirando con suspicacia. Así fue como comprobó que ella —se llamaba Melisa— y Ramsés tenían algo juntos y que Melisa la detestaba —y él también.

La zona de los lavabos era una amplia sala unisex provista de seis baños individuales en cuyas puertas se indicaba cuáles eran para hombres y cuáles para mujeres. Mientras Kassandra se lavaba las manos, alguien apareció en la sala. La sombra pasó justo detrás de ella y se reflejó en el enorme espejo que ocupaba por completo la pared de los lavamanos. Después entró en uno de los baños y cerró la puerta. Ella continuó concentrada en su tarea. Se retiró un momento para coger papel de uno de los baños de mujeres y se dirigió de nuevo al gran espejo para secarse las manos, apoyar el bolso y buscar dentro algún accesorio para recogerse el pelo. Mientras esto ocurría, la sombra salió del baño y, puesto que los cuatro lavamanos ya estaban ocupados, se situó detrás de ella, en la cola. Ella la advirtió justo detrás. Hizo caso omiso, ignorando de quién se trataba.

La miraba a través del espejo. Fijamente. Miraba su piel blanca, las pestañas que sombreaban sus ojos, que miraban hacia abajo, su cuello y su fino collar de plata, sus manos, cómo pasaba el papel delicadamente para secarlas, cómo palpaba los rincones de su bolso.

Dos ojos más se unieron al baile de miradas. Los ojos de Ramsés —que se quedó quieto a mitad de las escaleras que bajaban a la sala de baños al percatarse de lo que estaba ocurriendo— también estaban ahora atentos a ella en el espejo y a la persona de detrás, que la observaba como si le fuera la vida en mantener la mirada en aquella chica. Ramsés analizó la actitud de la persona desconocida. Era la de alguien que espera. Como si conociera a K y estuviera aguardando con picardía a que ella alzara la vista para mirarse en el espejo y entonces se percataría de su presencia detrás. Su semblante era el de un sólido militar, con ambos ojos clavados en ella, como dos mirillas.

Desde su posición privilegiada, Ramsés reparó en que K, por su actitud cada vez más presurosa, acababa de advertir que la persona de detrás la miraba fijamente y, durante los instantes que siguieron, ambos, ella y aquella persona, supieron del otro sin decirse nada: uno, ocupado mirándola, repasando su físico, como memorizándola; la otra, manteniendo la calma, concentrada en no hacer ademán alguno que implicara contacto visual. Llegó un momento en el que incluso las personas ajenas por completo a ellos se percataron de lo inquietante de la escena.

Sin mirar a nadie ni a nada, Kassandra cerró su bolso y se retiró. Anduvo aparentemente tranquila hacia la escalera. Comenzó a subirla y rozó a Ramsés al pasar. Entonces levantó disimuladamente la cabeza. Una mirada bastó para que él entendiera que la situación tampoco le había pasado desapercibida.

Abajo, el corpulento hombre de expresión inalterable, aún situado en la misma posición y sin ocupar lavamanos alguno, continuaba atento a la chica que subía las escaleras, siguiendo su marcha con los ojos.

Aisha aprobó sin problema alguno que Maisha y Aleksandra viajaran junto a ellas hasta uno de los poblados más cercanos a Erg Chebbi, la gran extensión desértica de dunas rojas. Allí vivía Tajeddigt el Hassnaoui, una de las tatuadoras amazigh más antiguas y conocidas. Menna había decidido, tras uno de sus enigmáticos «sueños de arena» en los que decía despertar «sabiendo, como los niños», es decir, sin dudas. Esta vez había soñado que Kassandra debía ser tatuada como una de ellas, en lo que sería un caso extremadamente especial, ya que no se acostumbraba a realizar la ceremonia del tatuaje a mujeres no pertenecientes a su etnia.

Viajaron de madrugada y llegaron al poblado a las seis de la mañana, con el despertar del sol. Entraron al lugar con Menna al frente. Condujo Kassandra, la más madrugadora de todas. En Marruecos hay un dicho —o más bien un chiste— que dice que el carné de conducir solo cuesta doscientos dirhams, el equivalente a veinte euros. El comentario es una forma de burlarse de la corrupción policial del país. Significa que puedes conducir sin carné y pagar doscientos dirhams para que, en caso de que te retengan en un control, te dejen pasar. El dinero es tu carné; el dinero es tu nombre; tu pasaporte y tu libertad. En Marruecos, el dinero lo compra prácticamente todo, sobre todo para un occidental: desde un desplazamiento ilegal en medio de una pandemia mundial hasta una niña virgen.

Dentro de la casa, unas quince mujeres de todas las edades, algunas muy muy jóvenes y otras muy muy mayores, las esperaban de buena mañana sentadas en el suelo bien acomodado con alfombras y cojines, charlando, tomando té y comiendo pan con mermelada de dátil. Les ofrecieron un sitio entre las decenas de cojines bordados con lentejuelas de colores y les sirvieron el desayuno. Se presentaron amablemente y se interesaron por saber si estaba nerviosa. Kassandra admitió estar inquieta. Una de ellas, de mediana edad y pelo color trigo que contrastaba con su tez morena, parecía ser la elegida para informarla sobre lo que iba a ocurrir.

—La anciana llegará y preguntará por ti. Entrarás allí —señaló la estancia situada tras una abertura tapada con una larga tela roja, amarilla y azul que hacía las veces de puerta—. Los tatuajes se hacen con carbón y colorante vegetal. Son de un tono verde oscuro. ¿Has traído tu aguja?

—Sí. —Kassandra extrajo del bolsillo mediano de su mochila varias agujas largas, de diversos tipos, traídas desde España.

Aisha le había recomendado en su último viaje que llevara sus propias agujas por motivos de salud. Kassandra compró varias al novio de una de sus amigas, que la acribilló a preguntas ante tan extraña adquisición. Mintió en todas sus respuestas y salió del improvisado estudio de tatuaje, situado en el garaje de su casa, con varias *rounded shader* de diversos tamaños y una *rounded liner*.

—Entonces solo debes hacer caso a lo que mi abuela te diga.

—¿Tu abuela es la tatuadora? —preguntó Maisha.

—Así es —contestó la chica con una sonrisa orgullosa—. Tajeddigt es la madre de mi madre. Entraremos nueve mujeres: vosotras tres, Aisha, Ijja y Menna, mi abuela, mi madre y yo. Yo os traduciré sus palabras, porque no habla francés. En cuanto ella te vea y te mire, decidirá el símbolo idóneo para ti y dónde será tatuado. Entonces empezará y te marcará el *oucham*. Los *oucham*, especialmente los *jedwel amazigh*, actúan como talismán y suelen ser grabados, en nuestro caso, cerca de las aberturas del cuerpo. Toda elección (símbolo, tamaño y lugar) tiene un significado. Por ejemplo, el lagarto representa el nacimiento y la luz. La luna y su ciclo simbolizan la materia que nace, crece y muere. Las mujeres amazigh somos las herederas de esta técnica y las guardianas milenarias de sus significados. La tradición dice que retienen la *baraka*, la energía sagrada que reside en todo lo que existe y que nos conecta con el mundo. Así mismo, también aleja la energía no sagrada del portador o portadora del *oucham*.

—Es un honor para mí que hayáis accedido a realizarme el *oucham* —dijo Kassandra—. Ellas me explicaron algunos significados más —señaló a Ijja y Aisha, que sonrieron, ambas expectantes y casi tan nerviosas como ella—. Debo casi todo lo que sé de este lugar a las mujeres de aquí.

La puerta de entrada se abrió. Tajeddigt apareció tras ella con dos niñas.

—Debes quitarte los pantalones —dijo la anciana en su idioma.

Su nieta tradujo todo de inmediato, con un tono neutro y profesional.

Kassandra obedeció y se quedó en braguitas, sentada en el borde de la vieja y alta mesa a la que la anciana le había ordenado subirse. La habitación, de tamaño mediano, solo contaba con una gran mesa de madera en el centro y varios estantes repletos de utensilios y botes con especias, polvos y mejunjes. La mujer era una septuagenaria extremadamente delgada y encogida, de piel oscura, muy ajada por el sol. Su frente, barbilla y mejillas estaban tatuadas con motivos tribales. También lo estaban al completo sus arrugadas y huesudas manos y las falanges de todos sus dedos. Andaba algo encorvada, achatada por el paso del tiempo. Vestía una chilaba de colores y se cubría el cabello, tapado con un turbante también colorido, con un oscuro pañuelo azul.

—Ahora la ropa interior. Debes quedarte desnuda por completo de cintura para abajo —ordenó la anciana de espaldas. Machacaba concentrada los ingredientes y molía los polvos en un mortero de madera para preparar la tinta, junto a Menna y otra de las mujeres mayores.

—¿Desnuda? —exclamó Kassandra, que no obtuvo respuesta alguna por parte de la mujer, pero sí una mirada rogatoria de Aisha, que le indicaba que hiciera caso.

Se quitó las braguitas. La mujer se acercó con el cuenco en la mano y se sentó frente a Kassandra, en una de las sillas elaboradas por ella misma mediante *andu* trenzado, parecido al mimbre. Le indicó que se acercara hasta quedar con la mitad de las nalgas suspendidas en el aire. Kassandra permaneció sentada enfrente, con las piernas cruzadas colgando del extremo de la mesa.

—Ahora, cuando te indique, abrirás las piernas todo lo que puedas y te acostarás —le dijo.

Kassandra, ante tal orden, lo que abrió fueron los ojos. Los abrió tanto que las pestañas le rozaron la piel del párpado. Sintió vergüenza. Comenzó a sudar. Oyó que la mujer trabajaba en la impregnación de la aguja, pero no vio que hubiera cerca pistola de tatuar alguna.

—¿Empezará ya? —preguntó inquieta a la nieta—. ¿Y la máquina?

La nieta habló con su abuela en su dialecto.

—Aquí no hay máquina —contestó la anciana—. Lo haré con mi propia mano. Recuéstate.

—Joder, qué manía tiene esta gente con hacerlo todo con la mano —farfulló Kassandra en castellano.

Aleksandra soltó una risita divertida ante la rocambolesca escena que imaginaba que iba a presenciar dentro de poco y que vino acompañada de una mirada asesina de Kassandra, que provocó otra risita de Aleksandra de vuelta, esta vez maliciosa. Maisha tampoco pudo evitar reír. Kassandra también la miró mal.

Se recostó en la madera fresca de la mesa y un escalofrío le recorrió la espalda y las nalgas. Abrió las piernas y la mujer le inspeccionó las ingles, aguja en mano. El recipiente con la tinta natural reposaba encima de un pequeño taburete que la tatuadora había acercado a la izquierda de su cadera. Se inclinó y mojó la aguja en la tinta. Kassandra comenzó a temblar. Le temblaban tanto las piernas que la carne de las pantorrillas se movía incesante, como si se tratara de gelatina.

—Tatuará la mosca en una de tus ingles. Tiene que tatuarse muy cerca de tu sexo. Será pequeña —sentenció la voz de su nieta tras las palabras de la mujer.

Menna se acercó a una de las vitrinas, extrajo una especie de baraja artesanal de una caja y comenzó a separar pequeños papeles hasta encontrar el que buscaba. Se acercó a Kassandra y le enseñó el signo: dos diminutas líneas paralelas que subían y bajaban dos veces cada una, formando una onda triangular como si se tratara de dos olas, con tres puntos marcando arriba y abajo el punto álgido de cada una. Después se lo dio a la anciana, que con un bolígrafo le marcó el pequeño símbolo en la piel, justo en la ingle izquierda, cerca de su labio mayor.

—¿Alguna vez imaginaste que te tatuarías en medio del desierto, K? —preguntó Aleksandra.

—Supongo que no —contestó—. Pero estoy segura de que duele lo mismo.

Aleksandra y Maisha sonrieron. Con Tajeddigt aguja en mano, todas las mujeres callaron. En teoría, una vez impregnado el utensilio, habría comenzado el ritual, pero algo fue mal de repente, pues, instantes después, la anciana se alzó de su silla.

—No usaré habas ni hierbas. Hay *jenum* —dijo.

—¿Qué significa *jenum*? —preguntó Maisha a las mujeres curiosa.

—Demonios —contestó Aisha—. Hay muchos tipos de espíritus malignos. Estos son los peores.

Tajeddigt comenzó a andar mientras hablaba, traducida por la joven rubia, que había heredado el esplendor del cabello ya cano de su abuela —ahora al descubierto—, antaño tan claro como el suyo. Las palabras de la anciana se ligaban y superponían a las de su propia nieta en un teatral espectáculo a viva voz —la voz joven siguiendo a la vieja—, que parecía metaforizar el relevo generacional en la historia de las mujeres.

—La mosca simboliza la resistencia —dijo—. Siempre en movimiento, nunca se para. A veces resulta molesta para las bestias y los hombres. Las dos líneas representan la dualidad entre el bien y el mal, que late en cada uno de nosotros. Es un signo protector. Representa también la pasión y su capacidad de reproducirse y multiplicarse, como el fuego. Los puntos reproducen la vivacidad y el ardor de lo que está vivo y no deja de moverse hasta que muere.

»Nuestros tatuajes simbolizan la lucha de nuestras mujeres. Su resistencia frente a la adversidad y su ímpetu en la fuerza que hace girar la rueda de la vida y la pone en marcha, en movimiento. Tus *jenum*, demonios oscuros que se alimentan del sufrimiento, quieren robarte tu movimiento y tu fuerza, no para dejarte sin ella, sino para usarla a su favor. Debes protegerte. Tú debes convertirte en el arma que combata los *jenum*. De lo contrario, te convertirás en uno de ellos.

Menna se acercó a ellas con un cuenco en la mano y la otra mujer agarró la de Kassandra. Sin previo aviso, pinchó su dedo corazón fuertemente con la aguja haciéndolo sangrar, y derramó las gotas de sangre en el carbón molido del interior del recipiente. Kassandra dio un respingo por el pinchazo e, inmediatamente, como si aquella sangre vertida dejara hueco para que la restante pudiera moverse con mayor rapidez por su cuerpo, la agitación interna que la primera visita a La Mano había hecho renacer en ella retornó. Todo dentro de ella comenzó a moverse con mayor rapidez. «No, por favor —suplicó para sus adentros—. Ahora no». Intentó contener el ardor creciente en su estómago respirando profundamente. Mientras, la anciana removía con la aguja el contenido del recipiente donde Menna añadía gotas de agua.

—Cuidado —dijo la anciana. Su mirada estaba centrada en el contenido del cuenco.

Kassandra tragó saliva para aliviar el aumento del ardor y colocó la mano derecha sobre el vientre.

—¿Con qué? —preguntó entonces a la nieta.

La chica tradujo su pregunta y la anciana alzó la mano para que Menna dejara de añadir agua e inspeccionó fijamente el líquido del cuenco.

—Con los hombres de la tierra —contestó—. Hielo y tierra apagan el fuego.

Tras sus palabras, Tajeddigt se quedó mirándola directamente, entrecerrando sus longevos ojos con curiosidad, como leyendo a través de ella. Retiró la mano de Kassandra de su estómago, dejándolo libre. El ardor se adueñó de ella, pero su tensión se evaporó. Kassandra asintió. La anciana respondió brindándole una sonrisa cómplice. Luego abrió con sus viejas manos sus piernas, que habían dejado de temblar por completo.

—*Monsieur* Sadiq —lo llamó de un grito, acomodada encima de una de las grandes rocas del mirador. Más allá de sus ojos, las ondulantes colinas rojas bordeaban el paisaje ocre, intensificando su color.

La había recogido muy pronto aquella misma mañana para llevarla a conocer el puente natural formado por la separación de las dos montañas entre las que transcurría el río Méhasseur.

—Sí, querida llamita.

Sadiq Alabi se acercaba a ella tras coger unos prismáticos de la furgoneta que los había traído hasta allí.

—¿Cómo me dijo que se llamaba este lugar?

—Imi-n-ifri. El puente del precipicio. Y por favor, tutéame, somos amigos. —Extrajo un paquete de chicles de menta de su bolsillo y le ofreció uno mientras se sentaba a su derecha en la misma roca.

—Es precioso. Me encantan los colores de este lugar. Todo en Marruecos parece espolvoreado con pimentón.

Sadiq Alabi rio estruendoso.

—Ah, sí. Y en invierno le echamos azúcar a las montañas por encima para que queden blancas, sí —bromeó.

Kassandra sonrió al darse cuenta de la ridícula comparación que había efectuado. Se metió el chicle en la boca y lo masticó aún sonriente. Cuando lo hubo ablandado lo suficiente con su saliva, explotó una pompa. Repasó con los dientes los pequeños trozos de goma que habían quedado pegados a sus labios mientras Sadiq oteaba las montañas con los prismáticos.

—¿Ha pensado en que el sonido de una pistola con silenciador se parece a una pompa de chicle cuando explota?

—Es cierto.

Ambos se quedaron en silencio hasta que el traficante tornó a hablar de nuevo, con sus ojos aún pegados a las lupas de los prismáticos.

—He cortado la venta de las nigerianas yuyudadas. Tal y como me pediste.

—¿Yuyudadas? —preguntó Kassandra.

Sadiq dejó de vigilar las montañas y la miró a ella.

—Sí, juradas. Las mujeres del África del Sur juran cumplir el ritual de yuyú, vudú, no sé cómo lo llamarán los occidentales —explicó.

Kassandra sintió una presión profunda en el pecho. Se le encogió el corazón de rabia, como si fuera un estropajo que la realidad apretara con desdén para frotarlo contra una superficie sucia. Ante la evidencia de que el hombre con el que ella trataba hacía negocios con los mismos tratantes que habían vendido a Maisha, agarró disimuladamente su collar y lo apretó con fuerza, intentando disipar el sentimiento de rabia que la invadía.

—Ya no vienen. Espero que valores lo que he hecho por ti.

—Sí —asintió, no sin esfuerzo—. Lo valoro. Gracias.

—¿Qué significa esa joya?

Sadiq Alabi señaló el bate que colgaba del cuello de Kassandra y que la chica terminaba de soltar. En su cultura, pocos eran los símbolos que no englobaban un significado trascendental para la persona que los portaba en forma de tatuaje o alhaja.

—¿Mi collar? —volvió a cogerlo para mirarlo—. Es un bate de béisbol. Me lo regaló mi padre..., bueno, en realidad no era mi padre, pero como si lo fuera.

Sadiq sonrió.

—Mandaré que te hagan otro. Uno con algo que te guste. Hay una joyería en Rabat que podrá hacerte algo muy bonito, sí. Dentro de unos días, sí, para antes de que regreses a tu país. ¿Qué te gustaría tener, ah?

Una ráfaga de viento caliente alborotó el pelo de Kassandra, que se apresuró a recogérselo en una coleta. Al mirar hacia la izquierda, casi estuvo a punto de escapársele un grito de la garganta por el sobresalto. Kassandra niña estaba observando el paisaje junto a ellos, justo a su lado. La niña se giró para mirarla y se acercó a ella apoyando sus manos en la piedra y trepando hasta llegar a su oído. Kassandra no oyó nada, pero instantes después contestó al traficante de forma muy decidida.

—Me encantaría tener la figura de una reina de ajedrez.

—Ah, sí. Esa es una buena elección. Una reina para otra reina, sí.

El labio inferior de Kassandra tembló. Sadiq Alabi se percató de la turbación de su ánimo. Arqueó las cejas y acto seguido entrecerró los párpados.

—¿Tienes algo que decirme, querida llamita?

—Quiero contarle el motivo por el que vine aquí a verle. Creo que se merece saber la verdad. Ha hecho muchas cosas por mí.

—Ah..., ¿te refieres a por qué viniste a mi país?

—Sí. Me refiero a mi viaje hasta su país y mi interés en que venda el hachís y gane mucho dinero. Y en que deje de vender mujeres a los hombres europeos.

—Adelante, querida llamita —la animó él—. Aquí el tiempo no existe, así que tenemos todo el que quieras.

Kassandra confesó sus razones y Sadiq Alabi manifestó su sorpresa ante tales noticias.

—Tu padre es un hombre muy poderoso —afirmó tras un largo rato durante el que ambos habían mantenido silencio.

Ella no contestó. Por el contrario, continuó mirando hacia las montañas, convenciéndose ingenua de que, si sus ojos eran libres para mirar donde quisieran, su mente también lo sería para pensar en otra cosa. No se percató de que había dejado de pestañear hasta que de uno de sus ojos brotó una lágrima que rodó rápida por la mejilla hasta caer en la tierra. Después ocurrió lo mismo con su otro ojo. Aunque no sentía apenas nada en aquel momento —ni tristeza, ni aflicción, ni congoja—, comenzó a llorar y cuando reparó en que estaba llorando, el sentimiento apareció y lloró de verdad y por las verdades que acababan de brotar de su boca.

Sadiq la miró de soslayo y adivinó que el desconsuelo tomaba poco a poco las riendas de su llanto. Entonces, hizo algo que nadie de los que lo conocían como el insensible traficante que era hubiera creído. Movió el brazo muy despacio y lo pasó por encima de los hombros de Kassandra. Tras ello, con la mano buena, la asió y la acercó a su pecho, envolviéndola en un abrazo y dejando que rompiera a llorar en su hombro. Mientras la escuchaba llorar le acarició el cabello rubio con la mano calcinada, tal y como haría un padre.

La inquietud y el miedo enmarcaban su rostro. Lenuta se rascaba la palma de las manos frenética y compulsivamente con la punta de los dedos, sentada en la cama. Sabía que algo horrible estaba por ocurrir. Había advertido los cambios y así se lo contó a Kassandra: la tensión reinante en el ambiente; la ambivalencia de la actitud de Mihail Korvatova, visiblemente impaciente, pero férreo en su intención de parecer tranquilo, como neurótico, como sabiéndose desafiado sin poder actuar.

—Es como si, tras el confinamiento, se hubiese desatado una guerra fría entre los hombres de la propia organización y hubiesen venido para mediar —le dijo—. No ha habido enfrentamiento alguno aún, que yo sepa, y eso es muy raro. La interrupción de la llegada de droga a los locales; la visita de los capos. Algo pasa, Kassandra. No sé qué es, pero algo pasa.

—¿Quién ha venido? —preguntó Kassandra.

—Esa es la noticia más importante que tengo para darte... El otro día, cuando viniste a verme y entraron varios hombres que ninguna de nosotras había visto nunca, cerraron el club por completo para que ellos hablaran. Nos mandaron a todas arriba y no pude saber más, pero sé que uno de ellos era de los grandes. Incluso despidieron a los clientes para poder reunirse. Lleva cuidado. Mucho. Si alguien de los grandes ha venido es por algo. Ellos no se trasladan desde donde estén para una tontería. Todo está muy raro y eso puede provocar que sospechen de cualquiera.

Kassandra asintió. La escena que había tenido lugar en la discoteca el fin de semana se introdujo violentamente en su mente como un balazo. Respiró profundamente: quizás lo que ocurría fuera ella.

—¿Quiénes son los grandes según vosotras? —preguntó—. ¿Son los jefes de los jefes de zona?

—Son los jefes. Los de arriba.

—Los de arriba —repitió—. ¿Los capos?

—Sí, eso es lo que sé. El que manda no se desplaza nunca, jamás, por lo que yo tengo entendido, pero ha pasado algo muuuy gordo, porque ha venido Marcellus. Ni más ni menos que Marcellus. Le llaman el Cazador.

—Marcellus... —pronunció Kassandra casi en un susurro—. No sé quién es Marcellus.

—Yo tampoco tenía ni idea de quién era ni de qué hacía aquí. Solo he podido averiguar que es el hermano. ¿Sabes cómo deben estar las cosas para que venga hasta aquí el hermano? ¿Con lo difícil que es ahora viajar? Debe suceder algo muy gordo. —Y añadió entre dientes y para sí misma unas palabras en su propio idioma.

Kassandra abrió mucho los ojos y palideció. Lenuta se asustó y la cogió de la mano para calmarla.

—¿Qué ocurre? —preguntó aterrada ante tal reacción—. Kassandra, ¿qué ocurre? —repitió.

—¿Quién dices que ha venido? —repitió mecánica. Agarró el collar y lo apretó temblorosa, con la diferencia de que ahora eran dos los colgantes que decoraban su cuello: un bate y la figura de una reina de ajedrez. Ella y sus colgantes esperaban atentos la única respuesta que no imaginaba que obtendría jamás.

Recordó los ojos fijos de aquel hombre aquel día, cuando la miraron desde el fondo del club. Había algo en aquellos ojos que le recordaba a alguien.

«¿Quién eres?».

Entonces lo supo. En efecto, aquel azul le recordaba a alguien, pero no se trataba de eso en concreto. No del color, sino de los ojos en sí.

Kassandra se quedó inmóvil. La sangre se esfumó de las extremidades de su cuerpo y se concentró en su estómago, haciéndola palidecer. Se le durmieron los brazos y las piernas.

—El hermano del Rey. El hombre que ha venido es Marcellus Tareov. Está aquí, en la ciudad, pero no sé por qué ha venido.

—Mierda —susurró.

Se levantó de la cama e intentó echar a andar, pero se mareó en cuanto se puso de pie. Lenuta la sujetó y la sentó de nuevo en el colchón.

No era el color, eran sus ojos.

—¡¿Qué ocurre?! —exclamó asustada—. ¡¿Qué está pasando aquí?! ¿Sabes algo, K?

Aquella forma de mirar era la de ella. Era su misma mirada.

Una vez Kassandra hubo pronunciado las palabras, la que palideció fue Lenuta.

—Ese hombre es mi tío.

HUNDE ESE CUCHILLO, YA ESTOY MUERTA

Todo estaba tranquilo o al menos todos lo fingían. Para cuando llegó el momento de enseñar la técnica por la que, días antes, se había producido el altercado entre Kassandra y Ramsés, todos se esforzaron aún más en fingir tranquilidad.

Ramsés se acercó a ella, que blandía el cuchillo en su mano, apuntándole firmemente. Retorció su brazo, le retiró el cuchillo y la obligó a pegar la espalda a su torso mientras le apretaba el cuello con el antebrazo y el bíceps, en una variante de la técnica. Quedaron a su libre disposición ella y el arma.

—¿Veis? La tengo sujeta y no puede zafarse. Si ella se mueve, yo le aprieto el cuello. La parte más dura de vuestro brazo debe quedar justo en su nuez. Recordad: si él se mueve, tú aprietas tanto la garganta con el brazo como el cuchillo en la espalda. Es la regla. Tras el primer movimiento y el ahogo, sabrá que no tiene nada que hacer y no se atreverá a moverse de nuevo.

—¿Estás bien, blanquita? —preguntó a Kassandra en voz baja.

—Podría estar mejor que con un hombre intentando asfixiarme —respondió ella. Las alumnas no podían oír la conversación, pues los profesores llevaban la boca tapada por la mascarilla—. Con varios hombres intentando asfixiarme, por ejemplo —añadió—. Ahí estaría mejor. Mucha más acción.

Ramsés comprendió la referencia. La tensión vivida días atrás en la discoteca volvió a instalarse entre ambos. Sus ojos se encontraron. Se miraron. Derecha, izquierda. Unos segundos.

—¿A qué esperas? —dijo ella—. Hunde ese cuchillo. Si yo no lo hago, ya estoy muerta. Enséñales lo que deben hacer si la cosa se pone fea.

Derecha, izquierda. Seguían mirándose. Él no contestó. Las alumnas se percataron de que hablaban entre ellos. Derecha, izquierda. Los ojos tan cerca. Ella, el rostro vuelto hacia él, mirándolo con sus manos apoyadas en la parte baja de su brazo, que le rodeaba el cuello; él, mirándola, sujetándola firmemente con el brazo izquierdo mientras, con el derecho, apuntaba el arma a su espalda para obligarla a arquearse. Sus bocas estaban a unos diez centímetros de distancia. Odió no poder sentir su aliento. No tienes remedio, pensó. Te gustan un poco casi todas las mujeres y una de las pocas que se gana a pulso tu rechazo te mira y zas: te vuelve a gustar también. Quizás no te gusta, solo te atrae inevitablemente. ¿Se puede sentir amor y asco a la vez por la misma persona?

Ramsés agarró fuertemente el cuchillo y fingió apuñalarla varias veces en el costado y de forma muy rápida.

—Hundid el cuchillo si hace falta —voceó a las alumnas—. K lleva razón..., a veces. Quizás no haya solo un atacante y sean dos o más, quién sabe. Entonces será casi imposible escapar. Necesitaréis hundir ese chuchillo. O estaréis muertas. Así que imagino que os repetirá mucho esta técnica durante las próximas clases.

—Ahora es cuando me ha dado de verdad y me desangro —bromeó Kassandra.

Las chicas estallaron en risas. Incluida Maisha.

—Tranquilas, no está dentro, yo controlo.

Hubo más risas ante la connotación sexual implícita en el comentario de Ramsés.

Cuando terminó la clase, Kassandra se dirigió, tras despedirse de las chicas y de Maisha, al cubículo de dirección. Se veía en el aprieto de tener que pedir a Ramsés un jueves libre para viajar.

—Ya le pediste a mi primo un día.

—Lo sé, por eso me ha dicho que esta vez te lo pida a ti. Me comentó que seguramente no te gustaría la idea.

Ramsés resopló. Se mordió el labio inferior para meditar sobre la cuestión mientras miraba su teléfono móvil. Terminó negando con la cabeza.

—Las clases de los seminarios van avanzando y tendrás que darlas sola muy pronto. No puedes desaparecer cada cierto tiempo porque a ti te da la gana. No es profesional.

—Necesito ir a Marruecos.

—¿A Marruecos? —abrió mucho los ojos en un gesto de fingida sorpresa—. Imagino que ser pluriempleada es difícil —ironizó—, pero no te puedo dar más días.

Observó que la molestia de Kassandra aumentaba paulatinamente.

—No voy allí solo a «trabajar». Voy precisamente para intentar dejar de trabajar en lo que trabajo. No deberías juzgar a la gente por su fachada o por lo que se cuenta de ella, Ramsés. Te tenía por una persona menos superficial. Quizás los demás tengan unos motivos que tú desconoces para hacer las cosas que hacen. No lo sabes todo. No eres Dios. ¿O sí lo eres? —preguntó mordaz.

Ramsés se acomodó en su silla y abrió las piernas, ampliando el espacio que su cuerpo ocupaba, y su pose pareció aún más chulesca. Contestó con un simple encogimiento de brazos y una irónica sonrisa. «No sé. Dímelo tu».

—No. No eres Dios —espetó ella ácida pero sonriendo—. Iré de todas formas. Así que, si tú no puedes darme más días, imagino que yo no puedo dar más clases —sentenció, y se alzó de la silla arrastrándola.

—Está bien. Te daremos de baja. De todas formas, puede que no vuelvas.

—Ojalá no vuelva.

Kassandra anduvo irritada hasta la puerta y se paró en seco. Entonces se giró y, para sorpresa de él, comenzó a hablar de nuevo, con los brazos en jarras, apoyados en los riñones.

—¿Recuerdas la metáfora con la que me explicaste que la vida a veces era como un caballo?

Ramsés asintió.

—Pues la vida es también a veces como un cuchillo. A veces se te clava en el costado y debes apretarte muy fuerte para no perderte a ti mismo y derrumbarte por completo. A veces eres tú quien hunde la herida en el cuchillo para sentir algo. Creo que es lo que yo estoy haciendo ahora. Cuando nos conocimos, me habían clavado un cuchillo que casi me desangra; ahora me he convertido en mi propia herida y me pongo en peligro para sentir que estoy haciendo algo con lo que me hicieron.

—No es bueno convertirte en lo que te han hecho. Nunca —respondió Ramsés.

—Eso es muy fácil de decir cuando no te lo han hecho a ti —contestó Kassandra.

—Mi padre era un maltratador y no por eso yo lo he sido —dijo él.

Callaron unos instantes, como haciendo inevitable honor a lo dura que es a veces la vida.

—Será que yo lo tengo más difícil por tener dos padres —dijo Kassandra.

Ramsés quedó pasmado ante aquella confesión, que guardaba estrecha relación con la historia del libro que ella había escrito. No podía creerlo. ¿Era todo cierto? Sabía que una parte lo era, pero aquella confesión convertía su historia, triste y desafortunada, en una muy peligrosa. Una amenaza actual. Una guerra real. Ocultó su sorpresa mientras la escuchaba fingidamente sereno, pero internamente atónito.

—Me he convertido en lo que uno de mis padres fue para llegar a ser aquello que combata lo que el otro es, y ni tú ni nadie va a decidir que he cometido un error. Solo yo decido si lo que hago es un error.

Kassandra se volteó visiblemente afectada tras sus palabras. Agarró violentamente el picaporte y salió de allí hacia los vestuarios dando un portazo.

Permaneció sola allí un corto rato. Ramsés tocó a la puerta tras algunos minutos y no obtuvo respuesta alguna, por lo que la abrió sin previo permiso. Avanzó hasta verla detrás de la pared donde comenzaba la zona de duchas. Estaba metiendo en bolsas los objetos que tenía en la taquilla, con agresividad, sabiéndose despedida. Sus nervios y su monumental cabreo no encajaban con ella y la volvían muy torpe. Resoplaba cada vez más irritada porque cada objeto que cogía se le caía al suelo y tenía que agacharse para recogerlo. Algunos rodaban y se escondían entre los bancos y tenía que arrodillarse para buscarlos. Intentaba conservar una actitud digna, pero la escena tenía un inevitable toque cómico.

—Cuando eras niño ¿no te enseñaron a preguntar antes de entrar en un baño de mujeres? Estoy en ropa interior —espetó Kassandra sin cesar de recoger.

—Sí, pero me lo paso por los cojones.

Todo quedó en silencio. Solo se oían los movimientos de las manos de Kassandra, que abría y cerraba cremalleras para guardar sus pertenencias —la mayoría después de recogerlas del suelo—. Ramsés observaba la escena entre divertido, engreído y culpable.

—Que me caigas realmente mal no significa que te quiera joder la existencia, Kassandra.

—Quién lo diría —contestó ella sin mirarlo.

—De acuerdo. Es imposible hablar contigo.

—Quizás es que estás acostumbrado a que te contesten lo que quieres oír.

—Tú también, bonita.

Ramsés la observó rebuscar entre sus enseres; había cometido el error de llenar el macuto de toallas, botes de champú, geles y los utensilios de deporte que guardaba en la taquilla encima de la ropa que había llevado para cambiarse aquel día. Ahora no la encontraba y debía sacarlo todo de nuevo. Aquello la cabreaba aún más. El pelo rubio le caía en mechones encima de la cara y se lo recogía incesantemente.

Al observarla, Ramsés quiso concentrarse en su rostro para no incomodarla más, pero, tras una mirada impulsiva a su cuerpo, le pareció ver algo extraño entre sus piernas. Volvió a dirigir la vista hacia allí. Inclinó la cabeza curioso.

—Llevas un tatuaje —advirtió.

Parte de las dos líneas del pequeño símbolo amazigh sobresalía por el ribete de algodón de la braguita de Kassandra.

—¿Me dirías qué es? No lo veo bien.

Kassandra carraspeó. Nerviosa al darse cuenta de que Ramsés la estaba mirando justo ahí.

—Es un amuleto de protección.

—Curioso lugar para tatuarse un amuleto. ¿Eres una bruja?

Ella se sentó en uno de los bancos para colocarse la falda que por fin había logrado encontrar.

—Yo solo soy una niña con mucho miedo escondido y muchos cuchillos apuntándole.

—Y mucha mala hostia.

—Eso es el miedo —aclaró.

Ambos sonrieron.

—Espero que te proteja, entonces, aunque no creo mucho en la magia.

Kassandra balanceó las piernas en la banca y dirigió su vista hacia abajo, al signo negro que asomaba parcialmente por el reborde de su braguita. Deseó con todas sus fuerzas que la magia existiera.

Alguien golpeó con fuerza la puerta de los vestuarios. Desde fuera, Toni gritaba a Ramsés que Melisa estaba en la entrada y preguntaba por él. Ramsés preguntó, también a voces, cómo sabía su primo que él estaba allí. El primo se echó a reír mientras se alejaba. Él, por el contrario, se acercó a Kassandra y se sentó a su lado en la banca.

—¿Te puedo dar un consejo antes de que te vayas? Creo que vas a pillar esta metáfora a la perfección, hazme caso, valdrá la pena.

—Adelante, Ramsés. Lo que tengas que decirme me lo vas a decir igual.

—Chica lista, blanquita —le palmeó el muslo desnudo a modo de despedida, sobresaltándola por el exceso repentino de confianza, y se alzó del banco dispuesto a irse—. Coge el miedo, quítales el cuchillo y súbete al caballo —gritó mientras caminaba hacia la puerta.

—Necesito ver urgentemente a Lenuta, ¿podrías llamarla? —preguntó rápidamente a la camarera en cuanto hubo entrado.

Había acudido al chalé a primera hora de la tarde, cuando abrían. Conocía los horarios y sabía que los proxenetas casi nunca estaban en el club tan pronto porque aún no había recaudación. Kassandra tenía un plan para sacar a Lenuta de allí. Contaba con Maisha y Aleksandra, que la ayudarían llamando la atención de la *madame* para despistarla y así podría escapar. Una vez fuera, unas compañeras de Aleksandra la recogerían, la esconderían en un hotel y la trasladarían hasta Málaga, al centro de protección para víctimas de trata de mujeres en el que Aleksandra trabajaba. Todo estaba ya dispuesto. Lo único que se necesitaba ahora era rapidez. No quedaba tiempo. Había pasado ya un día desde su última visita, durante la que Lenuta le había dado la terrible noticia. Si uno de los capos estaba allí era evidente que sus movimientos habían surtido efecto y la organización de los Tareov estaría averiguando qué estaba ocurriendo. Sus hombres lo sabrían pronto, pero, para entonces, todas estarían ya en África y no habría otra forma de encontrarlas más que yendo hasta allí. Entonces, una vez en Marruecos, el tiempo, que ahora corría como un conejo blanco escapando de las fauces de su depredador, se pararía en seco. Y ocurriría lo que ocurre cuando el tiempo elige detenerse. «¿Qué ocurre cuando el tiempo elige detenerse?», se había preguntado varias veces a tenor de sus estancias en tierra marroquí. Cuando el tiempo se detiene, vivimos y morimos de verdad. Lo que hacemos entre los momentos en los que el tiempo se para y el momento en el que el tiempo se acaba es solo existir. Ver pasar los segundos, minutos y horas en el reloj de la vida. Esa había sido la respuesta. Sadiq Alabi tenía razón: el paso del tiempo es solo una burda excusa para que lo único que ocurra sea el paso del tiempo. El tiempo puede ser un aliado o un asesino. Hay que vivir el aquí y el ahora. Hay que vivir como si los relojes no te estuvieran mirando a los ojos. Y eso es lo que ocurriría cuando llegaran a Marruecos: el aquí y el ahora desplazarían al pasado y al futuro. ¿Sería ese uno de los momentos que detienen el reloj y la respiración o el momento definitivo en el que el tiempo se termina? ¿En qué decidiría convertirse el tiempo para ellas? ¿En un aliado o en un asesino?

—No está —contestó la camarera.

—Lo sé, pero necesito que la llames para que baje, por favor, es muy importante. Quizás puedas fingir que estás enferma para subir —sugirió Kassandra.

Mihaela se alejó y la evitó. Caminaba de aquí para allá detrás de la barra, colocaba botellas en los estantes y vasos en el lavavajillas. Kassandra habló pese a sentirse ignorada.

—Lenuta me dijo que te llamabas Mihaela. Que el tiempo que ha estado aquí la has cuidado mucho y te has preocupado por ella. Dice que eres una buena persona y que a veces la haces reír. ¿Me harías el favor de traerla hasta aquí? Necesito hablar con ella.

A Mihaela, que seguía intentando no hacerle caso, el labio inferior le tembló. Extrajo varias barajas de cartas de póker para disponerlas en un maletín abierto encima de la barra, a disposición de los clientes. Kassandra recordó que varios empresarios, asiduos al club donde ella trabajaba para los Hombres de Hielo, se apostaban los «servicios» con las chicas del lugar como si fueran monedas en las partidas que jugaban con esas mismas cartas.

Al mirar hacia donde Kassandra estaba sentada, Mihaela se paró en seco y volvió el rostro. La quietud se apoderó de ella. Se quedó inmóvil, la mano agarrando una baraja, los ojos en las escaleras que subían del sótano hasta la casa. Miró hacia aquellas escaleras como si ellas también la miraran y le hablaran, diciéndole cosas que solo ella era capaz de oír.

Como una autómata, Mihaela caminó hasta Kassandra y deslizó por la barra la baraja de naipes dentro de su estuche de cartón.

—Ya no está. Y tú debes irte.

Sus palabras sonaron como una súplica más que como un consejo y eso despertó los nervios de Kassandra, que se dirigió hacia el baño para abrir el estuche de la baraja evitando las cámaras.

Dentro había un pequeño sobre con varias joyas que imaginó que serían regalos. También una fotografía de dos mujeres que, supuso, serían la familia de Lenuta. Detrás había una dirección. «Búscalas». Extrajo también un papel doblado en cuatro que volvió a guardar. Salió del baño y se dirigió hacia la barra.

—¿Qué ha pasado, Mihaela? —preguntó preocupada.

—Ya no está... —repitió Mihaela mirando hacia las escaleras.

Kassandra miró también hacia donde ella lo hacía y no vio más que tres escalones a los que el parpadeo de los neones dotaba de luces y sombras de forma intermitente. Solo eran unos escalones. Solo unos escalones...

Supo entonces lo que le ocurría a Mihaela cuando, como en una momentánea ensoñación, se vio a ella misma posando sus ojos en el gran ventanal que daba al jardín trasero del antiguo club. Aquellos escalones no hablaban a Mihaela. Le estaban gritando. Estaban desgañitándose de dolor. Podía escucharlos suplicar. Era capaz de oír su llanto y de sentir su miedo.

—Ya no está... —volvió a decir Mihaela mirando hacia las escaleras con los ojos encharcados.

Kassandra tragó saliva y evitó pensar.

—Gracias por ayudarme, Mihaela.

La mujer la miró y sonrió amargamente. Kassandra se guardó el estuche de la baraja en el bolsillo trasero del pantalón. Al salir de la casa, echó a correr.

Derecha. Izquierda. Tic-tac.

Continuó dando zancadas. Derecha. Izquierda. Tic-tac.

Recordó el primer día que la conoció. Cómo, para acercarse a ella, le descubrió el significado de su nombre. «Tu nombre significa antorcha». Habían hecho daño a Lenuta. Probablemente mucho. Y no podía evitar sentirse culpable por haberla conocido.

Derecha. Izquierda. Tic-tac. Mientras corría, por su mejilla rodó una lágrima que pesaba como si contuviera cientos de kilos de tristeza. Toneladas. Una lágrima que contenía dentro de sí tanta vida como todo el mar que alcanzaba a ver desde la gran avenida próxima a la playa, a la que se acercaba veloz. Solo derramó una. Una sola lágrima. Una sola para homenajear a cada mujer, cada una de las flores que le habían arrancado aquellos monstruos, cuyas heridas, vidas y muertes sentía como si le robaran uno a uno sus propios pétalos, dejándola cada vez más vacía. Una sola lágrima por todas las mujeres que, como Mihaela, se las habían tenido que tragar alguna vez. Una sola por cada una a la que hicieron llorar. No hicieron falta más. Solo derramó una lágrima. Por todas las mujeres que vivían muertas, sabiendo que el tiempo que les habían robado no volvería jamás. Derecha. Izquierda. Tic-tac.

Al llegar al espigón, desabrochó su reloj de pulsera y miró la hora por última vez. Cerró los ojos e intentó fijar para siempre en su cabeza la imagen de Lenuta; su rostro claro y sus ojos rasgados color cielo. Lanzó el reloj al agua embravecida, que lo engulló con la primera de las olas que impactó contra el rompiente, haciéndolo desaparecer. Luego, mientras descansaba tras la extenuante carrera, sentada entre las rocas, leyó las primeras líneas del papel. Estaba escrito aprisa y en el idioma de Lenuta. Lo tradujo con la ayuda de la aplicación del teléfono.

> Le doy las gracias a la vida por habernos encontrado en ella, K. Prométeme que, aunque esta antorcha se apague, encenderás muchas más.

Agarró el collar y lo apretó contra su pecho. Un dolor intenso se apoderó de ella, pero no se echó a llorar. Tras leer aquellas frases, supo que no era llorar lo que Lenuta querría que hiciera. En su breve e improvisada carta a la única mano amiga que había encontrado en aquel infierno, Lenuta dejaba un mensaje implícito, no escrito, pero tan claro y firme como ella era: no quiero llantos, Kassandra, quiero fuego. Y se despedía como el que sabe que, en la vida, aun estando triste, a veces también hay que ser valiente.

Kassandra escribió en el traductor las últimas palabras y se quedó mirándolas con los ojos en llamas:

> Me llevan a otro lugar. Para cuando leas esto, quizás esté muerta.
>
> Ellos van a por todas, K, pero nosotras también.
>
> Y con una pueden, pero con todas no.

Las luces halógenas iluminaban con sus ráfagas la pista repleta de mesas y de gente, pero, pese al resplandor y al gran número de personas, no fue difícil advertir la presencia de tres hombres cuyo aspecto no encajaba en aquel ambiente de fiesta. Obviar su presencia era casi imposible y, además, los había descubierto mirándola varias veces. Quizás eran imaginaciones suyas, pensó Ramsés. Debía comprobarlo.

—¿Qué te pasa, primo? Estás como mustio hoy, anímate, *compare* —lo reprendió su amigo Miguel aspirando las eses. Pasó el brazo por encima de sus hombros y lo animó a beber.

Ramsés se zafó excusándose en que no se encontraba muy bien. El otro, que de tonto no tenía ni un pelo de la barba perfectamente recortada alrededor de la mandíbula, siguió su mirada y comprobó el motivo de su embelesamiento.

—Aaaaaamigo. La rubia es lo que te pasa. Te tiene loco, ¿eh? Normaaaal. A mí también me lleva así y no la conozco —rio.

—Loco no. Lo que me tiene esa chavala es *mareao.*

—Pero si tú ya tienes a tu rubia —exclamó abriendo los brazos y alzando la copa, mostrando con sus gestos su evidente borrachera—. ¿O es que no te apaña y por eso no te la echas de novia? Lo que tienes que hacer es dejar de follar con una y con otra y buscarte una mujer. Así puedes follar con otras igual, pero estando *atendío* en la casa —se echó a reír—. Seguro que esta termina cayendo también, como siempre. No hay quien pueda con mi Ramsés. —Lo agarró de nuevo, sacudiéndolo y bebiendo con el brazo libre. Derramó la mitad del contenido del vaso y se manchó la camiseta.

—No bebas más, anda —se lo volvió a sacar de encima—, que cuando llegues, tu mujer te va a echar de casa, y con razón.

—Tsss —señaló el amigo hacia abajo, a las mesas de la pista—. Mira, la rubia se va para el aseo. Corre, gallo, acorrálala —se echó a reír.

Contra todo pronóstico, Ramsés hizo caso al amigo. Bajó de la zona de reservados para poder observarla mejor desde la distancia, por si alguno de aquellos hombres —fuera o no casualidad su presencia allí aquella noche— se levantaba de su asiento.

Kassandra se colocó la mascarilla y salió de su zona para dirigirse a la sala de baños. Dobló la esquina y bajó por las escaleras. No había nadie abajo, así que pudo entrar directamente en uno de los baños. Una vez allí, ocurrió algo extraño. Una sombra que parecía ser la de dos pies en la puerta del baño en el que se encontraba se coló dentro por la rendija inferior, reflejándose en el suelo. No había oído a persona alguna entrar en la sala y tampoco había oído conversación alguna o cerrarse puerta distinta de la suya, por lo que entendió que aquellos pies estaban esperando fuera a que ella saliera. Y la esperaban, aunque todos los baños estaban vacíos excepto el suyo. Podría ser cualquiera, pero no lo era. Los pies se encontraban excesivamente separados y la sombra no se movía un ápice: como un soldado en guardia, pensó. Y en su cuerpo se encendieron las alarmas.

Esperó paciente —tan al fondo del baño como pudo para que su propia sombra no se reflejara fuera— hasta que varios jóvenes entraron en la sala profiriendo voces. Vamos,

Kassandra. Actuó rápidamente. Fue hacia la puerta, retiró el pestillo y la abrió de par en par.

Miró una vez hacia la pared de espejo de enfrente y supo que todo había comenzado. El hombre la estaba mirando, rodeado de chicos y chicas, inmóvil como una estatua, musculado, tatuado, rapado y con las facciones inmóviles pese a que, con sus miradas a través del espejo, ambos se estuvieran enviando dos mensajes: que ella era muy lista, pues había esperado la presencia de otra gente, y que, por lo tanto, sabía perfectamente lo que iba a suceder a partir de entonces.

Imaginó la situación como si fuera una partida de ajedrez, porque en realidad lo era. Para poder calcular posiciones y establecer tácticas y estrategias tenía que desterrar por completo su faceta de chica normal en un club nocturno y metamorfosearse en una pieza de ajedrez, casi acorralada y con varios movimientos tensos por delante, si quería salir indemne de la jugada. Vamos, Kassandra.

Esperó inteligentemente abajo, a salvo junto a los chicos que entraban y salían de los baños. Por la forma de turnarse, Kassandra sabía qué estaban haciendo y que no dejarían la sala sola en ningún momento. Pensaba rápido. En cuanto subiera, habría uno de aquellos hombres justo al final de las escaleras. La estaría esperando. Miró hacia el frente y comprobó la chaqueta de chándal reposando en el antebrazo del soldado. Pistola con silenciador oculta. El soldado del baño tenía órdenes de acorralarla por detrás, apuntarle con la pistola en la espalda y hacerla subir. Entonces, una vez arriba, con uno delante y otro detrás, la sacarían de la discoteca sin levantar sospechas. Vamos, Kassandra. Se dirigió hacia las escaleras sin perder de vista al soldado del espejo, que la continuaba mirando concentradamente, observando cada uno de sus movimientos para escoger los suyos. Se colocó en el primer escalón y no subió ni uno más. Estaba a la vista de los jóvenes de abajo y podía divisar a su vez cuándo llegarían los próximos al primer escalón de arriba. No falló en sus conjeturas: había un soldado arriba. Intercambiaron miradas gélidas y directas. Escrutó las mesas cercanas y los pasillos a lo lejos. Se acercaban varios chicos que probablemente fueran hacia allí. Subió varios escalones despacio. El soldado de delante taponaba la salida, plantado allí como un portero para impedir una posible escapatoria. El de abajo había saltado dos casillas. Zap. Lo tenía detrás. Los chicos de arriba se acercaban. Eran cinco. Un grupo reducido, pero las escaleras también lo eran, por lo que el soldado de arriba tendría que apartarse para dejarlos pasar a todos, uno tras otro. Vamos, Kassandra. Contó los segundos aproximados: cinco chicos, diez segundos de apertura. Una oportunidad de diez segundos para pasar por la derecha de la fila de chicos y que el soldado no pudiera estirar el brazo y atraparla delante de la gente. Entonces echaría a correr y todo sería más fácil porque las mesas estaban muy separadas y la gente podría ver cualquier movimiento extraño y una chica corriendo no pasaría desapercibida. Bendita distancia de seguridad. Subió cuatro escalones. Si no la habían atrapado ya, aprisionándola en las escaleras, era gracias a dos chicas del grupo de abajo, que estaban en los escalones y hablaban con otra que se maquillaba. Si alguno de los soldados se movía y le apuntaba, aquellas chicas lo verían todo. Miró hacia abajo: el primer soldado ya estaba ahí, cinco escalones más abajo. Casi podría tocarla si fuera lo suficientemente veloz, pero el ajedrez no permite a una pieza moverse tan fácilmente: son las reglas. Lo mismo ocurre con la vida y lo mismo estaba ocurriendo ahí. Si alguno de los alfiles saltaba una casilla sin el permiso de las circunstancias de aquella realidad, todos advertirían la trampa y el juego habría terminado. Tenían que sacarla de allí sin hacer el más mínimo movimiento extraño y esa desventaja era precisamente aquello que ella, inteligente, convertía ahora en su ventaja. Así era el arte de la guerra. Uno tiene que pensar primero en las capacidades del adversario para delimitar las propias; concretar lo que puede hacer cuando conoce lo que puede hacer el otro; debe saber dónde está el peligro para concretar qué es lo que podrá salvarlo y tener presente cuál es la peor posibilidad, el peor camino, para escoger siempre el mejor. Paciencia e inteligencia son las dos claves fundamentales, y dejar la impulsividad a un lado, una condición indispensable. No puedes detonar una bomba solo porque quieras matar: debes detonarla cuando puedas matar. El triunfo en la guerra depende más de saber qué hacer con lo que hace tu enemigo para acabar contigo que de intentar acabar con tu enemigo antes que él acabe contigo. En el arte de la guerra hay que esperar pacientemente, muy pacientemente, la oportunidad idónea, pues solo así identificarás el instante perfecto cuando llegue. Tal y como ocurre en el arte de la vida.

Tres escalones más. A cuatro del soldado de arriba; a cinco del soldado de abajo. Sintió la presencia de los dos ojos detrás y fijó su mirada en los ojos de delante. Entonces llegó el momento: el primero de los chicos tocó la espalda del soldado para que le dejara pasar. Kassandra se permitió sonreír traviesa, tentando al destino. Vamos, Kassandra, es el turno de la Reina.

En cuanto el primer chico hubo pasado y se abrió la veda, avanzó veloz. Escalón; escalón; escalón. El segundo chico pasó, y ella: zap: Se pegó a él maleducadamente, intentando escurrirse entre la pared y él. El chico no se lo tomó mal y se apartó un poco para facilitarle el paso. «Disculpa», dijo ella mirándolo con una sonrisa, pero no lo miraba a él en realidad, sino el rostro blanco y enrojecido del Hombre de Hielo cuyos ojos de cazador la observaban muy abiertos, a unos cuarenta centímetros, justo detrás de la cara de aquel chico ingenuo que dejaba pasar a la atractiva chica con prisa que, probablemente, habría perdido a sus amigas.

Se dirigió rápidamente hacia la gran pista de baile y caminó en paralelo y lo más lejos posible de la mesa de sus amigos.

No podía permanecer allí más tiempo. Comenzó a sortear las mesas intentando que la velocidad de sus pasos no llamara la atención, porque tampoco podía avisar a nadie. Ahora venía lo peor. En cuanto saliera de la discoteca, ya no sería una jugadora calculando movimientos, una pieza deslizándose estratégicamente por el tablero, sino una gacela escapando de las fauces de dos leones en una sabana de asfalto. Solo le quedaría correr más que ellos. Su estado fisiológico de alerta se adueñaría de su cuerpo por completo y dejaría de pensar en otra cosa que no fuera sobrevivir. Los soldados intentarían salir de allí, delante y detrás de ella, cercándola.

En todo esto pensaba Kassandra cuando, mientras rodeaba la última esquina de la barra y se acercaba a la zona de los grandes altavoces próxima a la salida, un enorme y musculado brazo tatuado la agarró por la cintura y la hizo desaparecer de golpe.

La metió a la fuerza en la bodega, no sin llevarse varios codazos precisos en las costillas que lo hicieron encogerse antes de girarla bruscamente para que lo mirara.

—Kassandra, soy yo —la plantó frente a él cogiéndola por los hombros—. Saldremos por aquí. Hay una salida al fondo que da a un patio y una puerta en el patio trasero que da a la calle —dijo.

—¡¿Ramsés?! —lo nombró gritando, sorprendida porque fuera él.

—Lo he visto todo. Sé que te están siguiendo. Te sacaré de aquí.

Kassandra se permitió unos segundos para respirar y agradecer a no sabía qué el haber tenido esa suerte. Tras ello, y de forma casi mecánica, regresó a su modo asalto, como si de un subfusil que termina de cargarse se tratara. Su voz se tornó autoritaria y seria, como si diese órdenes en un combate psicológico a vida o muerte.

—Estarán dando vueltas por atrás y por delante, cercando el terreno. Tenemos que salir cuando ellos se hayan ido a buscarme fuera del polígono o nos verán. ¿Adónde da la salida? ¿Cómo sabes que hay una?

—Melisa —dijo él—. Trabaja aquí los jueves. Cuando termina, a veces, me quedo un rato con ella. Como es la encargada de cerrar, no nos ve nadie y estamos solos.

Ramsés se mordió inconscientemente el labio inferior, extrañamente atento a lo que pudiera estar pensando Kassandra sobre él.

—Ya. Entiendo a qué te refieres.

—Vamos hacia afuera. Es por aquí.

Sortearon las cajas, repletas del género recibido durante la semana, hasta llegar a la puerta de salida al patio, que recorrieron a toda prisa. Una vez en el exterior, tras la discoteca y sin que, aparentemente, hubiera nadie a ambos lados de la larguísima carretera que la separaba de las naves industriales de enfrente, Ramsés la guio corriendo hacia su GSX-R1000 negra. Al llegar a la moto pegó a Kassandra con un objeto en una de sus nalgas.

—Ponte el casco —le ordenó extendiendo el brazo y ofreciéndoselo—. Solo hay uno. He venido y me iba a ir solo.

—Te van a ver.

—Me da igual. De todas formas, no tiene visera. Llevarás los ojos al descubierto. Póntelo.

—No me da la gana. Póntelo tú.

—No es momento de ser insoportable. Ponte el puto casco y sube a la moto —le espetó.

Kassandra se lo colocó a regañadientes. Cuando terminaba de ajustarlo, los faros de un CLA negro mate en marcha, que se había situado en medio de ambos carriles de la carretera, los deslumbraron al apuntarles de frente con las luces antiniebla.

—Son ellos —lo avisó.

Ramsés subió rápidamente a la moto y ella lo siguió.

—Agárrate fuerte, blanquita —gritó él arrancando.

—¿Qué vas a hacer?

—Engañarlos. Cuando me incline, apóyame con tu cuerpo.

Kassandra apretó el abdomen de Ramsés en señal de haber comprendido el mensaje. Se agarró con los brazos a su cintura. Cerró los ojos. La moto comenzó a avanzar y se acercó a media velocidad al vehículo negro. Cuando estuvieron tan cerca como para poder identificar los rostros de los hombres pese a las intensas luces, Ramsés viró su trayectoria, girando hacia la derecha, para engañarlos. Dejaron caer sus cuerpos hacia un lado. La moto trazó una amplia curva que indicaba que iban a escapar por delante del vehículo. Ese era el engaño. El conductor del coche arrancó para seguirlos.

Mientras avanzaban por la calzada interminable, el coche intentaba superar a la moto, como en una carrera ilegal. Ramsés se abrió un poco hacia la derecha y redujo un poco la velocidad. El coche aceleró más y logró reducir distancia. La intención de los hombres era cruzárseles delante. Estaban a punto de rebasarlos, situados casi en el lado izquierdo. Ramsés se abrió un poco más hacia la derecha para aumentar el espacio de maniobra y volvió a acelerar.

—Ahora —le gritó—. Cambia el sentido e inclínate hacia la izquierda.

Kassandra hizo lo que se le ordenaba y él giró el manillar. Con un golpe de gas aceleró al máximo. ¡Zuuum! Derraparon y cambiaron la dirección para escapar en sentido contrario. La moto de gran cilindrada pasó ágilmente por la derecha del vehículo, casi rozándolo. Se dirigieron hacia el centro de la ciudad mientras el coche salía tras ellos. Los soldados habían perdido demasiado tiempo en cambiar de dirección, ya que la primera calle por la que podrían haber bajado en paralelo para seguirlos quedaba demasiado lejos.

Kassandra apretó aún más los ojos, que lagrimearon por la fuerza bruta del aire que chocaba con su cara. El potente sonido del motor se infiltró en sus oídos. Decidió apoyar el dorso de su rostro en la espalda de Ramsés y el aire cesó.

La moto continuó avanzando a toda velocidad por las anchas carreteras del polígono y, tal y como ocurre siempre en el arte de la guerra —y en el arte de la vida—, el tiempo que los unos perdieron fue, exacta y justamente, el tiempo que los otros ganaron.

—¿Te llevo a tu casa?

—Ni de coña —gritó ella. Ambos hablaban a gritos para poder oírse por encima del ruido de la moto—. Estarán buscándome. Si nos ven por el centro nos seguirán y sabrán dónde vivo. Llévame al mar.

—¿Qué? —Ramsés quiso asegurarse de lo que había oído.

—¡Al mar! ¡Que me lleves al mar! En las afueras hay una cala pequeña y escondida, cerca de la Ciudad de la Luz. No nos verán desde la carretera. Hay que bajar por unos caminos y queda detrás de un acantilado de rocas. Yo te guío.

Descendieron con la moto y aparcaron en la misma arena, escondidos tras las grandes rocas que ocultaban la cala de la carretera. En cuanto se apeó de la moto, Kassandra se remangó su vestido negro de satén y corrió hacia el mar. Ramsés se giró y vio que no estaba. La divisó alejándose por la arena.

—¡Kassandra! —la llamó desde la roca.

—¡¿Qué?! —gritó ella.

—¿Qué haces?

—¡Voy a hablar con el mar! —dijo. Y continuó corriendo hasta llegar a la orilla.

—¿Qué? —exclamó sorprendido.

—¡A hablar con el mar! ¿Vienes?

Ramsés abrió los ojos y arqueó las cejas hasta provocarle arrugas en la frente. Negó incrédulo con la cabeza. Dejó el casco apoyado en el suelo, aún sin poder creer que, tras haber estado al borde del secuestro, lo que más le apeteciera fuera bañarse vestida y hablar con las olas. La observó entrar en el mar y la llamó de nuevo.

—¡¿Qué?! —casi ya no lo oía debido al ruido de las olas—. ¡¿Has dicho algo?! —gritó ella.

—¡Que no he visto locura más contagiosa que tú! —gritó él quitándose la ropa—. ¡Que eres una locura!

Se acercó a ella despacio, respetando su silencio. Kassandra estaba sumergida hasta la cintura. Miraba la luna llena. Aquella noche parecía resplandecer más que nunca, envuelta en la oscuridad de la playa y tan lejos de la contaminación lumínica de la ciudad. Su luz dotaba su rostro blanco de un aspecto argénteo y nacarado, como el de una perla.

—¿Por qué te persiguen? —preguntó él.

—Porque quieren atraparme —contestó ella. Luego se quedó callada de nuevo, sin dejar de mirar el firmamento.

—¿Y por qué quieren atraparte?

Ella negó con la cabeza.

—Ellos no. Uno de mis padres. Es uno de los peores demonios que habitan este mundo. Si no haber venido a la vida implicara que él tampoco hubiese nacido, lo preferiría.

—¿Por eso desapareciste?

—Sí. Mi madre se mudó y yo me fui a Colombia huyendo de lo que el destino me estaba gritando en la cara. —Hizo un mohín como reprendiéndose a sí misma—. Después volví y desoí los consejos de mi amiga Bilma, y ahora ella, mi alma gemela, está muerta y yo vendo droga a traficantes y cargo por ahora con más de seis vidas dentro de mí: las que me he cobrado y las que se han cobrado por mi culpa. Soy una cobarde.

—Yo no pienso eso —repuso él—. No creo que seas una cobarde.

Ella revolvió el agua con las manos y se miró las palmas mojadas. Se acarició el dedo corazón, pasando la yema del índice de su otra mano por su tatuaje.

—¿Quién soy? —preguntó a nadie en concreto.

—Eres...

Ramsés contempló unos segundos su perfil. Ella se volvió y también lo miró, esperando una respuesta. Él examinó su rostro.

—La mujer más atractiva del mundo.

Kassandra inclinó la cabeza y arqueó una ceja.

—Menudo conquistador estás hecho. Lo eres hasta cuando no quieres.

—Y la más valiente que conozco. Y la única mujer que ha hecho que mi corazón funcionara cuando ya pensaba que jamás lo haría. Sentí más cosas por ti en meses de las que había sido capaz de sentir en todos los años que tengo y por todas las mujeres que han pasado por mi vida. Pasé mucho tiempo buscando tus labios en cada beso que me daban. Creo que me enganché a ellos —confesó él.

»Sencillamente, me encantas, pero no me encantas como cualquiera, me encantas como si fueras de verdad un encantamiento. Como si fueras mágica. Como encanta el influjo de la luna. Eres como esa luna —alzó la barbilla señalándola—. Podría pasarme horas mirándote y no conseguiría saber de dónde has salido, cómo puedes estar ahí y ser real. Y sin embargo eres real y estás ahí brillando incesantemente todo lo que puedes y lo que te dejan tus fuerzas en medio de toda esta oscuridad que te envuelve, resistiendo, plantándote valiente en medio del caos y la maldad de este mundo, y no te importa que nada cambie. Sigues intentándolo una y otra y otra vez, como esa —volvió a señalar la luna—, que sale cada noche y no sabe ya ni por qué, pero sabe que le debe luz a este lugar, que está ahí arriba para eso. Tú estás aquí abajo para esto, Kassandra, para iluminar. Para luchar y para encender las ganas de luchar en otras personas. Para que la luz gane a la oscuridad. Eres como un fuego prendido en el agua. La fuerza constante que inclina la balanza. Y nada va a impedirte hacerlo. Tú no naciste porque tu padre nació, no eres su consecuencia: naciste porque el mundo se merecía a alguien como tú. El mal se merece el bien, aunque el bien no se merezca el mal, y tú eres todo lo que está bien. Y eso es lo que pienso de ti. Y ninguna hostia que me des ni ningún alijo de droga con el que trafiques, ni siquiera que desaparecieras y me dejaras a medio descubrir algo muy bonito, quizás lo más bonito del mundo que no pudo ser, me va a hacer pensar lo contrario. Aunque quiera hacerlo con todas mis fuerzas.

Kassandra se quedó callada un buen rato. Luego se acercó poco a poco a Ramsés y colocó la palma de la mano en su pecho, justo a la altura del corazón. Lo miró y no dijo nada. Él tampoco dijo nada. Ni siquiera el mar dijo nada. No hizo falta que nadie dijera nada a nadie. Y nada se atrevió a romper aquel halo de brillo invisible que los cubrió a ambos, convirtiendo sus cuerpos en una estrella en el agua.

Alicante, año 2018, un día antes de la muerte de Katia Lassanis

—Va a abrir el club —espetó Bruna al llegar a la cocina y descubrirla ensimismada en la galería, con la mirada baja. Luego se asomó desde afuera para saber qué estaba haciendo. La ventana que daba al patio estaba abierta, con su repisa llena de lápices, varias servilletas con garabatos y tres o cuatro folios que esperaban a ser manchados con colores—. Deja ya de pintar en las servilletas, ni que fueras a exponerlas en algún museo. Hay que arreglarse —avisó refunfuñando.

Katia terminó de rellenar aquella prímula a toda prisa. La había coloreado con un rojo intenso, como el de la sangre, con un pequeño círculo verde en medio del dibujo a modo de estigma. Observó por un segundo, alzando el papel y colocándolo al trasluz, cómo había quedado la humilde obra de aquella mañana. Era una simple flor sin tallo, ni macetero, ni paisaje periférico alguno. Solo su silueta. No había podido terminarla por las continuas interrupciones de Maisha para limpiar y, ahora, de Bruna para reñirla y meterle prisa. Volvió a mirar detenidamente el esbozo. Aun siendo una especie de boceto rápido, se sintió satisfecha, así que dobló la servilleta y guardó los papeles debajo del pequeño macetero vacío que había en la esquina del mármol antes de preguntar a Bruna, que se estaba sirviendo un vaso de agua en el fregadero.

—Bruna, ¿sabes dónde está Aleksandra?

—Ni idea —contestó Bruna antes de dar otro trago—. Estará arriba maquillándose, supongo. ¿La necesitas?

Katia pensó y no pudo evitar sonreírse a sí misma tímidamente.

—Creo que sí —acertó a decir.

—Entonces búscala. Seguro que la encuentras, no estará muy lejos. ¿Qué estabas haciendo?

—Pues... —vaciló al hablar, porque no sabía si a Bruna le interesaría lo más mínimo—. Estaba pintando un dibujo que hice de una de las flores. Las que K trajo y colocó en el patio.

Bruna la miró y su personal gesto le invadió el rostro: arqueó una ceja de forma sarcástica. Después dijo algo que sorprendió a Katia.

—Enséñame tu dibujo. Me gusta dibujar.

Katia vaciló un segundo, como para cerciorarse de que aquella petición de su compañera, que tan seca era y que tan distante se mostraba siempre, era cierta. Pudo corroborarlo cuando Bruna se justificó.

—Hace años que no dibujo —se explicó Bruna— porque parece que no tengo ganas, pero me gusta ver lo que dibujan los demás. A veces es eso lo que me despierta las ganas de dibujar.

No podía creer lo que estaba ocurriendo. La rivalidad entre ambas era evidente, aunque la gran mayoría de las veces fuera Bruna quien la manifestara. Reñían por todo: por el maquillaje, el perfume, los ruidos que la una hacía o la comida que la otra comía. Incluso por los clientes. Bruna era una chica complicada, pero algo hacía pensar a Katia que esta aparente forma de ser no era producto de su verdadera identidad, pues su relación con Marcela —la mayor del grupo, con la que se mostraba incluso cariñosa— contrastaba con el carácter punzante, malhumorado y quejoso que demostraba con las otras chicas. Aquella diferencia tan evidente dejaba entrever que su mala conducta no era propia de su temperamento, sino que era consecuencia de cómo se tomaba su situación. Estaba físicamente encerrada, como todas ellas, pero también se había encerrado en sí misma, así que vivía doblemente encerrada, como puede ocurrirle a cualquiera a lo largo de su vida. Esta era la razón por la que Katia no avivaba las discusiones e intentaba no tenerlas en cuenta, procuraba rebajar la tensión lo antes posible cuando Bruna le espetaba algo de malas formas o se mostraba antipática con ella. Si es triste estar encerrado y que no te dejen salir, más triste aún es cerrar las puertas de ti misma y decidir ignorar que tú eres la llave. Bruna vivía a oscuras y sola en su interior. Se había convertido en su propia cárcel. Y eso, en el fondo, apenaba a Katia, que, a veces, era capaz de mirar más allá de sus barrotes.

Levantó el macetero y sacó los papeles. Se los acercó y Bruna los contempló con detenimiento. Su veredicto la sorprendió todavía más, pues dijo que le gustaban mucho. Mucho, recalcó Katia para sí, repitiéndose mentalmente la palabra, que la ilusionó y le aportó confianza. Le pareció que aquel comentario dibujaba también, de alguna manera, aunque solo fuera para ella, un débil hilo que iba de la una a la otra y que se convertía en el símbolo de una pequeña tregua entre ambas.

—Sí. Quizás cuando salga de aquí pueda dibujar mejor. Ahora no me concentro lo suficiente —contestó.

—No vas a salir de aquí. Ninguna lo hará —respondió Bruna.

Aquello le devolvió la característica aura oscurecida. El hilo pareció volverse translúcido. «Claro que sí —pensó Katia—. Claro que saldré de aquí. Saldré de aquí esta misma madrugada e iré a la policía y con suerte tú también saldrás, Bruna. Y una vez libre, seguro, podrás salir de tu otra cárcel».

—Aun así me gustan —dijo Bruna interrumpiendo los pensamientos de Katia. Y le devolvió las hojas—. De verdad que me gustan.

El hilo imaginario que las unía tomó consistencia y recobró su endeble nitidez anterior.

—Gracias —sonrió Katia.

Entonces ocurrió que Bruna le devolvió la sonrisa y aquel hilo que había entre ellas se tornó totalmente visible.

Polina las llamó desde fuera con gritos potentes, al no encontrarlas listas en la habitación junto a las demás. Bruna salió de allí rápidamente y fue duramente reprendida por Polina en el pasillo. Katia recogió tan agitadamente que varios papeles cayeron al suelo y tuvo que agacharse a recogerlos muy deprisa y correr para guardarlos.

Los tapó y miró hacia el patio. Intentó capturar aquella visión. Retenerla dentro de sí, recóndita y extraordinaria. Cerró los ojos con fuerza para conservar en su memoria todo aquel jardín improvisado, como si pudiera guardar la imagen en una especie de cofrecito del tesoro, similar a su caja de madera, la que escondía bajo su cama y contenía sus más preciados recuerdos. Sabía que aquella sería la última vez que podría mirarlas y sentir la paz que le inspiraban, pero aquel íntimo precio que pagaría, a pesar de entristecerla, cobraba sentido al visualizar un futuro que significaba un triunfo: también sería la última vez que bajaría al sótano y fingiría, delante de los Hombres de Hielo, que estaba contenta; la última que se entregaría a un hombre en contra de su voluntad, que yacería en una cama sintiéndose insignificante y lloraría aplastada bajo un cuerpo que se sentía poderoso al adueñarse de ella.

Katia cerró la ventana y, antes de salir de allí, se detuvo por completo y abrió mucho sus ojos grandes y azules. Miró a través del cristal por última vez. Le pareció que, en su fantasía, las flores desprendían una nueva luz; una luz que ella conectó a un sentimiento. Y por una vez, en mucho tiempo, sintió algo parecido a la esperanza.

~~¿ESTO ES AMOR?~~
ESTO ES LA GUERRA

> Parece que mi invencible maquinaria es..., en verdad, vencible. —El Tiempo.
>
> *Alicia a través del espejo,* Lewis Carroll

Ramsés acomodó el sofá —donde se había ofrecido a dormir— mientras Kassandra se daba una ducha. Tras despegar la arena de su cuerpo, dejó la ropa en la ventana para que se secara, se instaló en la habitación, se quitó la toalla antes de meterse en la cama y apoyó la mejilla en la almohada. Cerró los ojos unos minutos y volvió a abrirlos. Le dolía todo el cuerpo por la tensión acumulada, pero no podía dormir. Volvió a cerrarlos en un nuevo intento. Escuchó los movimientos de Ramsés en la cocina —la nevera abriéndose; un armario cerrándose; un grifo—. Oyó como sus pasos se acercaban hasta llegar a la puerta de la habitación. Tocó en ella. Preguntó si quería agua, a lo que ella contestó que sí. Él entró, encendió la luz y anduvo por la estancia para dejar el vaso de agua en la mesita de noche. Kassandra se incorporó, agarró las sábanas para taparse y poder beber. Luego vio a Ramsés parado en la puerta.

—¿Necesitas un pijama?

—Quizás unas braguitas.

—Mala suerte. No acostumbro a tener muchas aquí —rio.

Ramsés se fijó en las clavículas desnudas de Kassandra.

Bajó la mirada. Las formas de su cuerpo se dejaban adivinar bajo la fina sábana de algodón. Ella se acomodó y se quedó medio recostada.

—¿Seguro que estás bien? —preguntó él.

—¿No estoy bien?

—Quizás tengas frío después.

—Estoy bien.

Él apagó la luz. Ella se acostó de nuevo y apoyó otra vez la mejilla en la almohada. Kassandra pensó entonces en el significado de su nombre. Ramsés. Hijo de Ra, el dios del sol naciente. Pensó también en su forma de tocar. Pensó en que acariciaba como el sol. Era imposible sentir frío a su lado. Si la ocasión propiciaba aunque fuera un simple roce, una solo quería detener el contacto en ese punto. Cerrar los ojos y sentir cómo su tacto calentaba la piel, al igual que ocurría con el primer sol de verano. Su aspecto fuerte, su temperamento, su voz. Todo en él desprendía rudeza y, en cambio, poseía un tacto, una forma de tocar singular y exclusiva, suave, como un pianista experto.

Al hilo de estos pensamientos sintió un calor repentino. Pese a ello, agarró la sábana y se tapó algo más, aunque sufría una especie de sofoco provocado por la vergüenza que le ocasionaba pensar en él de esa forma teniéndolo delante. Ramsés advirtió su movimiento y se acercó al borde de la cama. Entonces comprobó que lo estaba mirando. Preso de un impulso, se recostó a su lado. La miró sin pronunciar palabra. Ella sonrió. Él le devolvió una media sonrisa.

Entonces Ramsés alzó la mano y la acercó a su cuerpo lentamente. Le acarició la pierna por encima de la tela hasta llegar a la cadera. Ella retiró la sábana, dejando la parte superior de su cuerpo al descubierto. Ramsés jugó con la oscuridad y los recovecos de su cuerpo. La acarició despacio alrededor del ombligo, dibujando círculos o moviendo el dedo arriba y abajo. Caminó con la mano por los huesos de su cadera. Llegó a las piernas y retiró la sábana.

—¿Quieres que me vaya? —preguntó Ramsés. Su voz sonó grave pero amable.

—No. Pero a la vez sé que es un error que te quedes —contestó ella.

Bastó ese solo «pero» de su boca para que Ramsés se situara encima de ella, colocando sus brazos a ambos lados de su cabeza.

—Así que es un error —dijo.

—Sí —contestó ella—. Y creo que los dos estamos de acuerdo por una vez.

—Mmmm... No tengo nada serio con nadie, si es a eso a lo que te refieres. Y podemos solo hablar, si es lo que quieres.

—No tengo ni quiero nada serio con nadie. No sé si mañana estaré viva.

Ambos quedaron mirándose en paralelo a los ojos. Él arriba, ella abajo.

—De acuerdo. Vamos a hablar —dijo él.

—Está bien. No tengo mucho sueño.

—Acaban de perseguirte dos jodidos mercenarios. Creo que lo normal es que te cueste un poco dormir.

Kassandra rio.

—Dudo que duerma mucho esta noche, pero lo intentaré. Seguro que lo consigo, estoy hecha para hacer la guerra.

—Por eso te da miedo hacer el amor —contestó él.

Ella se quedó callada pensando en sus palabras.

—Entonces no tienes sueño, ¿no? —cambió él de tema.

—No.

—Perfecto. Así vas a poder estar atenta a la explicación que te voy a dar de mi nueva frase célebre. Me la dijo una chica preciosa el otro día y se la he robado.

—Sorpréndeme.

Ramsés prendió la luz de la mesita de noche, que aportó a la habitación una claridad tenue.

—¿Me dejas hacer algo antes de decírtela?

Ella se encogió de hombros curiosa. Él descendió hasta

quedar a la altura de su cintura. Abrió sus piernas y lamió de abajo arriba la cara interior de su muslo. Besó el tatuaje de su entrepierna. Se lamió el dedo índice.

—La chica estaba muy enfadada. Me dijo: solo yo decido si lo que hago es un error —dijo deslizando su dedo dentro de ella.

Ramsés clavó los dedos en su carne blanca y la agarró por los muslos, empujándola bruscamente hacia él, arrastrándola a través de la cama. Se colocó encima. Las piernas semiabiertas de ella se apoyaron a ambos lados de su cadera. Los rostros quedaron cerca unos segundos, las caras rozándose, hasta que él, impulsivo, la besó profundamente, insertando la lengua en su boca. Los dedos de ella se hundieron en el pelo de él. Sintió entremezclarse las salivas y el miembro duro de Ramsés rozaba la cara interna de sus muslos con cada oscilación de sus cuerpos. Comprobó que él se había quitado la ropa interior.

—Qué ganas tenía de hacerte esto —susurró Ramsés.

Kassandra sintió su aliento en los labios.

Él tanteó hábil con su cadera hasta dar con el punto exacto. Empujó y la penetró. Ella emitió un gemido y él se detuvo dentro de ella para coger su cara y mirarla. Sintió unas terribles ganas de volver a besarla y lo hizo. Volvió a empujar. Ella volvió a gemir, como en un lenguaje íntimo. Entonces aumentó la potencia y la embistió. Y luego otra vez. Y otra. A un ritmo lento. Kassandra acarició su ancha espalda y se agarró a sus trapecios para controlar la profundidad de las penetraciones, pero no lo logró. Él comenzó a embestirla con más fuerza y aumentó paulatinamente la velocidad. Sin despegar su boca de la suya. Más fuerte. Más rápido.

Llegó a casa al día siguiente al caer la noche. Si de Ramsés hubiera dependido, sus amigas no la habrían vuelto a ver durante unos cuantos días.

Mihail Korvatova se apeó del coche negro y caminó media calle para comprobar que se trataba de ella. Desde la esquina la observó entrar en el chalé. Identificó su rostro. Volvió al coche y extrajo el teléfono móvil de la guantera del copiloto. Marcó el número y dio el aviso.

Kassandra despertó a Maisha y a Aleksandra a gritos.

—Me han seguido. Levantaos —exclamó.

Encendió la luz de la habitación y abrió el armario para sacar las mochilas de viaje de las tres a toda prisa.

—¿Hasta aquí? ¡¿Cuándo?! —dijo Maisha despertándose de golpe.

—No, hasta aquí no. Me siguieron ayer. Tres hombres me acorralaron en una discoteca del centro. Logré despistarlos con la ayuda de Ramsés y por eso no he dormido aquí y he evitado venir —Kassandra se explicaba mientras lo disponía todo para salir de allí cuanto antes—. Tendremos pocas horas hasta que descubran dónde estamos. Cogedlo todo. Avisaré a mi padrino para que nos trasladen. Bajad corriendo.

Maisha y Aleksandra se vistieron rápidamente y bajaron al sótano con Kassandra detrás, mochilas en mano. Abrieron la puerta y se dirigieron a coger sus armas y las últimas pertenencias.

Mientras lo hacían, arriba sonó un ruido seco. Era el sonido del golpe de una puerta al dar con una pared. Se quedaron las tres muy quietas y en silencio hasta que oyeron algo de nuevo. Esta vez el sonido les era muy familiar a las tres: el chirrido en el parqué de la goma de unas botas militares.

—En esta casa hay alguien más —dijo Aleksandra en voz baja.

Velozmente abrieron la trampilla de dentro de la barra donde se guardaban las antiguas botellas del club. Kassandra agarró su nylon y se lo anudó en el muslo derecho. Aleksandra cogió dos cuchillos grandes y afilados y le dio uno a Kassandra. Maisha extrajo de allí las pistolas, pero no tuvo tiempo para dárselas a sus amigas. Volvieron a oír ruidos y Maisha se vio obligada a agacharse y cargarlas oculta tras las cámaras frigoríficas. Kassandra y Aleksandra esperaron una a cada lado del portón metálico abierto de la entrada. Kassandra apretó temblorosa su collar. Alargó lentamente la mano izquierda hacia el interruptor y apagó las luces.

Todo su cuerpo temblaba. «Está bien, a toda mujer valiente le han temblado las piernas alguna vez», pensó. El miedo y la valentía siempre van de la mano. Temblaba tanto que hubo de apoyar toda la espalda en la superficie de hierro para no desplomarse. Necesitaba más que nunca a las dos mujeres que ambos colgantes simbolizaban. Los apretó mucho más fuerte y cerró los ojos.

En cuanto los abrió, Kassandra niña apareció en escena, plantada en medio del club, mirando directamente hacia la profunda oscuridad que se extendía más allá del portón abierto. Le sobrevino una momentánea preocupación maternal, como si su niña fuera real y estuviera en peligro, pero la cría parecía no tener ningún miedo, solo estaba muy concentrada mirando hacia la negrura del pasillo.

De aquella oscuridad manaron débiles crujidos. Más cerca. Las botas. El suelo cedía bajo aquellos hombres enormes. Kassandra sintió frío y después calor. Contó pasos medidos y solapados. Pasos planificados, como cada una de las acciones de aquellos asesinos paramilitares. Todos los sonidos eran débiles pero seguros. Movimientos de cazador.

Miró a Aleksandra. El último crujido se oyó muy cerca, a su izquierda.

—Ya están aquí —gesticuló tras la puerta abierta, cuchillo en mano.

Ellos eran cinco, pero creían que ella estaba sola. No esperaban que ellas fueran tres.

Identificaron la naturaleza de las pisadas: cada vez más densas, más pesadas. Estaban bajando por las escaleras. Cada vez más cerca. Avanzaban de uno en uno en rondas de a dos, por lo que Kassandra dilucidó que había más de una pareja. Las tres guardaron estricto silencio. En los momentos previos al combate, uno piensa que hasta su pestañeo puede oírse. Siente su cuerpo como si fuera una trampa. La respiración, el bombeo de la sangre dentro del pecho, las tripas, los tics automáticos de las extremidades, los inevitables sonidos bucales. Todo ruido puede convertirlo a uno en su propia trampa y eso, a su vez, en su propia tumba. Silencio. Silencio hasta el final.

En medio del largo mutismo y la extrema quietud, a Kassandra le pareció oír algo. Un sonido apenas apreciable, apenas perceptible. Una débil, pero sólida respiración que adolecía de lo que parecía ser un pequeñísimo fallo en la inspiración. Alergia, quizás asma. El aire entrando por la nariz e invadiendo la laringe y la tráquea de un criminal que no por monstruoso dejaba de ser humano. Aquel sonido fue el detonante. Estaban allí. Habían llegado al sótano. De un momento a otro, en la oscuridad total, despacio, muy despacio, sintieron cómo el aire en calma de la atmósfera sufría las minúsculas variaciones que la masa de los dos grandes cuerpos de los proxenetas al desplazarse producía al rebasar el límite de los portones.

En cuanto lo hicieron, Kassandra y Aleksandra se lanzaron rápidas al suelo y Maisha se alzó tras la barra y disparó hacia el hueco ambas pistolas tantas veces como pudo. La mayoría de los tiros fueron certeros. Volvió a agacharse. Ambos extraños cayeron al suelo. «Vamos, Maisha: a la mierda el miedo. La guerra es como la vida: ahora o nunca».

Maisha reunió coraje. Sin siquiera pensarlo, se levantó y salió de la barra. Comenzó a disparar de nuevo y más de cerca hacia la entrada, en la más absoluta oscuridad, aprovechando la ventaja de que conocía el terreno. Pum, pum, pum, pum, pum. Cinco tiros. Dos certeros. Uno de ellos falló. Los tres asesinos restantes —dos ilesos y otro herido— subieron las escaleras. El silencio inicial había dado paso a sonidos de cargadores, pisadas y golpes en los muebles y las paredes, delimitando espacios en la oscuridad de la casa. Maisha prestó una de las pistolas a Kassandra. Las que llevaban pistola subieron las escaleras arrimadas a la pared; Aleksandra subió tras Maisha, cuchillo en mano. Movimientos militares. No eran ellos los únicos que habían estado preparándose para matar.

Al subir vieron a uno de los hombres que intentaba taponarse la herida. Era Mihail Korvatova. En cuanto las divisó, salió como una bala hacia ellas y alcanzó a Aleksandra, se abalanzó sobre ella y la apuñaló. A su vez, alguien comenzó a disparar desde el pasillo. Maisha y Kassandra se cobijaron bajo el escritorio de la antigua recepción. Mientras los disparos se sucedían, Kassandra advirtió una sombra que se deslizaba pegada a la pared. La figura se dirigía de nuevo escaleras abajo. Entonces, como si de una extraña telepatía se tratara, ella pensó exactamente igual que la mente de aquella sombra y adivinó lo que quería conseguir: iba a esperar en la parte baja del chalé, oculto hasta el final del tiroteo, para matar por sorpresa a las que quedaran vivas.

—Hay uno más —susurró Kassandra—. Ha bajado.

—¡Abajo, ve abajo! Puede coger las armas —dijo Maisha a media voz.

Aleksandra seguía en el suelo sangrando e intentando sobrevivir bajo el proxeneta. Maisha salió en su ayuda. No había tiempo.

Kassandra se internó en las escaleras. En la oscuridad, parecían un túnel profundo. Bajó varios escalones tanteando con sus pies la anchura de la superficie. Estar allí era como aspirar el aroma a canela con los ojos cerrados, pese a tenerlos abiertos. Aquello la retrotrajo a los primeros días en aquel chalé. La sensación continua de que permanecía constantemente bajo un peligro dormido. El miedo incluso a respirar más fuerte de lo debido por si los proxenetas imaginaban en el suspiro un fastidio o una desgana. Los golpes. Los tirones de pelo. Las risas jactándose del sufrimiento. «Por esto estoy aquí —se dijo—. Para luchar porque ninguna mujer vuelva a sentir ese miedo. Ahora mismo hay tantas chicas como yo bajo ese peligro que no puedo siquiera imaginar el número. Pienso ir ahí abajo».

Bajó unos cuantos escalones más. Hubo más tiros arriba. Se quedó parada, apoyada la espalda en la pared izquierda, para intentar oír algo que la ayudara a descubrir en qué parte del sótano se encontraba la sombra, pero los ruidos no cesaban: muebles cayendo; pistolas disparando y, de pronto, un sonido. Un movimiento enfrente de ella, a escasos centímetros. En la oscuridad, una mano se extendió como un tentáculo desde delante y la agarró por la cintura.

Cayó rodando por las escaleras al suelo del sótano junto al hombre. Uno de los golpetazos contra el mármol le hizo tanto daño que le paralizó el brazo. Entonces se dio cuenta de que había perdido sus armas durante la caída, pero otras seguían allí. En cuanto se giró para alzarse, Marcellus Tareov encendió la luz y le apuntó con su pistola.

Ella se levantó todo lo rápidamente que pudo.

—No te muevas —dijo él. Vocalizó las palabras lentamente y pronunció la uve como una pe, en un marcado acento extranjero.

Ambos se miraron a los ojos advirtiendo el mismo defecto en sus pupilas. Kassandra, estás jodida.

—Tus brazos —indicó Marcellus—. Arriba.

Kassandra levantó los brazos y abrió las palmas. Marcellus avanzó despacio y ella se retiró poco a poco hacia la pared. La trasladó —guiando sus movimientos como en una danza— hacia la izquierda del sótano. La estaba cercando. No tenía escapatoria alguna. Ni siquiera podía escapar hacia los aseos para encerrarse y ganar tiempo. Quedaban demasiado lejos. Los sonidos de la casa habían dejado de oírse. O estaban todas muertas o estaban todos muertos.

—¿Ahora quién da el jaque, cría? —dijo malicioso—. Ahora estás tú en jaque. Te voy a llevar adonde perteneces.

Sin dejar de apuntarle extrajo unas bridas del bolsillo del pantalón y fue hacia ella, pistola en mano, para atarla.

—¿Qué haréis conmigo una vez esté en el lugar al que pertenezco? —quiso saber Kassandra.

Él sonrió al oír su voz. Su rostro simétrico y de gran atractivo físico provocaba un miedo aún más sólido. Tenía una mandíbula perfectamente proporcionada de dientes rectos, blancos e impolutos. Su mirada era psicopática, extremadamente fija. Se parecían muchísimo.

—Aprender o morir —sentenció pronunciando mal las erres.

—La frase de Hamlet no es así, Marcellus —contestó ella sin dejar de mirarlo.

Él comprendió la referencia, pero no en todo su sentido. Entrecerró los ojos. Entonces fue ella quien, inesperadamente, sonrió.

—Aprenderás —dijo.

Aquella fue la última palabra que pronunció Marcellus Tareov, pues acto seguido Aleksandra Lacriova hundió un cuchillo en su espalda.

Todos estaban muertos.

Las tres amigas desinfectaron y taponaron la herida de Aleksandra, frotaron los golpes y no pudieron hacer otra cosa que medicarse con los fármacos de Kassandra para evitar ataques de ansiedad y fumar hachís para adormecer los nervios. Envolvieron los cuerpos en plástico para evitar manchar más el suelo de sangre durante el transporte y, no sin esfuerzo, los trasladaron al jardín trasero. Una vez allí, los apilaron y vagaron por la terraza en silencio, caminando, tomando el aire y evitando a toda costa hablar o nombrar nada de lo que terminaba de suceder para recuperar cada una su propia calma.

De repente se oyó algo. Como si alguna de las tres se hubiera atragantado.

Maisha y Kassandra se giraron y vieron a Aleksandra apretándose la boca, como si una tos seca la hubiera atacado. Se recuperó carraspeando y cada una volvió a lo suyo: Maisha, a masajearse las sienes y los oídos; Kassandra, a respirar hondo, intentando tranquilizarse. Parecía ser que las benzodiacepinas no surtían excesivo efecto si cinco mafiosos asaltaban tu casa para matarte.

La tos volvió a oírse de nuevo. Maisha miró a Kassandra con el ceño fruncido: le pasa algo, dijo su gesto. Volvieron a mirar a Aleksandra, que estaba apoyada en la repisa de la ventana. Observaron sus labios fruncidos y la rojez en la piel clara de su cara y su cuello. Estaba aguantándose un nuevo espasmo. Lo resistió unos segundos, pero no más. Súbitamente, decenas de gotas de saliva salieron expedidas de su boca sin que pudiera contenerlas, en un estallido incontrolable, seguido de un sonido. Un sonido demasiado... familiar. No era tos.

¿Se estaba riendo?

—Pe... perdón... —se disculpó. Carraspeó de nuevo exageradamente y volvió a lo suyo.

Al principio las otras, asombradas, se quedaron mirándose y sin entender nada de la actitud de su amiga o achacándola a los nervios o a una confusión, pero bastaron unos segundos para que, ante lo rocambolesco de la imagen, Maisha no pudiera evitar hacer lo mismo. Primero sonrió tímidamente. Luego sonrió mucho más, tapándose la boca; después un carraspeo en la garganta la delató. Estaba conteniendo la risa.

—Maisha, ¿qué haces? —la miró Kassandra, que después miró a Aleksandra—. ¿Qué pasa?

Maisha y Aleksandra se miraron y no soportaron lo que sus miradas se dijeron. Se giraron ambas hacia un lado para evitar volver a mirarse. Comenzaron a reír todo lo disimuladamente que pudieron, alternando el silencio de los espasmos de su abdomen con los sonidos de la toma de aire que se les terminaba rápidamente de tanto reír. Con cada sonido de toma de aire, la una pegaba todavía más la risa a la otra, así que el esfuerzo las hacía llorar. Siguieron ocultándose, mirando hacia otro lado, girándose y andando o evitando mirarse entre ellas para no reírse más, por respeto a Kassandra. Pero resultó que Kassandra, que intentaba hacer caso omiso a lo que ocurría y miraba las flores plantadas en el suelo, sonrió sin poder evitarlo, por los nervios o por la felicidad o por quién sabe qué. Aleksandra tomó la palabra.

—Perdón, K. —Se mordió los labios con fuerza para no estallar en carcajadas—. Es que no puedo creerme lo que acaba de pasar.

Maisha no soportó más la tensión y comenzó a reír de verdad, tapándose la boca, pero sin guardar ya silencio alguno. Aleksandra la siguió.

—¿Q... qué mierda ha pasado? —dijo Aleksandra.

—Q... que estamos v...ivas —dijo Maisha con un tono de voz ridículo por la risa.

—P... pu... pues eso es lo que no me creo —dijo Aleksandra riendo aún más.

Kassandra intentó mantener la compostura, pero no pudo evitar mimetizarse con los gestos de sus amigas y comenzó, sin quererlo, a reír también.

—¿Seguro que estamos vivas? —preguntó Kassandra entre risas, mientras la sangre le corría por la pierna por un pequeño corte.

—Yo qué sé ya —contestó Aleksandra con las lágrimas al cuello.

—¿Qué mierda llevaban esas pastillas que te tomas, K? —dijo Maisha.

—Sangre de proxeneta.

Aleksandra estalló en una carcajada y aquello reventó. La risa incontenible de las tres amigas fue a más, en una escalada creciente que terminó por impedir que pudieran hablar. Maisha cayó al suelo, presa de un ataque de risa no sufrido jamás en su vida. Aleksandra seguía —vendas y tijera en la mano— llorando extasiada, al igual que Kassandra, que intentaba hablar entre carcajada y carcajada, pero tenía que elegir entre coger aire y respirar o articular una palabra.

—No... no puedo... no puedo más —pudo decir Maisha a medias.

Al girar la vista, Kassandra vio a Kassandra niña riendo sin cesar al lado del gran macetero de hierro repleto de prímulas. Negó con la cabeza, como intentando explicarle con el gesto que sentía mucho aquella situación surrealista que obligaba a la cría a agarrarse la tripa por el encogimiento de los músculos de su pequeño abdomen.

—Me duele mucho —logró decir Aleksandra.

—El... qué... ¿La puñalada? —dijo Maisha.

Y rieron todas aún más.

—No... —Aleksandra continuó riendo sin poder hablar hasta volver a coger aire—. La barriga de reírme.

La carcajada a tres sonó como un estruendo colosal y las risas ya fueron, entonces, descomunalmente exageradas. Las tres se encogieron por el dolor y la falta de aire y cayeron sobre el césped. «Necesito más pastillas de esas», dijo Aleksandra. Más risas. «No culpes a mis pastillas si te has fumado dos porros», contestó Kassandra. Más risas.

Maisha, ya acostada, sacó su pistola con silenciador del portaarmas de su cintura y pegó dos tiros al aire. «Por si queda alguno fuera». Más risas. Bajó el brazo al suelo y quedó en posición como haciendo un ángel en la nieve. «Por favor, parad —dijo alguna—. Parad, por favor, no puedo más». Más risas.

Hacia las siete de la mañana, en los alrededores del antiguo club clandestino, algunas luces se prendieron en los chalés colindantes que, tras breves segundos, volvieron a apagarse, como si las ventanas se preguntaran qué estaba ocurriendo en algún lugar muy cercano.

Lo que oyeron los vecinos aquella noche no fueron los tiros de madrugada del asalto, sino las carcajadas de tres chicas que yacían tiradas de la risa en el patio trasero del chalé, en la misma tierra en la que florecían las prímulas en honor al cuerpo enterrado de otra chica, que yacía a su vez exactamente bajo sus cuerpos y a la que casi se la podía oír también reír desde la tierra mientras el primer sol de la mañana comenzaba a iluminar y a calentar los rostros empapados de lágrimas de las otras.

Casi la oyeron reír a ella también. A la chica que miraba las flores. La que hoy sentía la libertad que tanto ansió a través de las voces de sus compañeras, a través de las raíces que su valentía había hecho germinar en ellas. La chica que dibujaba flores. La de la sonrisa dulce y eterna. La que jamás se rindió e hizo de su nombre una oda a la esperanza. La otra chica. La que bromeó una vez con que nada en la vida dolía más que tatuarse. La rebelde. La otra chica. La que no volvió, pero jamás se fue. La otra chica... La otra chica... La otra chica. La que fue arrastrada hacia afuera.

El lugarteniente esperó sentado. No retiró sus ojos de la pared pese a que, tras conocer la noticia, el capo se había levantado y paseaba ahora por la estancia. Cuando ocupaba su puesto, poseía el mandato, pero delante del capo solo era eso: un peón. Una pieza que cumple su función y luego espera en guardia a que le asignen una nueva. Aquel día, su función era la más costosa que le habían encargado nunca en sus treinta y cinco años de vida: había viajado expresamente desde su posición para informar al Rey de Corazones de la muerte de su hermano en España. Y no de cualquier forma, sino a manos de su propia hija. Los distintos clanes ya conocían la existencia de descendencia en la familia de los Tareov. Lo que se desconocía era que se trataba de una mujer: la única posible sucesora por derecho de sangre. Según los códigos de honor, el hijo del líder de la organización se transformaba en su cabecilla tras su muerte.

Sentía una gran curiosidad por conocer su aspecto real. Él no la había visto. Comentaban que se trataba de una mujer rubia, de estatura pequeña y joven —algunos decían que aún era una niña—, pero era improbable que fuera tan joven tras todo lo ocurrido. La matanza de 2018 —casi veinte bajas— y ahora esta otra. La hija del Rey de Corazones no solo se había ensañado con el Cazador y cuatro de sus hombres, sino que se había vanagloriado de ello al llevar como mensaje el cuchillo utilizado envuelto en sus camisetas hasta la entrada de uno de los clubs de la ciudad.

Tareov alargó la mano hasta el sillón contiguo para coger el bastón. Madera de ébano con empuñadura de plata y piedras de cristal de Murano irisado engastadas, regalo de Fabrizio Soprannomi, uno de los dones más antiguos y respetados de Calabria. Pese a los acontecimientos de 2018 —aquel incendio costó a la mafia calabresa la muerte de seis de sus hombres—, la 'Ndrangheta había decidido no perder la oportunidad de establecer un vínculo comercial con la organización balcánica que le reportaba casi mil chicas jóvenes anuales; la mitad directas de Rumanía y Bulgaria hasta Albania, y de sus costas a Catanzaro; la otra mitad empaquetadas en Nigeria y de allí hasta Túnez, Sicilia y repartidas por toda Italia. «Il nostro bellissimo territorio», llamaban los calabreses a sus nuevas esclavas sexuales. La 'Ndrangheta se enorgullecía de que, gracias a sus relaciones con el clan Tareov, toda mujer comprada que entraba en Italia fuera suya.

Anduvo con ayuda del bastón despacio pero con paso firme. Recorrió el despacho hasta llegar a la ventana. Su estado de salud estaba muy deteriorado. Observó a través del cristal las pieles oscuras tostándose estiradas en los curtidores de cuero de Souq des Tanneurs. El excremento de paloma que los hombres mezclaban con amoniaco y cal para retirar el pelo de la piel de los animales muertos provocaba un humo denso y pestilente al calentarse bajo el intenso sol de Marruecos. El humo emergía también de las enormes cubas donde guardaban el material y su hedor impregnaba las edificaciones adyacentes. Era el mejor lugar para proteger la privacidad: nadie querría situar su hotel cerca de los alrededores, por lo que, a excepción de los turistas que visitaban las curtiembres —siempre acompañados por guías autóctonos—, pocas personas no residentes paseaban demasiado por los callejones de los alrededores. Era fácil identificar a un extraño.

—Que se averigüe dónde ha ido.

—De acuerdo.

El lugarteniente se alzó mecánico del sillón y salió del despacho cerrando la puerta tras de sí.

En el rostro afilado del Rey no se advirtió cambio de expresión alguno, pese al punzante dolor que invadió su estómago y que después trepó por todo el tronco superior interno hasta llegarle a la garganta, como si aquel dolor estuviese vivo. Estaba acostumbrado a aquel extraño efecto fisiológico que se adueñaba de su cuerpo, pues le ocurría desde que cumplió dieciséis años.

Esperó sereno que la sensación, cuya etapa final ya conocía, desapareciera. Algo crujió dentro de él como si en su interior se quebrara el hielo.

Llegaron al poblado ansiosas por recibir cualquier información útil respecto al paradero de la cúpula de los Hombres de Hielo. Kassandra había pedido a Isam, el hijo de Aisha, que intentara recabar toda la información posible sobre ello. Ser un chico joven le dificultaría las cosas, pero Sadiq Alabi, tras la confesión que ella le había hecho, también se había comprometido a averiguar la ubicación exacta y a La Mano de Marruecos era imposible no conseguirle una información si así lo requería, por lo que —por una u otra parte— estaban casi seguras de que tras aquel viaje —o incluso durante él— podrían llevar a cabo el plan trazado. Por este motivo dispusieron todo como si el plan fuera a realizarse, en una suerte de simulacro que desconocían si se transformaría en una realidad. Con lo único con lo que no contaban era con que, mientras uno idea sus propios planes, el destino siempre planea en paralelo lo que en realidad va a ocurrir.

Se apearon de la furgoneta tras aparcarla en el terreno de tierra cerca de la linde de la carretera. Anduvieron hasta el pueblo. Las tres vestían ropa cómoda: camisetas cortas de algodón y tirantes; pantalones largos de chándal para evitar las picaduras en las piernas y las armas bien sujetas y guardadas en la cintura.

En cuanto atravesaron las primeras casas supieron que algo no encajaba. Aparentemente, todo estaba tranquilo. Los niños jugaban en la calle y los hombres también jugaban sus partidas o comían y conversaban bebiendo té en las sillas y mesas dispuestas fuera de los hogares. Aparentemente, todo estaba tranquilo, pero no había ni una sola mujer en la calle. Ni una sola mujer. Ni trasladando alimentos, ni con los niños, ni charlando. Las tres advirtieron la casualidad y se miraron de reojo. Hablaron en español para que nadie las entendiera.

—No hay mujeres. Es muy extraño —dijo Kassandra.

—Quizás haya algún tipo de fiesta que no sabemos y ellas están en otro sitio —supuso Maisha.

Aquella teoría era la más plausible de todas. Kassandra decidió acercarse a casa de Aisha para saludarlas y comprobar qué ocurría. No llegó a dar más de diez pasos. En la tierra del camino en el que se encontraban paradas, alguien había dibujado algo. Era su tatuaje. El símbolo de la mosca. Su estado de alerta se activó.

Miró el suelo, el circundante y el más lejano, y se percató de que su tatuaje estaba dibujado, hasta donde alcanzaba a ver, en varios lugares. Avisó con disimulo a sus amigas, que también lo comprobaron por sí mismas.

—Chicas —dijo Aleksandra—. Las ventanas. Mirad las ventanas.

Kassandra alzó la vista y la llevó a la ventana de la casa que tenían más cerca: el símbolo de la mosca estaba dibujado en tamaño grande con lo que parecía ser henna. Giró la cabeza y miró hacia las ventanas de atrás: su tatuaje estaba también allí. El símbolo aparecía en todas las ventanas de las casas donde se encontraban —ahora estaban seguras— metidas las mujeres del pueblo por una razón que tenía que ver con su llegada. Se dirigieron rápidamente hacia la casa de Aisha.

Isam estaba de pie en la esquina de su casa. Kassandra lo saludó de lejos y se acercó.

—Hola, Isam.

—Hola.

Ambos se miraron y notaron la tensión en el otro. Maisha y Aleksandra se acercaron y saludaron también al chico. Isam oteó los alrededores para comprobar que no había peligro y, tras estar seguro de que nadie los observaba, habló. Las tres escucharon atentas.

—Mi madre y yo hemos visto pasar hace menos de una hora a La Mano con sus dos guardias y dos hombres más que eran blancos. Muy corpulentos. Ella e Ijja han ido casa por casa avisando a las mujeres. No entréis en la nuestra. No sabemos si nosotros también corremos peligro si se entera alguien de lo que hemos hecho.

Las tres guardaron silencio unos segundos.

—Con dos hombres —repitió Maisha—. Corpulentos y blancos... ¿Estás seguro, Isam?

—Sí —Isam asintió nervioso y volvió a mirar hacia ambos lados.

Se alejaron del chico y regresaron al camino. Las mujeres empezaron a tapar y a borrar el mensaje en sus ventanas tras saber que las extranjeras ya lo habían visto. Por todo el pueblo se extendió una especie de ruido de fondo. Era el sonido del correr de las persianas y los movimientos y llamadas de las madres para meter a sus hijos en casa. Sabían que algo malo iba a suceder.

—Dos hombres —repitió Aleksandra.

—De hielo —dijo Kassandra—. Algo ha ocurrido. Van a matar a Sadiq.

LA PARTIDA

Divisaron la cueva a lo lejos. No había nadie custodiando la puerta. Mientras se acercaban, discutían sobre qué harían una vez dentro. Sabían que, si no estaban todos muertos, allí habría alguien que estaría dispuesto a matarlas. Kassandra pensó en Sadiq y en sus sabios consejos.

Pensó en cuán efímera es la existencia, tal y como él le había repetido una y otra vez, y en que vivir es un constante desafío a la muerte desde que uno nace. Eso convertía la vida en algo extraordinario. Lo ordinario era la muerte, pues era inevitable, pero ¿la vida? La vida era un regalo. Una oportunidad entre cientos de miles de millones de ser quien eres y de hacer algo con ello. Sin embargo, la pasamos pensando en que se termina hasta que se termina. El amor, la pasión, la valentía, el miedo. ¿Qué es la vida sino la capacidad de sentir tanto lo bueno como lo malo? Nada. No es nada. No sentimos porque vivimos, estamos vivos porque sentimos, porque erramos, porque acertamos, porque empezamos y finalizamos. Puedes pasar todo tu tiempo muerto o puedes coger tu tiempo y hacer algo valioso con él. Algo que llene ese tiempo de energía. Hay que vivir con la fuerza suficiente como para que la vida ceda a tu paso, no tú ante ella. Es cierto que la muerte es, por esencia, inevitable, pero la vida, de alguna forma, sí puede evitarse, y es triste. La vida no es nada si no te atreves a vivirla. Hay que hacer algo con la vida que tenemos. Que se entere de que estamos aquí, dispuestos a dejarla boquiabierta con nuestra forma de pasar por ella.

Mientras Aleksandra y Maisha proponían acciones, ella pensaba en todo aquello y, como en una revelación —no supo si fue la vida o si, por el contrario, fue la muerte—, le susurraron algo al oído. Algo que ya había oído anteriormente, pero en lo que no había centrado la atención necesaria. Entonces, como en una explosión, sintió el ardor apoderarse de su estómago y, como en una onda expansiva, el fuego le alcanzó la garganta y después las mejillas y la cabeza. El pulso se le aceleró en las sienes y en el pecho e intentó respirar más rápido, pues sentía que le robaba el aire, extinguiendo el oxígeno a su paso.

—K, ¿qué te pasa? —preguntó Aleksandra.

Kassandra inhaló aire profundamente y lo retuvo dentro de sus pulmones. El fuego amainó.

Hombres de la Tierra. Hombres de Hielo.

—No han venido a matar a Sadiq —dijo.

—¿Cómo que no? —contestó Maisha.

—No.

Kassandra miró hacia la cueva y después a lo lejos, recorriendo con sus felinos ojos verdes las montañas rojas y las laderas desérticas de tierra suave. Cerró los ojos. La invadió una pena muy parecida a la que uno siente cuando alguien deja de quererle.

El rostro ajado y oscuro de Taggedigt emergió en su mente y sus amarillentas retinas la observaron inmóviles, tal y como hizo durante el ritual tribal.

«Tierra y hielo apagan el fuego», susurró la voz de la anciana en su cabeza.

—Van a matarnos a nosotras. Cargad las armas.

Al entrar, Sadiq Alabi las estaba esperando sentado a la mesa de su despacho. A su lado, dos chicos marroquíes y dos mercenarios de los Hombres de Hielo les apuntaban con sus armas, al igual que ellas apuntaban con las suyas.

—Hola, querida llamita —la saludó.

Kassandra no contestó. Continuó apuntándole con su arma. La situación parecía una ruleta rusa donde nadie hubiera puesto aún la rueda a girar. Ellos eran cuatro y ellas eran dos. Era prácticamente imposible escapar de allí sin que a una le dieran un tiro.

—¿De verdad pensabas que iba a ayudarte, ah? ¿Pensabas que renunciaría a mis beneficios y rompería un trato? *Monsieur* Alabi —la imitó, y se echó a reír—. ¡Cambiar un Rey por una niña, ah! Niña estúpida. No eres más que una niña estúpida. No mereces el linaje al que perteneces. ¿Quieres terminar con tu propio padre, ah? No puedes, niña. Los hombres como tu padre y como yo somos inmortales, ¿no te acuerdas? No morimos, aunque nos maten. Pecaste de ingenua, ah. Una pena... Me has hecho ganar mucho dinero, pero los reyes son los reyes y tú solo eres un insignificante peón. —Unió sus dedos pulgar y corazón e hizo palanca, imitando el gesto de tumbar y desechar una pieza imaginaria—. Acepté tu trato porque me interesaba, pero jamás acaté tus condiciones, ah, ¿qué creías? Nunca dejé de traficar con Nigeria, pero te ciegan tus sentimientos. Crees que van a cuidarte, mujer, y nadie va a hacerlo. Solo quieren de ti lo que pueden conseguir. Aquí cada uno mira por sus ojos. Y ve lo que quiere ver.

—No veo en usted más que a un hombre al que su maldad ha consumido por completo —Kassandra señaló con rabia en los ojos la mano de Sadiq—. Está podrido por dentro y por fuera.

Sadiq Alabi extrajo la clepsidra de su cajón y la colocó en la mesa volteándola. La arena comenzó a caer.

—Juguemos a un juego —dijo el traficante—. Si aciertas, dejo viva a una; si fallas, os mato a las dos.

Los dos hombres de hielo y los dos chicos jóvenes rieron la macabra ocurrencia.

—Dime, llamita, ¿cuánto tiempo cabe en este reloj? —señaló la clepsidra.

Kassandra continuó apuntando a Sadiq con la pistola.

—El tiempo de ese reloj dura el tiempo que resta —contestó decidida.

—Aaaaaaaaah... —El traficante levantó las manos e indicó a los hombres que esperaran antes de disparar—. ¿El tiempo que resta para qué? —curioseó.

—Depende de lo que quiera medir —dijo ella extendiéndose, ganando tiempo con sus palabras—. Por ejemplo, si quiere medir el tiempo que tardará en matarme, la arena de su reloj debería seguir bajando eternamente.

—¡Eternamente! —repitió él en una sardónica exclamación. Soltó una carcajada que provocó de nuevo las risas de los otros—. ¿Por qué eternamente, ah? Tú no eres como los grandes hombres.

—Lleva razón..., no soy como usted o como mi padre. No sé tanto sobre el poder o sobre el tiempo ni la gente habla de mí con el temor que infunden esos grandes hombres de los que usted habla. Pero hay algo que me impide morir.

—¡Ah! Comprobemos eso —contestó él.

Los mercenarios quedaron en guardia esperando a la señal del traficante. Los fusiles de los dos jóvenes, tan flacos y desgarbados, eran casi más grandes que ellos. «La rabia se adueña de ellos —pensó Kassandra—. Pensamos que somos nosotros quienes nos adueñamos de los sentimientos, pero es al revés. Ellos nos terminan poseyendo».

—Comprobará qué es lo que me impide morir en cuanto todas esas armas me apunten, Sadiq. No es el poder —sonrió haciendo un esfuerzo titánico para que no temblaran sus labios por el miedo. «Vamos, K. Aguanta el miedo. Juega con él».

Sadiq Alabi frunció el ceño mosqueado. ¿Por qué insistía tanto en que la mataran ya? Debía haber algo que se le escapaba en su conducta. Miró hacia la puerta. Mandó a uno de los chicos jóvenes a abrirla y mirar afuera, mientras él quedaba custodiado tanto a la derecha como a la izquierda por los dos robustos extranjeros. El otro chico se colocó justo detrás del primero, entre este y el traficante, blindándolo.

Maisha apareció tras ella e inmediatamente disparó al chico a quemarropa, abriendo fuego al otro de inmediato en cuanto el primero hubo caído. Kassandra y Aleksandra dispararon a los hombres de Hielo aprovechando la distracción y se lanzaron al suelo, tras el escritorio. Maisha agarró el cuerpo del segundo joven como escudo, cubriéndose con él mientras disparaba a los demás.

—¿Qué le parece este peón? —preguntó Kassandra soberbia al traficante, señalando a Maisha—. Dispara mejor que todos los suyos juntos, ¿verdad? Ni siquiera les ha dado tiempo a disparar dos veces. Se los ha comido con plomo.

—¿Sabe por qué se los ha comido con plomo? Porque mi amiga no es un simple peón. Es una reina. ¿Ve, *monsieur* Sadiq? —enfatizó el término de respeto, devolviéndole la burla—. Las mujeres también pueden ser admirables e implacables, como los grandes hombres. Pueden ser esa tormenta de arena.

El traficante profirió a las chicas un furibundo improperio en dariya.

—Lo que me impide morir a mí no es el poder, *monsieur*

Sadiq, es el amor. Mi amiga y yo nos ponemos en peligro por nuestra amiga y ella se pone en peligro por nosotras. Todas estamos dispuestas a sacrificarnos por las demás. Nuestro objetivo no se basa en conseguir poder mediante el miedo, se basa en obtener justicia mediante el amor. Teniendo el amor, el poder te importa una mierda. Pero para qué voy a explicarle más sobre esto si usted jamás lo entendería.

Maisha rio para sí misma mientras seguía rebuscando por el despacho. Tanto ella como Aleksandra robaron varias metralletas y granadas.

—Las automáticas y las granadas aturdidoras —recordó Kassandra—. Es lo más importante de todo.

El mafioso se mantuvo sentado, con expresión abstracta.

—No hay nada más que sea interesante —informó Maisha—. Ya tengo la dirección. Me la ha proporcionado Isam.

—¡Hombre falso! —escupió rabioso el traficante refiriéndose al joven por haberlas informado.

Un *faux home,* un hombre falso. Eso era Isam. Un hombre falso por ayudar a las mujeres. Kassandra se sintió feliz y poderosa por conocer a tantos hombres falsos y por no tener que deber respeto personal a alguien como Alabi. Se acercó más a él, ya sin amenazar con arma alguna, pues lo habían cacheado y habían requisado todas las suyas. Se colocó al lado de su silla y se agachó en cuclillas para nivelar su rostro con el de él. Lo miró profundamente a los ojos, miró la clepsidra y luego de nuevo a él.

—Se te acabó el tiempo, Sadiq. Pero no creo que deba ser yo quien pare tu reloj.

Kassandra se puso de nuevo en pie y miró a Maisha.

—¿Qué? —preguntó Maisha.

Kassandra alzó las cejas y sonrió. Entonces Maisha miró a Sadiq Alabi y comprendió enseguida de qué iba todo aquello. «¡Oh, Dios!», pensó. Su labio inferior comenzó a temblar y sus ojos se encharcaron. Lloró en silencio mirando a su alrededor mientras las otras la observaban.

Maisha se secó las lágrimas, anduvo por el despacho y rodeó la gran mesa.

Miró a sus amigas. Ellas, las que pese a no oír su voz la imaginaron tantas veces y las que, pese a no obtener respuesta, le hablaron tantas otras veces para que no estuviese tan sola dentro de sí misma. Se sentía orgullosa de todo su pasado porque eso la había llevado a conocerlas, a entender que las mujeres pueden ser una y apoyarse unas a otras y, por qué no, salvarse la vida unas a otras. Armarse juntas de valor y de muchas otras cosas.

El día en el que Maisha pronunció aquella primera frase delante de Kassandra después de tanto tiempo, no lo hizo por ella misma. Lo hizo porque aquella otra chica merecía conocer su voz antes de morir, si así sucedía. Se merecía saber que jamás la callarían de nuevo, porque, dentro de sí, Maisha sabía que Kassandra deseaba con todas sus fuerzas que nadie la callara nunca jamás. Y así ocurrió. Las mujeres se merecen ser escuchadas. Y se merecen escuchar sus propias voces.

Observó sus iniciales grabadas en la pistola. M. G. Maisha Gueye, esa era ella. Hubo una vez una chica con un sueño: hablar para otros. Ser profesora; enseñar a otros lo que había aprendido. Cambiar un poco el mundo con su voz. Hubo una vez una chica que firmó un contrato con un hechicero de su aldea natal sin saber que esa sería la última vez que escribiría su nombre. A partir de aquel entonces, una sin nombre cruzó África. Recorrió el desierto con hambre y sed para llegar a un lugar donde la marchitaron de tristeza y la dejaron sin habla. Sin voz. ¿Qué hay más triste que dejar a alguien sin voz? Nadie más que aquellos monstruos se merecía ahora una voz como la suya. Una voz como la de todas esas chicas a las que robaban el nombre, de todas las chicas como ella.

Se situó a la izquierda de Sadiq Alabi y le apuntó a la cara con su pistola. Separó un instante la mano izquierda del arma y cogió el reloj de arena. Le dio la vuelta.

«Sí —pensó Maisha—. Sin duda es posible revertir todo el tiempo que te han robado».

—Por las yuyudadas, cabrón.

Click-clack. Amartilló la pistola.

Tic-tac. Le disparó a la cabeza.

Al verlas salir, algunas personas corrieron a protegerse dentro de sus casas. Otras se tiraron al suelo asustadas, esperando lo peor, algunas se cubrieron la cabeza para protegerse de un posible tiroteo. Ellas caminaron por la zona central de tierra que separaba el pueblo en dos mitades. Observaron que algunos niños se protegían tras las puertas con sus madres. Kassandra agarró su collar y apretó los colgantes. Sintió las puntas de la corona clavarse en las yemas de sus dedos.

—¡¿Qué ha sido eso?!

Una mujer asustada, presa del pánico, perdió los nervios y no pudo contenerse.

—Un alfil —contestó.

Se acercaban al coche cuando vieron que tres mujeres las seguían a lo lejos. Eran Aisha, Ijja y la pequeña Hayat. Habían salido de su casa y habían caminado rápidamente hasta la carretera para alcanzarlas. Subieron al coche. No había tiempo para despedidas. Sadiq tenía a decenas de secuaces entre los hombres del pueblo a los que pagaba y que dependían de sus negocios —escondiendo en sus casas a niñas esclavas sexuales como las que recogió con Polina; guardando su droga—. Estarían en aquel mismo instante preparándose para salir en su búsqueda. Algunos irían armados y desde luego serían muchos. Si no se iban ya, cogerían sus coches y las perseguirían.

Kassandra miró a través del cristal de la ventana del copiloto. Las miró muy fijamente, como intentando absorber sus caras para poder retenerlas en su memoria. Quiso guardarlas en un recoveco de su mente para no olvidarlas jamás. Contempló sus seis ojos fijos en ellas y en el coche, como haciendo lo mismo que estaba haciendo ella. Retenerlas. Retenerlas para no perderlas nunca. Sus chilabas ondeaban recogiendo en sus pliegues la arena movida por el viento. Se acercaron más mujeres que se situaron al lado de Aisha y su familia, unas cinco.

Kassandra quiso centrar su última mirada en la pequeña Hayat. Había pasado tantas horas leyendo con ella el que ahora era el libro favorito de ambas... Amanecer juntas se convirtió al tercer día en una rutina secreta para las dos. El segundo día que pasó allí y sin acuerdo previo, cada una por su lado se levantó de la cama y salió a la puerta para ver amanecer de nuevo. Desde entonces no habían fallado ninguna de las dos a ninguno de los amaneceres. Cada uno de los días que Kassandra pasó bajo su techo, la niña se despertaba pronto, la saludaba, se sentaba a su lado para ver como el sol despertaba junto a ellas. No se habían separado ni un solo momento. Habían aprendido la una de la otra de forma tan pura que Kassandra se había sentido de nuevo una niña inofensiva y feliz. Adiós Hayat, no volveré a verte, le dijo con los ojos. La niña, que había salido a pesar de que habían intentado frenarla para que se quedara con Isam, se agarraba a las ropas de su madre y la miraba desde el camino angustiada y desconcertada. Sabía que algo estaba sucediendo con K y que se tenía que ir, pero no sabía por qué. Adiós, Hayat, movió los labios Kassandra. Hayat la entendió y levantó el brazo para despedirse ingenua, preocupada y algo triste, no sabía por qué. Intentó escapar otra vez y correr hacia el coche y hacia K, pero su madre se lo impidió agarrándola del pequeño kaftán y tampoco supo por qué. Entonces se enfadó. Comenzó a llamar a Kassandra para que se bajara de aquel coche y se acercara a despedirla, ya que a ella no la dejaban ir. Kassandra oyó que gritaba su nombre.

Aisha e Ijja dijeron adiós levantando sus preciosas manos tatuadas con henna. Lo hicieron con un gesto en sus rostros que denotaba infinito cariño. Aisha alzó a Hayat en brazos y sonrió levemente a las chicas con su hija agarrada a ella. No pudo evitar algunas lágrimas, a las que Kassandra respondió sonriendo. Kassandra apoyó la palma de su mano en el cristal. Aisha sonrió un poco más. Y lloró un poco más. Y Hayat también comenzó a llorar porque no entendía por qué su madre no la dejaba ir con K, a quien sabía que adoraba. «¿Por qué no puedo ir con ella?», preguntaba sollozando mientras Ijja intentaba calmarla acariciándole la cabeza, pero nadie respondía a sus porqués.

«Fière de vous», vocalizó Ijja. «Orgullosa de vosotras». Kassandra oyó el llanto de Maisha en los asientos de atrás: había leído también los labios de Ijja.

—Vámonos ya, por favor —suplicó Maisha.

Una de las mujeres giró su cuerpo hacia el poblado al advertir que algunos hombres comenzaban a acercarse corriendo a lo lejos. Llegaron otras mujeres. Se habían atrevido a salir de sus casas para despedirlas y aquello las honraba. Algunos de sus hijos y de sus maridos también habían salido para ir tras ellas.

Aleksandra arrancó. Kassandra oyó el ruido del motor. Las ruedas de la furgoneta levantaron el polvo y el vehículo emprendió la marcha. Kassandra apretó los dedos contra la ventanilla y comenzó a llorar. Volvió el rostro para evitar que Hayat tuviera esa última imagen de ella. El poblado y sus alrededores fueron quedando lentamente atrás.

La hilera de mujeres siguió aumentando. Más de diez. Más de veinte. Más de treinta. Los hombres corrían hacia allí para intentar sortearla. Ellas se habían colocado en fila, unas detrás de otras, formando una especie de dique entre los muros y el camino que llevaba a la carretera. Kassandra, Aleksandra y Maisha se alejaban cada vez más rápido mientras las mujeres del poblado permanecían atentas a su partida, plantadas y resistiendo para que pudieran huir. Se habían cogido todas de las manos para ejercer una fuerza titánica que impidiera el paso de unos para salvar la vida de otras. Situándose al frente y protegiéndolas. Como si fueran alfiles.

Caminaba por uno de los angostos y húmedos callejones adyacentes a la localización del punto clave. El aroma ahumado y oriental proveniente de los puestos de comida y especias de las amplias calles diagonales dio paso, al internarse en el intrincado laberinto de callejuelas del oeste de la medina, a un intenso hedor a podredumbre que se adueñó de sus vías respiratorias. Contuvo una arcada. Tapó aún más su nariz con el pañuelo que le cubría la cabeza y la parte inferior del rostro. Sin duda este lugar podría ser la casa de muchos hijos de la mierda, se dijo.

Echó la vista a un lado y escudriñó el lugar. Reconoció de inmediato el pequeño cartel al lado del farolillo roto del que había hablado Isam a Maisha. «Debéis tomar la dirección justamente contraria a la que indica la flecha del cartel». Así lo hizo. La flecha señalaba hacia la izquierda y se internó en la callejuela de la derecha que, sin duda, tenía aspecto de ser la menos transitada de las dos. Lo que encontró al final de la calle fue una pequeña puerta formada por rombos de hierro oxidados que cerraba y señalaba el supuesto final de la zona transitable con un candado viejo, que prohibía el paso. Traspasó con su delgada mano uno de esos rombos y, estirando el brazo, abrió el candado, que simulaba estar cerrado. Se le manchó la mano de polvo de óxido anaranjado.

Continuó por el camino, cada vez más estrecho y con más bifurcaciones, esquinas y curvas. Derecha. Izquierda. Izquierda. Derecha. Derecha. Izquierda. Dos hombres aparecieron tras una de las esquinas y se dieron de bruces con ella. La sorpresa la inmovilizó un segundo. Ni siquiera los miró. «Intenta pasar desapercibida», se dijo mirando hacia abajo, concentrándose en el ribete inferior de su chilaba mientras echaba de nuevo a andar.

«Ni se te ocurra girarte. Estarán mirando», dijo una voz en su conciencia.

Tras unos segundos, volvió a mirar al frente. Sus ojos verdes observaron cada humedad rezumando por las centenarias paredes de piedra; cada charco de agua negra en los agujeros abiertos en el suelo; cada rincón putrefacto de las esquinas: el último recodo daba a un estrechísimo y largo callejón cubierto, hasta donde alcanzaba la vista, por un arco de piedra que transformaba la travesía en un oscuro túnel. Recordó que, en los laberintos, cuanto más se acerca uno al centro, más difícil es el paso. «Debo estar llegando al final —pensó—. Quizás el final de este camino sea el final de todo el camino».

Se internó en el sombrío corredor. Inmediatamente, un frío húmedo le caló los huesos. «Parece que haya llegado el invierno».

Se retiró el pañuelo de la cabeza y se cubrió los hombros. La humedad y la falta absoluta de luz solar provocaban una bajada en picado de la temperatura y se generaba un microclima glacial. Hacía demasiado frío. Sus fosas nasales volvieron a inspirar profundamente, ya desnudas. Ahora olía más a azufre. Quizás fuera para evitar el orín de los gatos, que poblaban a centenares las arterias de la laberíntica ciudad. Un escalofrío la recorrió de la cabeza a los pies haciéndola tiritar. Estaba helada. Helada como si hubiese salido desnuda a campo abierto durante la primera nevada de enero, pero ni aquello era campo abierto ni era enero, sino que era una espesa y claustrofóbica laguna cavernosa donde ni siquiera había barca o Caronte alguno que vigilara el traslado. Solo estaban ella, sus pies y el camino hacia el infierno a través de aquella galería congelada.

Su aliento caliente rompió la gélida atmósfera, transformándose en un humo invisible. Un intenso y penetrante ardor comenzó a adueñarse de ella, abriéndose paso poco a poco por su cuerpo y dispersando el frío hacia las extremidades. Anduvo más decidida, con esa extraña sensación dual en su cuerpo, sin miedo ya a tropezar con el enigma del túnel, e imaginó una luz. Una luz que la guiaba. Que resplandecía a su alrededor, aportándole claridad como un aura resplandeciente, que la envolviera y protegiera sus pasos. Una pequeña llama prendiéndose en la oscuridad más cerrada.

Continuó atravesando la penumbra hasta que la punta del pie derecho topó contra algo. Tanteó con la suela lo que parecía ser un escalón y alargó el brazo hasta tocar las grietas de la madera. Recorrió la superficie con las yemas de los dedos, trazando un largo arco de un extremo a otro: era inmensa. Un enorme pórtico de madera cuyos detalles era incapaz de advertir entre la negrura. «Ya he llegado», pensó. Y recordó de inmediato la inscripción que Alighieri dispuso en la puerta del Infierno de la *Divina comedia:*

> *Lasciate ogni speranza, voi ch'entrate.*
> «Abandonad toda esperanza los que aquí entráis».

La reformuló, tal y como hacía con cada una de las consignas que encontraba en su camino.

> «Agarra fuerte la esperanza, porque has venido a jugártela».

No hay marcha atrás. Golpeó enérgica y firmemente la superficie de la dantesca entrada. Tres veces. Generando sonidos graves con sus puños. Toc. Toc. Toc. Se hizo el silencio. Se hizo el silencio que marca el instante en el que se abandona la realidad que uno conoce para adentrarse en lo inhóspito de lo inimaginable. El silencio que transcurre en el tránsito de la seguridad a lo impredecible. El silencio del fuego y del hielo acercándose entre sí. El silencio de un reloj cuyas manillas dan su último tic-tac.

El tiempo se para aquí, Kassandra. Se armó de esperanza como si fuera su arma más letal y esperó a que se abriera la puerta.

Que termine la partida.

De pronto, un leve sonido que se incrementaba paulatinamente interrumpió aquel silencio. Unos pasos. Son unos pasos, adivinó. Unos pasos que se pararon apenas un metro más allá de donde ella estaba.

Otro sonido. Algo que alguien estaba girando, como si de una llave de agua se tratara, para desatascar un mecanismo de contención. Era un objeto muy pesado, pegado a las bisagras del portón, que se estaba deslizando por una superficie y generaba un sonido tosco y grave. El ruido se repitió una vez más. Entonces lo entendió: alguien estaba retirando las dos grandes, gruesas y pesadas barras de hierro que reforzaban la puerta por dentro.

Se oyó el ruido de las cadenas al descolgarse. Unas llaves tintinearon. Una, dos, tres, cuatro, cinco cerraduras abiertas de arriba abajo. De pronto, por fin, la manilla tras la puerta giró y esta se abrió, quedando sorprendentemente todo sumido en la misma oscuridad que antes.

No había luz. No veía nada. Ni siquiera la silueta de la figura que había abierto la puerta.

—Soy Kassandra Tareov —dijo hacia la oscuridad—. He venido a entregarme.

La saludó el inmediato sonido de los subfusiles siendo amartillados. Eran más de dos. No hizo falta luz alguna para saber que todos le estaban apuntando.

La cachearon y la trasladaron inmovilizada a través de varias estancias hasta afuera, donde se abría el patio central de la enorme mansión. Allí, la colocaron sentada y atada a una silla, justo enfrente de la fuente situada en el centro. El *riad* se disponía de forma que el jardín árabe rectangular —típico en los hogares de arquitectura tradicional marroquí— presidía desde abajo la gran casa, mientras que los pisos superiores —al menos tres—, donde estaban las habitaciones, daban a ese patio gracias a los pasillos exteriores que permitían dar la vuelta a la estructura y la cercaban. Encima de su cabeza, el cielo abierto. La terraza debía ser enorme, pues cubría todo el edificio exceptuando el recuadro del patio. Cuando alzó la vista, entendió por qué la habían dejado justo allí, en la zona más abierta y central del edificio.

Podían verla desde cualquier ángulo de la casa, como si de un panóptico carcelario se tratara, solo con asomarse a la barandilla del pasillo de cualquiera de las plantas superiores. Miró hacia ambos lados: cuatro arquerías bordeaban rectangularmente el patio y separaban el espacio abierto del cubierto, dejando en la sombra las entradas al interior. Estaban compuestas por diez arcos de herradura apuntados que diez puertas de madera guardaban. En cada una de las puertas descansaba un soldado, fusil en mano.

Permaneció largo tiempo observando los motivos de las paredes, cubiertas de azulejos de colores que trazaban formas geométricas, las vidrieras caleidoscópicas de las pequeñas ventanas, las rayas blancas y rojas de las columnas y los arcos, que contó dos veces y separó por decenas. Observó a los soldados, sus armas, sus mangas estrangulando sus enormes brazos musculados; sus miradas inertes; su postura inmóvil. No hablaban entre ellos y juraría no haber visto que ninguno pestañeara en todo el tiempo que pasó allí. «Nadie amenaza a alguien que no considera un peligro», pensó. La amenaza siempre implica que uno puede fallar si esta no surte efecto, por eso existe la amenaza.

Fueron ocho interminables horas. A ella, que perdió la noción del tiempo tras las dos primeras, le parecieron años. Calculó haber llegado allí en torno a las cuatro de la tarde. El sol seco del desierto le cayó en la coronilla durante toda la segunda mitad del día y hasta el ocaso. Estaba mareada y sedienta. Sobre todo, sedienta. Tan sedienta que tuvo que suplicar agua. La respuesta a sus súplicas fue una botella que le derramaron encima. Así eran aquellos hombres: si pedías agua, te la echaban encima. Y eso decía mucho de ellos. Muchísimo. No se conformaban con negarte la posibilidad de beberla, sino que se regocijaban de tu necesidad y de tu sufrimiento. Kassandra pudo sentir el agua escurriéndosele por el pelo, por los hombros, por el pecho y la cara, pero no consiguió probar ni una sola gota. ¿Cómo algo tan simple, como echar agua encima de alguien sediento, puede doler tanto? Se cumplía aquel supuesto que decía que, a veces, es peor que uno tenga cerca lo que quiere y no pueda probarlo a que no pueda siquiera verlo. La sensación de frustración es horrible cuando no obtienes lo que quieres, pero lo tienes tan cerca que conseguirlo parece una posibilidad real.

El cielo se apagó y se encendieron los minaretes. Comenzó la llamada a la oración. Los rezos invadieron la ciudad mientras oscurecía y el anochecer caía sobre ella como un manto. Las voces de los hombres cantando las *aleyas* se solapaban y producían ecos en el patio, dotando a la estática y tensa situación de una potente banda sonora.

Es el Icha. El último rezo. Significa que son las 21:37.

Aproximadamente dos horas después, la puerta de enfrente se abrió, esparciendo la luz prendida dentro por el patio. Dos hombres se acercaron al lugar donde Kassandra permanecía sentada y la agarraron por los brazos para obligarla a seguir sus pasos. La trasladaron hasta el último piso donde pararon delante de una de las puertas, que se abrió en cuanto uno de ellos dijo: *shtë e saj.* «Es ella».

La miró sentado tras la mesa, traspasándola con los ojos. El Rey parecía observarla maravillado, como se mira una obra de arte cuyo significado acaba de ser explicado y entendido, si bien algo extraño en su expresión le daba un aspecto siniestro. Con la mirada extasiada, no se advertía, sin embargo, emoción alguna en su rostro. Kassandra evitó el contacto visual directo para paliar la angustia que le producía su presencia. Toda la estancia se encontraba impregnada de su esencia olfativa. Olía a una mezcla de perfume oriental y de tabaco, que se entremezclaba con el hedor a heces que las curtidurías cercanas desprendían.

> «Buscaré un reloj allí donde me encuentre recluida. Si no hay ninguno cerca, intentaré por todos los medios manipular mi posición para que me trasladen a otra hasta encontrarlo».

Kassandra buscó el reloj con los ojos. Había uno justo en la pared de la derecha. Echó un vistazo a toda la sala para que no se le notara el interés concreto por aquel artilugio. Rezó para que la hora fuera la correcta. Marcaba las doce y media de la noche. Tic-tac.

—Kassandra —pronunció con marcado acento.

Aquella era la voz que, cuando era una niña, imaginaba que tendría el diablo. Kassandra sintió que el temblor se adueñaba de ella. Quiso moverse para disimularlo y tragar saliva, pero tenía la boca seca como el esparto. El Rey se quedó mirándola durante unos minutos que a ella se le hicieron interminables. Después, ordenó algo en su idioma a los dos hombres que custodiaban la puerta desde dentro. La desataron y le colocaron un vaso de agua delante, en la mesa. Ella fue a coger el vaso, pero, inmediatamente, uno de los soldados lo agarró y lo vació violentamente contra su cara, volviendo a mojarla. Ella se secó el rostro con el dorso de la mano y contuvo la rabia.

—¿Qué es lo que te ha traído hasta aquí? —preguntó el Rey.

Kassandra hizo acopio de paciencia y un esfuerzo titánico para hablar sosegadamente, a pesar de las circunstancias.

—Tú —contestó.

—Pues, adelante —dijo el Rey—, habla.

—Quiero saber qué es lo que quieres de mí. He perdido a muchas de mis amigas y no estoy dispuesta a perder a ninguna más.

—Una pena lo de tu amiga en España. Podría haberse evitado.

Tras aquellas palabras Kassandra sintió unas terribles ganas de llorar que logró contener haciendo un esfuerzo más. «No llores ahora —se ordenó—. Ahora no. Quiere tu fortaleza. Es lo que lo atrae. No puedes llorar delante de él».

El Rey volvió a ordenar al soldado que llenara el vaso de agua. Kassandra evitó la posible trampa y no se inmutó. Entonces, el capo indicó al soldado que se lo acercara a la boca. Ella hizo caso omiso al ofrecimiento, pese a que estaba horriblemente necesitada de beber a toda costa.

—Lo de Marcellus también podría haberse evitado —contestó ella.

Nikola torció el gesto en una rara mueca. Kassandra adivinó en sus labios una media sonrisa.

—*Tani*—indicó al soldado.

Este cogió a Kassandra por la barbilla y la obligó a beber el vaso de agua entero.

—No quería evitar lo de Marcellus —dijo—. Quería que lo mataras.

Se quedó pasmada ante tal noticia. El agua se le atrancó en la garganta y tragó como pudo la que le quedaba en la boca para no echársela ella misma encima. Había hecho exactamente lo que él buscaba, primero, con su reacción ante la muerte de Bilma y, después, con su respuesta ante la visita de su tío. Se sujetó los pulgares y los apretó con fuerza para desquitar toda su rabia en ellos. Aquel gesto pareció gustarle al Rey, que miró sus manos y volvió a sonreír.

—Kassandra —repitió su nombre.

«Bilma», dijo ella mentalmente.

«No llores ahora, no llores ahora, no llores ahora».

—¿Quieres saber por qué quería que lo mataras?

—Sí.

—Porque me daría la razón. Eres una Tareov. Capaz de terminar hasta con tu propia sangre para conseguir tu objetivo. No hay nada —levantó el índice hacia el cielo—, absolutamente nada en esta tierra, que se interponga entre tú y tu venganza. Lo único que te falta para convertirte en una verdadera reina es encauzar tu sed de poder. Tienes tanta sed de poder como la que tenías hace unos minutos. —Ambos miraron el vaso vacío en la mesa—. Solo que la empleas en algo que no tiene ningún futuro.

Leyó la necesidad en sus ojos. Le sucedía exactamente con ella lo que le había sucedido a Kassandra con aquella agua. Podría tener a su descendencia directa cerca, pero no conseguiría tenerla exactamente como él quería. Imaginó la frustración que podía generar en alguien como él que lo único que no pudiera poseer fuera exactamente lo único que necesitaba para continuar su legado.

—¿Y qué es lo que tiene futuro? ¿En qué debería emplear mi fuerza?

El Rey dio un puñetazo inopinado en la mesa, reflejando un cambio inesperado de humor.

—Deberías adueñarte del mundo —profirió en un grito.

Kassandra dio un respingo. Entendió que, por el tono imperativo de su voz, «adueñarse del mundo» era eso que los hombres poderosos como él consideraban la máxima expresión de la consecución de la meta en una vida. Ser dueños de algo. De alguien. De todo lo que abarcara su influencia. Dominar era su forma de demostrar que ellos se encontraban en la cúspide y todo lo demás, por ende, quedaba por debajo. Pero ¿y si cambiaba el fin? ¿No era también un ejercicio de poder que tu fin fuera conseguir que no hubiera cúspides y poseer la suficiente influencia como para cambiar las cosas? Quizás solo era cuestión de perspectiva. A Kassandra le pareció mucho más poderoso el hecho de conseguir que la pirámide cayera. Derribarla. Ellos buscaban coronar la estructura que conformaba el mundo, ella buscaba derrocarla. No era poder entendido como dominación lo que ansiaba Kassandra: era justicia. Al mundo no le hacía falta más poder, sino más justicia. No eran necesarios más hombres poderosos, sino más personas justas.

—¿Y cómo me adueño del mundo? —preguntó Kassandra.

El capo se levantó con dificultad de su asiento. Kassandra advirtió que la sangre de las yemas de los dedos desaparecía y se blanqueaban por la fuerza que ejercían contra la mesa al soportar el peso de su cuerpo. Le temblaron las manos por el enorme esfuerzo. No tenía apenas potencia en las piernas. ¿Estaba enfermo?

Se dirigió a los soldados, que salieron de la sala dejándolos solos. Se acercó lentamente al mueble aparador de una de las esquinas y de él extrajo un libro forrado en terciopelo rojo. Regresó a la mesa y se lo colocó delante.

—Esta es la ley que rige a todos los hombres que has asesinado. Pertenece a tu familia y tú eres ahora la última y la única persona que puede hacerla cumplir. Nadie se atreverá a desobedecer a una Tareov si decides regirte por esta ley. Heredarás el imperio que hemos construido durante años y que ahora se extiende también por Oriente. En unos años, tendrás el monopolio de las granjas de niñas en India.

Granjas de niñas.

«Has asesinado», repitió Kassandra en su mente. Tus objetivos son distintos, pero eres una asesina, igual que él. Y lo sabe. Te cree capaz de dirigir una organización que recluta a niñas pobres en India para ser vendidas a pedófilos. Te cree capaz de eso.

—¿Y si no lo elijo?

Nikola abrió el cajón de la mesa y extrajo una pistola que colocó al lado del libro.

—Tendré que matarte.

«Su despacho debe estar en el primer o en el último piso para poder escapar fácilmente en caso de que tuvieran que sacarlo de allí. Se podrá identificar la puerta exacta porque siempre habrá soldados fuera».

—¿Y qué ocurrirá con la organización si me matas?

A Nikola le gustó cómo comenzaba a hablar la cría. Pese a sus continuas preguntas, en una suerte de actuación de *enfant terrible,* la conversación se tornaba interesante. Ella sentía verdadera curiosidad por averiguar cuál era el futuro de los negocios. Su interés sobre lo que ocurriría si ella moría denotaba a su vez un interés velado respecto a lo que pudiera ocurrir si decidía convertirse en su cabeza. Coronarse.

—Otra familia se haría con la organización. Todo continuaría funcionando.

«Pero no con la brutalidad con la que habéis asesinado y esclavizado. Nadie en la historia de las organizaciones criminales será tan despiadado como lo ha sido el clan Tareov», pensó ella. Sufrió náuseas al sentir su sangre, que era la misma, palpitar por sus venas. Quiso vaciarse entera. Fingió rascarse uno de sus ojos y miró el reloj. La una de la mañana. Tic-tac. Quince minutos. Si todo iba como debía ir, el silencio estaría haciendo su trabajo.

> «Intentaré continuar viva hasta la hora exacta. Blindarán el *riad*. Contarán con la terraza, pero será lo más fácil de despejar. No esperan francotiradores y a lo sumo habrá cuatro hombres. Solo se necesita precisión desde la lejanía. Y tenemos a la reina de la precisión con nosotras».

—Pero eso no ocurrirá —continuó hablando el capo—, porque si te niegas a aprender los códigos y a ponerlos en práctica, no te mataré ni hoy ni mañana, sino dentro de nueve meses.

Kassandra se quedó inmóvil. Dejó de pestañear. Se le retiró la sangre de las extremidades. Se le paró el corazón. El tiempo también se paró. ¿Cómo no había pensado en esa posibilidad? ¿Cómo se le había escapado aquel detalle? Lo valioso no era ella, era su vientre. Su capacidad de gestar a un nuevo Tareov. Un Tareov puro. Kassandra se quedó sentada en la silla con la mirada perdida durante un largo rato.

—Dios mío —pronunció en un susurro inevitable.

—Ni siquiera podrás matarte tú misma. Permanecerás aquí encerrada hasta que me des la descendencia que necesito. Por eso he averiguado tu paradero. Por eso te he obligado a venir hasta aquí. Por eso no te he matado ya. Necesito tu útero. Si tú te niegas, designaré a un *regjent* cuya mujer cuide de mi hijo hasta que cumpla dieciséis años.

Supuso que un hijo suyo, educado en sus propias leyes, sería mucho más valioso que ella. No conocería otro modo de vida que ejercer el terror y someter a mujeres a su voluntad y, por lo tanto, no habría que convencerlo para que lo hiciera.

«Debemos esperar a que algunos duerman. Harán guardia para vigilar mi posición, pero la mayoría se irá a descansar. Tendremos que ser extremadamente sigilosas y terminar con el mayor número de hombres posible durante la parte del Silencio, antes de la hora exacta.

Una vez despejemos la terraza y con la precisión correcta, se podría acabar desde arriba con al menos una decena de soldados rápidamente. Se trata del lugar perfecto para poder cubrirse y disparar hacia abajo. Es la trampa perfecta.

Serán mínimo una veintena. Habrá que esperar a acabar con los restantes —excepto los que custodien a tu padre— cuando suban a la terraza para matarnos.

Después entraremos a la casa. Ahí, pese a quedar pocos, correremos más peligro.»

Kassandra miró el reloj por última vez. Las manillas marcaban exactamente la una y doce de la mañana. Tres minutos.

—Debo decidir ya, imagino —dijo.

El Rey no pronunció palabra alguna. Solo continuó mirándola, los ojos azules y penetrantes, fijos en los suyos, esperando a que volviera a hablar.

—Antes tengo que darte dos noticias. ¿Quieres primero la mala o la buena?

Nikola Tareov volvió a mostrar su siniestra sonrisa. Aquel macabro juego con la muerte mostraba claramente cuánto se parecía a él.

—Primero la buena —dijo despacio.

—Siempre fui y seré una Tareov. Lo llevo en la sangre.

El Rey posó su mano en la pistola.

—Ahora la mala.

Kassandra llevó la mirada hacia un lado, a un extraño estante repleto de pequeñas figuras de porcelana fina, pintadas cuidadosamente a mano, con formas voluptuosas y femeninas. Después miró el reloj por última vez. La una y cuarto. O eran extremadamente discretas o ya estaban muertas. Era la hora y aparentemente no había sucedido nada, pero se negó a pensar que algo iba mal. Cuando una se encuentra en el punto de inflexión, pensar que algo podrá ir mal ya no tiene sentido alguno. Se agarró férrea a la esperanza y dijo las que muy probablemente serían sus últimas palabras.

«1:15 de la mañana. La hora».

—Yo soy todas las mujeres que llevo dentro. Y todas las mujeres que me llevan dentro a mí, como esas muñecas rusas —señaló las decenas de *matrioskas* que el mafioso coleccionaba y mantenía ordenadas en el estante—. Esa es la mala noticia. Que por fin tengo claro quién soy.

Se oyeron algunos ruidos fuera. Miró hacia la puerta. El humo de las granadas químicas comenzó a filtrarse por debajo de la rendija de la puerta del despacho. Inmediatamente, alguno de sus soldados, supuso, la abrió para entrar en la estancia y salvaguardar la integridad del Rey. Sin previo aviso y sin saber si ocurriría lo que tenía que ocurrir, Kassandra se agachó debajo de la mesa y se tapó la cabeza con ambas manos.

«Tres, dos, uno. Fin del Silencio.
La Explosión».

Las dos granadas *sting* reventaron los cristales de la ventana del despacho e hicieron caer los objetos de las estanterías. Kassandra solo oía el pitido incesante provocado por las explosiones. Tuvo que moverse para salir de su refugio. Miró a ambos lados. El humo le impedía ver con claridad, pero pudo reconocer tres cuerpos que parecían ser masculinos tras la puerta abierta: indiscutiblemente, estaban vivas. Y ya habían pasado por allí. Vamos, Kassandra.

Se arrastró a tientas por la habitación hacia la puerta. Al girar la cabeza hacia atrás, distinguió la figura de Nikola Tareov apoyada en la pared del fondo. Se había caído de la silla y era probable que estuviese herido. Sus energías se renovaron automáticamente. Primero la pistola, K, primero la pistola. Encuentra la pistola.

Se desplazó gateando, veloz y felina, como una gata en plena caza del ratón, palpando vivaz el suelo y cada rincón hasta que su palma sintió el metal de la culata. ¡Eureka! Abrió la recámara y comprobó con sus dedos que estaba cargada. Se alzó y se colocó justo detrás de la puerta, apuntando alternativamente hacia la pared donde la figura reposaba y hacia la entrada.

Cada vez había más humo. La humareda de las granadas químicas había cubierto con una nube densa la zona externa del *riad*. Solo se oían los disparos. Pap. Pap. Pap. Pese a los silenciadores de las armas, el tiroteo de fuera era más que evidente. Sonaba como si alguien preso por la ansiedad estuviera destrozando un plástico de burbujas o como si decenas de niños estuvieran haciendo explotar sus pompas de chicle uno tras otro y todos a la vez. Pap-pap-pap-pap. Pero ese no era el sonido de un plástico o un chicle. Ese era el sonido de la guerra. Sintió una rara emoción de satisfacción al escucharlo. Emoción que odió en cuanto tuvo la oportunidad de identificarla, pues aquella atracción inevitable le confería un parecido forzoso con la figura a la que apuntaba con la pistola.

Cerró la puerta y arrastró uno de los muebles para atrancarla. Se quedó atrincherada y a solas con el Rey. El humo que había entrado se colaba por la ventana rota y el aire se renovaba paulatinamente. Entonces pudo verlo mejor. Lo observó por encima de las pestañas, severo y atento, con la mirada empachada de odio. Estaba vivo, pero herido y desarmado. Kassandra se quitó las zapatillas y los calcetines y desenrolló el nylon atado esta vez a su tobillo.

> «Sobre las cuatro todo debería haber terminado. Tendremos unas horas para llegar al punto de encuentro y reunirnos. Será en Jamaa el-Fna, justo antes del *Salat* del alba, que será antes del amanecer».

Esperó sentada más de una hora, la espalda apoyada en la pared, bajo la ventana, justo enfrente de la puerta que había reforzado con el pesado mueble. Pistola en mano. Fuera de algunos cristales rotos y de algún disparo, no oyó mucho más. Descubrió que tanto sus soldados como sus amigas eran terriblemente silenciosos muriendo y matando.

Contó los segundos entre bala y bala y comprobó que el lapso entre una y la siguiente aumentaba. Poco a poco, los intervalos entre las descargas se hicieron más largos, como cuando uno calienta una bolsa de palomitas de maíz en el microondas y sabe en qué fase de cocción están por el número y la rapidez de las explosiones. Entonces le ocurrió algo que jamás hubiera imaginado: allí, casi recostada, con Nikola Tareov atado al mismo sillón desde el cual presidía la organización más sanguinaria que probablemente el mundo conocería jamás, de lo que más miedo tuvo fue de dejar de oír los disparos. Ese se convirtió en su mayor temor en aquel instante: el silencio. Que el cese de la contienda significara que alguien a quien conocía ya no dispararía más. Sabía que, pese a la exquisita preparación de la emboscada y la ventaja que les daba el factor sorpresa, ellos eran muchos más. Era muy probable que aquello que ahora temía hubiera sucedido realmente.

Kassandra cerró los ojos para descansarlos un poco, pero sus oídos continuaron en alerta. Pap. Pap. Muy alerta. Pap. Pap. Hasta que llegó un momento en el que escuchó el último disparo. Pap.

Silencio.

Miró el reloj de la pared. Las 3.45. Se alzó y movió las piernas para desentumecerlas. Caminó cojeando hacia el sillón. Uno de los proyectiles de goma de la granada había impactado en su espinilla. Allí estaba el mismísimo Rey de Corazones. La miraba enredado en la cuerda de nylon que la había acompañado durante tanto tiempo, como en una especie de profecía autocumplida en honor al significado de su nombre. Un hilo de sangre roja manchaba su frente.

—¿Qué vas a hacer con tu padre, hija? —preguntó Nikola.

Kassandra se quedó callada un momento.

—No tendría tiempo suficiente en esta vida para hacer contigo todo lo que tú has hecho a miles de chicas como yo —dijo ella.

—No tendría vidas suficientes para volver a hacerlo todas las veces que me gustaría —contestó el Rey.

A Kassandra le tembló el labio de tristeza al pensar que alguien como él y como aquellos monstruos habitaran el mismo mundo en el que ella vivía. Reprimió el llanto.

—La maldad no ganará nunca el juego, Nikola. Solo algunas partidas.

—Te equivocas —sonrió psicopático enseñando sus colmillos—, en este juego hay muchos reyes.

—Habrá muchas reinas.

Extrajo un mechero del bolsillo y prendió las cortinas del despacho ante la atenta mirada de Nikola Tareov. Tras comprobar que habían empezado a arder, advirtió algo en el suelo del lugar y se agachó para cogerlo. Era una *matrioska* rusa de porcelana que había quedado intacta tras la explosión. Observó los colores y su rostro inexpresivo. Giró la parte superior de la figura y la abrió, descubriendo una nueva mujer dentro de la anterior.

Volvió a cerrarla y se la metió en el bolsillo. Retiró el mueble que atrancaba la puerta, contempló por última vez los gélidos ojos de aquel demonio y salió de allí dejándolo atrapado en el fuego.

Dejó de correr durante unos minutos para disfrutar de las vistas de la ciudad desde allá arriba. Giró sobre sí misma, maravillada ante el rompecabezas de terrazas ocre que divisaba desde allí. Miró las altas palmeras que decoraban aquellos jardines enormes y las murallas de adobe y arcilla que delimitaban la ciudad vieja y la diferenciaban de la ciudad nueva. Lo viejo y lo nuevo. La oscuridad y la luz. El fuego y el hielo. El bien y el mal. Lo que verdaderamente nos hace ser quienes somos no es solo aquello que nos conforma, sino también aquello contra lo que luchamos por no ser. Eso también forma parte de nosotros. Por eso podemos vencerlo.

Nunca había visto Marrakech así, desde lo alto de una de sus terrazas en mitad de la madrugada, tan dormida, pero tan despierta a la vez. Las pocas luces anaranjadas que iluminaban algunas de ellas conferían a la ciudad un aspecto de firmamento cálido. Divisó a lo lejos la mezquita Kutubia, majestuosa y dorada. Dio las gracias al destino por poder estar allí, bajo el cielo nocturno, sola, en absoluto silencio, en medio de aquel laberinto y con el fuego a sus pies. Dio las gracias a cada una de las personas que había encontrado en el que sería el camino más difícil de su vida: el que había elegido recorrer. Agarró su collar y acarició los colgantes con la yema de los dedos. Kassandra niña apareció a su lado.

«Regla número uno de la huida: no pisar el suelo bajo ningún concepto. Si queda algún mercenario podría acorralarnos en cualquier callejón y estaríamos muertas. Ellos conocerán la tierra, pero no conocen el cielo y esa será nuestra ventaja».

Ambas continuaron observando el firmamento y la parte alta de la ciudad durante unos segundos.

—¿Aquí empieza todo o aquí acaba todo, K? —se dirigió a la niña.

La niña sonrió traviesa y desvió la mirada. Kassandra entrecerró los ojos.

—¿Qué sabes tú que yo no sé, cabrona? —respondió a su gesto.

La cría la miró, volvió a reír y se encogió disimuladamente de brazos. Kassandra suspiró, negó con la cabeza y le sonrió antes de que desapareciera.

Caminó hacia atrás para coger carrerilla. Corrió veloz hacia la izquierda y saltó a la azotea contigua en dirección al este.

El salto duró unos segundos, pero sintió que duraba dos vidas: la que había tenido y la que acababa de empezar.

Llegó a la azotea definitiva, la del Café de Paris, exhausta. Divisó desde allí toda la plaza de Jamaa el-Fna. Los puestos de fruta estaban cerrados y las alfombras donde los locales exponían sus lámparas artesanales y los artilugios de cuero a los turistas estaban recogidas. Las viejas baldosas grises esperaban a los primeros viandantes matutinos. La ciudad aún se encontraba sumida en la penumbra. Oteó en la distancia las bocas de las calles que desembocaban en los zocos. Reprodujo mentalmente el plano radial que tantas veces había rememorado. Si habían salido de allí por el oeste y el este antes que ella, tal y como sospechaba, debían estar esperándola desde hacía ya varios minutos. Se habrían separado, corriendo cada una en una dirección, hasta llegar al punto neurálgico de la ciudad: aquella plaza. En menos de media hora, comenzarían a llegar los primeros comerciantes y sonaría el *faŷr*, el rezo con el que se recibía el nuevo día y cuyo final marcaría el de la hora de espera.

> «Si una de las tres no llega, las otras deben irse. Ellos estarán muertos, pero puede que la policía ya esté buscando culpables».

Kassandra miró hacia abajo y se agarró a una de las tuberías para descolgarse por ella. Sus pies tocaron la calle por primera vez desde hacía horas. Continuaba doliéndole la espinilla izquierda: el pequeño proyectil de la granada iba a dejarle un buen moretón.

Esperó todo lo tranquila que pudo hasta que una figura, como una sombra aún más negra, apareció a lo lejos envuelta en un *niqab*. Se acercó a ella hasta quedar a su altura. Se agachó para recoger la tela que la cubría y se la quitó. No hubo tiempo para saludos. Se abrazaron.

—No va a venir. La he visto morir. Se ha ido salvándonos la vida —dijo Maisha durante el abrazo.

Ambas se miraron a los ojos durante unos segundos.

—¿Cómo te vas de alguien en quien te quedarías para siempre cuando te lo arrebatan? —preguntó Kassandra refiriéndose a Katia y Aleksandra.

—Supongo que no lo haces —contestó Maisha—. Ese alguien ya tiene un poco de ti dentro de sí, así que una parte de ti también se va con él. Creo que Aleksandra ya estaba un poco muerta desde entonces. Creo que vino aquí a morir del todo, y gracias a ella hemos podido vivir nosotras. Ella lo sabía. Me sonrió antes de hacerlo.

Kassandra viajó al pasado y pudo escuchar, como si lo reviviera, las patadas de Aleksandra a la puerta de la habitación el día que se llevaron a Katia. Escuchó su llanto y sus gritos. Pateó esa puerta con fuerza durante horas, pero no pudo abrirla. Y su corazón se cerró para siempre.

—Tenía que irse riendo. No podía ser de otra forma —dijo Kassandra.

Caminaron cogidas de la mano en dirección a la Kutubia. No pudieron evitar sonreír.

Tras sus espaldas, el sol despuntaba en el horizonte anunciando el amanecer, y una nueva luz, como un halo recién nacido, se precipitaba radiante sobre ellas.

REINAS

Bogotá (Colombia)

Luciano Guerra, oficial general de la Región Policial de Bogotá, habló para todo el salón ocupado por una mezcolanza de policías que pertenecían a la Comisaría Central, altos mandos de las SIJIN y SIPOL y periodistas interesados en la nueva incorporación al Cuerpo para narrarlo en artículos y crónicas semanales.

—Es un honor presentarles a ustedes a la nueva colaboradora principal de la Sección de Investigación en Delincuencia Organizada de la Prefectura. Una mujer de excelencia, especializada en captación y movimiento de mujeres para la esclavitud sexual. Ha trabajado como investigadora asociada para la Seccional de Investigación Criminal y la Seccional de Inteligencia Policial de la Policía Nacional de Bogotá, que se distingue por su excelente capacidad de análisis y sus impecables métodos de extracción de información en fuente oculta. Es, asimismo, la profesora tutora más joven en la Academia de Ciencia Policial Estatal y su trabajo como docente se centra en la formación de futuros agentes encubiertos. Fue condecorada con el emblema a la Acción Social de la ciudad de Cali este mismo año, por su cooperación en el desarrollo de cursos a la comunidad educadora en habilidades de detección de captación en las escuelas de zonas extremadamente empobrecidas y conoce a la perfección el funcionamiento de las mafias que tratan con mujeres que se venden en Europa y Asia. Con ustedes, la criminóloga Bruna Arango.

—Gracias por sus bellas palabras, don Luciano —el hombre sonrió agradecido—. Es un honor para mí poder formar parte, como investigadora asociada, del Cuerpo de Policía Nacional en materia de investigación delictiva. Estoy segura de que esta será una etapa de gran aprendizaje y desarrollo personal y profesional para mí.

Tras sus palabras, los flashes de las cámaras de los periodistas allí congregados comenzaron a dispararse. Marcela y su hija Esperanza le sonrieron desde sus asientos de invitadas al nombramiento. Bruna se rascó la nuca en busca de la mejor postura y acto seguido, cual actriz en la alfombra roja, colocó los brazos en jarras y ladeó el cuerpo, como si estuviera en un certamen de belleza, adoptando una pose propia de una modelo que resaltaba su exuberante atractivo físico. Posó hábil y pestañeó coqueta mientras los profesionales reclamaban su atención y su mirada, llamándola por su nombre para obtener la mejor fotografía. Ella sonrió deslumbrante y presumida, mostrando su radiante dentadura y seduciendo a las cámaras.

—De aquí no sale ni una más —susurró Bruna entre dientes. Después arqueó una de sus largas y delineadas cejas y se volvió hacia el otro lado, variando la posición. Los flashes no cesaron durante un largo rato. Musitó de nuevo algo para sí misma, tras su amplia sonrisa, con un, esta vez, meditado acento castellano.

—Que empiece la fiesta, cabrones.

Madrid (España)

La ronda de conferencias tenía por objeto abordar la trata sexual de mujeres con fines de prostitución forzada desde tres diferentes perspectivas: la legal, la criminológica y la social. La ratio de asistencia en comparación con el último Congreso sobre la misma materia se había cuadruplicado y necesitaron la sala más grande de todo el campus para reunir a todos los alumnos inscritos.

La presentadora —una de las profesoras de la asignatura Violencias de Género en los estudios de Criminología y Psicología— introdujo a la que definió como «una última ponente muy especial, que no viene a hablarnos de leyes ni de teorías, sino de la vida». «Esta es su primera charla como congresista oficial —dijo—. Yo ya he tenido el placer de escucharla y no os va a dejar indiferentes. Su discurso me emocionó como nadie. Aprender de ella es muy necesario y ella también lo es».

Tras el bullicio inicial, el público calló paulatinamente y se preparó para la escucha activa.

Maisha salió al escenario de aquella aula enorme con paso firme. Sus tacones retumbaron en el suelo de parqué y produjeron un eco que se oyó en toda la estancia. La presentadora le pasó el micrófono. Lo golpeó con el dedo índice para comprobar que estaba encendido.

Había muchísima gente. Muchísima más de la que esperaba. Estaba repleta de alumnos, algunos incluso tenían más edad que ella misma. «Dios mío, cuánta gente». El miedo escénico la invadió y comenzaron a sudarle las manos. Se le secó la boca por completo. Intentó tragar, pero tenía la garganta como un papel de lija. Levantó el micrófono y cayó en la cuenta de que su mano temblaba. «Relájate, Maisha, por favor». Respiró profundamente. «Piensa en cosas bonitas. Cosas bonitas».

Pensó en cosas bonitas mientras se masajeaba la nuca con la mano. En su interior, como un monitor instalado en su cerebro, oyó la voz de alguien conocido. Alguien con quien había compartido horas y horas de conversación separadas por un océano, de continente a continente. Alguien con quien había sentido una conexión inigualable; uno de esos vínculos que se extiende más allá del tiempo y de la vida y la muerte: la persona que la había ayudado a salir de aquella cárcel.

«¿Qué hay más triste que lo que te hicieron, Maisha? ¿Qué hay más triste que dejar a alguien sin voz? Ahora aprende bien el idioma para gritarles en la cara», dijo la voz.

«Gracias, Bil. Ya estoy más tranquila. Animas a cualquiera». Carraspeó antes de hablar. Intentó pronunciar la primera palabra, pero su garganta no logró transformar nada en un sonido decente y volvió a cerrar la boca.

«Vamos, Maisha», dijo la voz.

Volvió a carraspear. Volvió a entreabrir los labios y llenó de aire los pulmones. Entonces reconoció su propia voz.

—Hola a todos los asistentes. Una vez me insertaron tanto miedo en el cerebro que me dejaron sin habla.

Un mutismo total se instaló en la sala tras estas palabras. Inspiró hondo. Dos chicas sentadas en la primera fila abrieron mucho los ojos sorprendidas. Una tercera le sonrió desde su asiento.

—Ahora mismo —continuó—, en este exacto momento,

hay más de quince mil mujeres solo en nuestro país que son esclavas sexuales, con la connivencia de las autoridades y de la población civil. Hombres que nos encontramos cada día en nuestras calles las violan. Están siendo secuestradas, coaccionadas, maltratadas y asesinadas en nuestras ciudades. Yo fui una de esas chicas y, si de mí depende, no quedará nadie en este mundo sin saber lo que está ocurriendo ahí afuera. Hoy me ocuparé de que cada uno de vosotros sepa la verdad. —Maisha volvió a callar, pero esta vez su silencio solo duró un segundo—. Me llamo Maisha Gueye. Y esta es mi voz.

Se hizo un silencio sepulcral en el enorme aulario, tenso pero cálido. Tras él, los alumnos comenzaron a aplaudir.

A la mierda el miedo.

Alicante (España)

Kassandra, rodillas desnudas en la hierba, trasplantaba dos ramos de prímulas del enorme macetero de hierro al suelo del jardín —delantal, regadera y pañuelo recogiendo su cabello en una cola incluidos— cuando oyó que unos pies se posaban en la tierra tras ella.

—Kassandra Fernández.

Reconoció el tono grave de la voz de Ramsés.

—¿Desde cuándo asaltas propiedades privadas ajenas?

—¿Desde cuándo te sorprenden esas cosas?

Kassandra rio y continuó removiendo la tierra del macetero para extraer las últimas flores.

—Yo también sé saltar terrazas y azoteas —dijo él.

—Has hablado con Maisha —adivinó ella.

—Exacto, el otro día en clase. De hecho, me ha traído ella con su coche y me ha dicho que no oirías el timbre y que saltara, pero de dejarme las llaves del chalé para que abriera, nada, la cabrona. Es casi más desconfiada que tú. ¿Ahora eres jardinera?

—Más bien soy enterradora. Si algún día me necesitas, llámame. Tranquilo, no cobro —contestó sarcástica.

Él se echó a reír. Ambos se quedaron mirando el pequeño cartel de madera cerca del lugar donde Kassandra iba a plantar las flores nuevas. Una obra artesanal que mostraba una K y un corazón hechos con pintura y estaba clavado en la hierba. Era la tumba de Katia. Kassandra ladeó la cabeza pensativa.

—Ramsés —lo llamó.

—Kassandra.

—¿Tú qué crees, que me he equivocado o que lo he hecho bien? —preguntó ella inesperadamente.

Ramsés se mordió el labio. No estaba acostumbrado a no saber qué contestar y con ella le pasaba a menudo. Ahora le pedía opinión. Pensó en cómo dársela sin herir su orgullo.

—Yo creo que eres humana —contestó—. Todo el mundo se equivoca alguna vez en la vida. De todas formas, puedes equivocarte y hacerlo bien a la vez, o acertar, pero hacerlo mal. Todo depende de lo que entiendas por bien y mal.

Kassandra asintió y ambos guardaron silencio unos segundos.

—Me han dicho los hijos de tu padrino que ya no vendes nada. Tranquila, que te siguen queriendo. Están un poco *apenaos*, pero se les pasará —dijo él.

—Seguro que sí. Me adoran, y con nadie se lo pasan mejor de fiesta que conmigo.

Volvieron a quedar en silencio. Ella extrajo de raíz las flores del macetero y las dispuso en el hoyo de tierra que había cavado. Lo roció con un poco de agua. Luego dejó a un lado la regadera y echó tierra encima de las raíces. Se quedó mirando el hoyo.

—Hace un tiempo, arrancaron de mi jardín la primera flor —Kassandra señaló a las flores—. Por aquel entonces, en él no había muchas plantas y al principio pensé que mi jardín jamás volvería a poder ser tan bonito como era, pero luego, cuando arrancaron la segunda, entendí algo muy importante: podía llevar esas flores conmigo siempre, en mí, y la belleza de mi jardín dependía de qué hiciera con él ahora que sabía que existían flores así en el mundo, que el mundo estaba repleto de ellas, que yo misma era una de ellas.

»He dejado de saber qué está bien y qué está mal. Solo sé qué es justo y qué no —dijo.

—Igual es solo que tu caballo y tú os habéis desviado un poco del camino, ya me entiendes —dijo Ramsés.

—Creo que me pesa mucho la herencia en mi forma de cabalgar. Ya sabes.

—Tu herencia no es tu genética, sino lo que hagas para el mundo. Cada caballo es el reflejo de su jinete y el tuyo no entiende de cadenas, ni de imposiciones, ni de bien ni de mal. Es salvaje, como tú. Solo acepta tu naturaleza, entiéndete a ti y seguro que lo terminarás entendiendo a él.

—Lo tendré en cuenta. Gracias.

—No me des las gracias.

—Gracias.

Ramsés la miró de soslayo y la observó sonreír, desobediente.

—Me encantas —soltó descarado.

Ella volvió a sonreír, esta vez más vergonzosa.

Kassandra terminó de prensar la tierra húmeda alrededor de las plantas y añadió más tierra encima. Se alzó y se limpió las manos en el delantal antes de sujetarse de nuevo los mechones que se le habían escapado de la coleta. Ambos contemplaron la pequeña zona floral del patio repleta de prímulas.

—Han quedado muy bien plantadas —observó ella.

—Desde luego. Lo has hecho muy bien.

Ella apoyó las manos en la cintura. Suspiró y lo miró.

—¿Sabes jugar al ajedrez?

—Dicen que soy el mejor —contestó Ramsés. Acto seguido le guiñó un ojo.

—Qué casualidad. A mí me dicen lo mismo —dijo ella irónica.

Él la miró sonriente y desafiante.

—Pues pon día, hora y tablero, Reina.

Alicante (España)

—Adivina a qué vengo —saludó Kassandra entrando por la puerta.

—¡Dios mío! ¡Pero si es la mismísima Reina de Corazones!

La sonrisa de la tatuadora se expandió hacia ambos lados de su rostro, como un blanco acordeón. Repiqueteó, rápida y feliz, con los dedos en el mostrador del estudio, contenta de verla. Su temperamento efusivo no había variado un ápice. Parecía incluso más sorprendida de verla que la segunda vez.

—¡Adentro! —señaló la cabina de tatuajes—. Ya sabes el camino y tengo tiempo. Parece que siempre sepas cuándo tienes que venir.

—¿Y bien? —La miró inquisitiva—. ¿Qué tal estás? ¿Qué historia emocionante que esconde una necesidad urgente de autoconocimiento tenemos entre manos esta vez? —fingió tener una libreta imaginaria y apuntar algo en ella, como una especie de psiquiatra.

Kassandra se echó a reír.

—Vengo a que me tatúes una flor.

—¡Una flor! Vaya, eso no me lo esperaba. —Se llevó el dedo índice a los labios, los torció fingiendo un gesto teatral mientras la miraba con los ojos entrecerrados—. Seguro que tiene un significado oculto...

—Sí. Es una flor concreta. Una prímula.

—Pues no tengo ni idea de cuál es —le dijo—. ¿Cómo es? ¿Y por qué una prímula?

—Es pequeña y sencilla. «Prímula» significa en latín 'primera rosa', porque es algo así como la primera flor que se atreve a florecer antes de la primavera, avisando a todas las demás de que va a llegar la estación para que florezcan ellas también. Bueno... —vaciló—, la verdad es que el significado en sí es muy metafórico.

—Y muy bonito —dijo Gata.

—Sí. Parece la flor más frágil, pero es la más fuerte. Es capaz de florecer entre el hielo y el frío y en lugares inhóspitos. Una flor salvaje. Para mí significa mucho.

—Entiendo. Salvaje. Me encanta esa palabra —sonrió—. ¿Qué colores elegimos?

—Tiene que ser roja —Kassandra extrajo de su bolso la servilleta con el dibujo de Katia—, como la de este dibujo. En realidad, quiero tatuarme el dibujo que alguien hizo de la flor.

—¡Oh!, entiendo. ¿Qué te parece rojo para los pétalos, tal y como en el dibujo, y verde para el pistilo? El rojo es el color de la sangre, y el verde, el de la esperanza. Juntos quedan muy bien. ¡Sí! ¡Me encanta esa combinación!

—A mí también —sonrió Kassandra.

Fijaron el tamaño y el lugar del tatuaje. Gata escaneó e imprimió el dibujo y lo calcó en su nuca. Sacó las distintas tintas, desinfectó su piel y comenzó a tatuarla.

—Por cierto, ¡bonito collar! Me gusta mucho que tenga dos colgantes, es original. Oye..., ¿y quién es la persona que hizo el dibujo de esta flor? Si se puede saber, claro, ya sabes que soy una metomentodo, pero siempre respetuosa con la intimidad ajena... Porque claro... Bueno —sacudió la cabeza—, me voy por las ramas, como siempre. Esa persona debe ser alguien muy importante para ti si quieres llevarla para siempre en la piel. ¡Es un honor! Ojalá un día alguien se tatuara algo que yo hubiera dibujado en una servilleta —sonrió.

—Se trata de una amiga. Murió un día después de terminar este dibujo.

—Oh, vaya..., ese debió ser un día muy triste para ti.

«Si tú supieras, Gata».

—Lo fue —contestó—. Para ella esta flor simbolizaba el triunfo del bien sobre el mal. Para mí ella simbolizaba lo mismo que esta flor: el espíritu de lucha, la rebeldía, la inconformidad, la valentía, la pelea por lo que es justo. Murió por eso, por ser valiente y atreverse a luchar.

—Pero las personas no se van si las recordamos —dijo la tatuadora.

Kassandra sonrió.

—Ella me ayudó a encontrarme cuando vine por primera vez y estaba tan perdida. Quiero llevarla conmigo para recordar que debo tomar el camino correcto.

Miraba hacia el suelo, sentada del revés, con el pecho y los brazos apoyados en el respaldo de la silla para que la tatuadora pudiera trabajar bien en el dibujo.

—Bueno, quizás lo que dice mi tatuaje te ayude un poco, ¿lo has visto? —Gata dejó de tatuarla, se colocó delante de la silla y se giró para enseñarle la espalda.

Kassandra alzó la vista. La sonrisa amplia del personaje del gato de *Alicia en el país de las maravillas* chocó con sus ojos otra vez.

«No importa el camino que tomes. Solo que sepas hacia dónde vas», leyó la frase en voz alta. Gata se volvió para mirarla.

—Así es, ¿sabes hacia dónde vas? —guiñó uno de sus grandes ojos saltones.

—Creo que sí.

—Pues entonces..., a andar, querida K.

—¡Te acuerdas de mi nombre!

—Sí..., me acuerdo mucho de tu nombre —sonrió.

»Ha quedado preciosa. Mira, te traigo un espejo y así podrás verla. —Gata extrajo de uno de los cajones un espejo redondo de tamaño mediano y lo colocó detrás de Kassandra, hacia un lado, para que pudiera ver su tatuaje—. Además —añadió—, la nuca es un lugar precioso para tatuarse. Solo lo verás cuando mires a través del espejo, como Alicia en la segunda parte de su historia.

—Solo lo veré cuando mire... —susurró Kassandra.

«Hay que mirar para ver. Si no miras, no ves. Hay que hacer que todo el mundo mire adonde queremos que vea algo. Como cuando todos se giran para mirar un incendio y así descubren qué es lo que se está quemando», pensó.

—Gracias de nuevo, Gata, por el tatuaje y por los consejos —dijo tras pagarle.

Gata sonrió y la abrazó impulsivamente. Pese a la sorpresa inicial y a su poca costumbre a expresar muestras de cariño, Kassandra respondió al abrazo con un leve apretón.

—¡Kassandra! —la llamó la tatuadora dos segundos más tarde de que abriera la puerta de salida del estudio.

—Dime.

—Espera.

Gata se retiró rápidamente hacia dentro de lo que parecía ser el cuarto trastero, justo detrás del mostrador. Kassandra esperó su vuelta desde la entrada sujetando la puerta con un pie.

—Verás... —comenzó a decir la otra desde dentro de la salita mientras se la oía rebuscar—, sé que mirarse a una misma a través del espejo puede ser difícil. Y que a veces escoger ciertos caminos es doloroso.

Salió del pequeño cuarto y se paró en la jamba de la puerta. Abrazaba algo con mucho cariño entre las manos apoyándolo en el pecho. La miró fijamente. Kassandra reconoció su propia novela. Gata se había reconocido también en ella al leerla.

—Pero más duele tatuarse —dijo.

Kassandra resistió como pudo el temblor que le invadió la garganta y tragó saliva. La emoción la embargó. Sintió que su corazón se ensanchaba como un pulmón llenándose de aire.

—Yo también me acuerdo de tu nombre, Claudia.

Claudia sonrió dulcemente. No dijo nada.

—Tengo que seguir —señaló Kassandra la novela con un golpe de barbilla—. Ese es mi camino.

Claudia asintió visiblemente emocionada. Apretó el libro.

—Entonces prepara tu tinta y escribe —contestó. Repentinamente, su congoja dio paso a la energía y la fuerza que la caracterizaban. Dio un golpe con ímpetu en la mesa del mostrador con los nudillos, animándola vehementemente. Inspiró y asintió recta, como en un saludo militar—. Yo tendré lista la mía para cuando vuelvas. Ve a por ese camino. Déjalo lleniiiito de flores.

Kassandra salió del estudio y se paró en la acera justo delante del escaparate. Claudia la miraba. Se observaron mutuamente a través del cristal, como si fueran una sola persona que se mirara a sí misma. Veinte segundos con cuatro ojos fijos que terminaron con dos leves sonrisas y asentimientos de cabeza.

En la mente de Kassandra apareció, como en un ensueño, ella misma cuando tenía seis años. La cara de la niña parecía iluminada por una luz parpadeante —luz que ella interpretó como un extraño guiño, pero no del pasado, sino profético— y estaba sentada junto a una mesita redonda donde descansaba un juego de ajedrez. Sacudió la arena del desierto que se había acumulado en la superficie del tablero hasta que el blanco y el negro volvieron a ser visibles. Se limpió las manos sucias de tierra en la falda de cuadros plisada y volvió a colocar las piezas una a una en su lugar correspondiente. Llenó de aire sus pequeños pulmones. Inspiró profundamente, pensando un segundo, observando la partida. Expiró con fuerza todo el aire, como en un suspiro preparatorio. Luego extrajo de algún lugar un reloj de arena y le dio la vuelta.

El semáforo de la ancha avenida cambió, como en un parpadeo, de un intenso rojo a un verde profundo. Kassandra cruzó serena el paso de peatones, rozando los hombros de algunos transeúntes que se escurrían con prisa sobre el asfalto, esclavos del tiempo. Claudia continuó mirándola fijamente tras el cristal hasta que su pelo rubio se difuminó entre el gentío y desapareció por completo.

—Ismael, Ismael, Ismael...

Él calla, esperando aún no sabe a qué. La aparición de ambas mujeres en el negocio la madrugada de un domingo —el único día que lo cierra al público para realizar el recuento y organizar la próxima semana— le ha pillado totalmente desprevenido. Ella vuelve a hablar de nuevo.

—¿Tú sabes tocar el violín, Ismael?

Ismael continúa callado, sin pronunciar palabra alguna. Por primera vez en sus cincuenta años de vida, alguien le infunde miedo a él y no al revés. Solo desea cerrar los ojos y que todo sea una pesadilla.

—Yo sí sé tocar el violín —se contesta ella. Y comienza a tararear una melodía que parece ser música clásica. La entona en voz baja y lentamente. Como si se tratara de una nana. Ismael la reconoce: es el *Invierno* de Vivaldi.

—¿Te gusta el invierno, Ismael? A mí me gusta más la primavera. Me encantan las flores. Son como un fetiche para mí... ¿Alguna de las chicas a las que prostituyes y mantienes secuestradas sabía tocar el violín de pequeña? ¿Se lo has preguntado? Quizás alguna sepa, aunque sospecho que muchas son menores, así que no creo que hayan tenido tiempo de llegar a un grado de conocimiento alto, ¿no?, porque son jóvenes y porque los hombres como tú les quiebran la vida y luego las quiebran a ellas. Las chicas están fuera, con mi amiga. ¿Las llamamos y les preguntamos?

El hombre permanece muy quieto. Parece haber dejado incluso de respirar, pero retorna al movimiento al comenzar a llorar débilmente, con los ojos cerrados.

—¿Quieres que te enseñe a tocar el violín, Ismael? —pregunta ella—. Se me da cada vez mejor.

Él llora con más fuerza. Aprieta los ojos fuertemente.

—No —solloza con el cuchillo al cuello.

—Yo creo que sí. Vamos a llamar a la directora de la orquesta.

La chica mantiene la cabeza del hombre, que se encuentra de rodillas al suelo, agarrada del pelo, mientras con la otra mano sujeta fuertemente el cuchillo, cuyo filo aprieta travieso e impredecible su garganta, como un arco las cuerdas del instrumento. Entonces, se agacha para dejar el cuchillo y rápidamente saca su pistola de la cintura y se la coloca en la sien izquierda. El proxeneta siente en su piel el frío letal del cañón. Solloza con más fuerza hasta que, pap. Ella explota una pompa de chicle cerca de su oído. El engañoso sonido le provoca un sobresalto que hace que su corazón se detenga por un segundo y caiga totalmente preso del pánico. Se acerca al oído para susurrarle algo.

—Jamás sabrás lo que es el dolor hasta que no te arranques las uñas escarbando la tierra en la que está enterrado un trozo de tu corazón que no volverá a la vida. Yo lo he hecho. Los desalmados como tú jamás saben lo que es el dolor hasta que no pagan por el que infligen. Pero lo pagaréis. Pagaréis todo el dolor que nos habéis causado y que causáis a otras mujeres. Vaya que sí. Uno a uno.

La chica termina de hablar y alza su mirada. Sus ojos verdes se clavan en los de la otra, que la acompaña.

—Lenuta, por favor, haz los honores.

Lenuta le sonríe a ella y luego a él. Levanta el brazo muy despacio, manteniendo el pulgar y el índice unidos, como, efectivamente, haría una directora de orquesta antes de conducir la música.

—Jaque mate, querido —susurra en el oído del proxeneta.

—¡Que le corten la cabeza! —sentencia Lenuta, que desciende su mano elegantemente, indicando a su amiga que es la hora de hacer sonar el imaginario violín.

Oujda (Marruecos)

—Parece que la línea de la criminalidad organizada es la más plausible —afirmó Yasín Awad, el principal vocal de la investigación—, ya que no solo se trata de incendios provocados y de la destrucción de inmuebles: se roban piezas de arte, armas y otros objetos de valor, probablemente para venderlos después en el mercado negro y conseguir grandes cantidades de dinero. Los incendios no se circunscriben a una zona concreta, sino que ha habido en todo el país. La policía investiga los más de quince focos provocados este mes en distintas provincias. Además, no solo arden prostíbulos. También arden casas. La mayoría son los hogares de los dueños de los prostíbulos, pero también los ha habido en casas de otras personas cuya identidad no va a desvelarse en esta rueda de prensa.

Tras el resumen inicial de los sucesos, se abrió la ronda de preguntas. Los periodistas, sentados en sillas dispuestas a lo largo de la sala, libretas en mano, comenzaron a alzar sus brazos para pedir su turno. Yasín Awad dio la vez al primero de ellos, un hombre entrado en años, calvo y de aspecto enclenque. El hombre agarró con sus huesudas manos el micrófono y se levantó de la silla para dirigirse a la autoridad.

—Buenos días. Mi nombre es Halid Benabbou, cronista para el medio digital *Diario de Fez*. Me gustaría que, a ser posible, se extendiera un poco más en la explicación de cuál es concretamente el *modus operandi* del grupo. Muchas gracias.

Yasín asintió en señal de conformidad y procedió a responder.

—Definitivamente, no se trata de piromanía y el motivo de ocio vandálico se ha descartado. Atiende a un fin específico, podría ser un ajuste de cuentas o incluso una venganza personal. Lo que se sabe hasta ahora por los escenarios de los crímenes es que todos ocurren de madrugada, justo antes de la salida del sol. Atan a los dueños o a los encargados de los prostíbulos que estén allí y sacan a las prostitutas antes de prender fuego a los locales. Se cree que son más de dos grupos —al menos uno operante en Marruecos y otro en España— y podríamos estar hablando de decenas de personas.

El periodista apuntaba la información con la agilidad que da la experiencia mientras miraba al vocal y atendía a sus palabras. Una vez hubo terminado, preguntó de nuevo.

—¿Cuál fue el primer caso?

Yasín Awad carraspeó. El primer caso no fue un prostíbulo. Tenía constancia de que esa información ya había saltado a la prensa y, por tanto, se vio obligado a corroborarla.

—El primer caso fue el siniestro en la mansión de Nador de Mohamed Alaoui. Como es sabido, Alaoui era un empresario farmacéutico. No tenía ningún prostíbulo. Murió en el incendio junto a dos hombres más.

—El primero de los sucesos desmanteló la existencia de una red de trata infantil con fines de explotación sexual y contactos con Europa, ¿es así?

—Sí —contestó—. Durante el registro y la inspección criminalística se encontraron quince niñas nigerianas recluidas en una pequeña casa contigua en el jardín, en condiciones deplorables. El Cuerpo Nacional de Policía las liberó. Se descubrió que iban a llevarlas a España para venderlas y probablemente trasladarlas a Francia. Se encontraban retenidas en contra de su voluntad.

El periodista dio las gracias respetuosamente y volvió a sentarse. Yasín Awad dio la palabra al siguiente. Un chico joven se alzó de su sitio y formuló su pregunta.

—Fouad Saidi, becario del periódico *Le Journal Autonome*. ¿Qué se sabe de España? ¿Ha habido tantos casos como en nuestro país? No hay más preguntas. Gracias.

—Todavía poco. Estamos trabajando en estrecho contacto con las autoridades españolas. Han contactado con nuestros agentes esta semana para decirnos que allí también ha habido varios casos, no tantos como en nuestro país. Dos clubes de alterne han ardido en incendios provocados que se encuentran relacionados.

Yasín Awad bebió un poco de agua y se secó las manos con un pañuelo de tela que extrajo del bolsillo. Después decidió dar la vez a la chica joven de la primera fila. Esta se levantó de su asiento y una vez hubo recibido el micrófono de parte del moderador, lo encendió y habló.

—Buenos días, mi nombre es Ijja Habib, estudiante de Periodismo y becaria del diario digital *Province* de Marrakech. Mi pregunta es, ¿a qué creen que se debe el gran interés mediático que ha despertado el caso? ¿Creen que está relacionado con la identidad de las víctimas? Según han informado ya algunos medios, los veinte muertos no solo son traficantes e integrantes del hampa, tanto extranjera como local, sino que también hay empresarios, que supuestamente no guardan relación con el mundo del tráfico ni de la prostitución, y figuras de la política.

—El interés por resolver el caso proviene de la destrucción masiva de inmuebles y, sobre todo, del asesinato en serie de varias personas. Por otro lado, es lógico que se haya despertado este gran revuelo mediático. No olvidemos que se está asesinando a gente en nuestro país de forma organizada. Podría tratarse incluso de un acto terrorista —respondió el policía.

—Pero también se especula con el hecho de que alguna de esas personas, en principio no implicadas en negocios turbios, estén en realidad relacionadas con organizaciones dedicadas al tráfico de armas, niños y mujeres —respondió ella—. En varios casos, el mismo grupo criminal ha propiciado con su acción el descubrimiento de zonas de reclutamiento de esclavas sexuales o, como usted mismo ha indicado, ha liberado a las víctimas de algún prostíbulo clandestino. ¿Podría tratarse de una red criminal cuya consigna sea desmantelar otras redes criminales?

Los periodistas allí reunidos apuntaron las elucubraciones de la joven en sus libretas a toda prisa, ávidos de nuevas líneas de indagación periodística. Al policía le irritó la pregunta. Le irritó también la insistencia de aquella mujer en repetir una y otra vez que las víctimas no estaban «supuestamente» o «en principio» relacionadas con negocios ilegales. Aquellas palabras levantaban sospechas y parecía que las empleaba con ese propósito concreto.

Las órdenes que los superiores de sus superiores habían dado y que a él mismo le habían trasladado para obligado cumplimiento eran precisas: nada de atender a justificaciones ni de levantar sospecha alguna. Era casi seguro que el grupo estaba persiguiendo y desenmascarando a personalidades importantes y temían que los salpicara también a ellos. Había recibido órdenes expresas de no informar —al margen de la información ya expuesta por vías ocultas y de forma inevitable— sobre la supuesta labor justiciera de los criminales. Estas presiones se debían a motivos ciertamente urgentes y cercanos. Y él sabía cuáles eran.

—Si le interesa la línea conspiranoica —espetó a la chica en tono sarcástico— le diré que se ha barajado la opción del sicariato, aunque también la del terrorismo. En ningún caso se valora la posibilidad de que los asesinatos y la destrucción de bienes causen un bien social, pues la mayor parte de las víctimas eran hombres muy respetables —carraspeó—. No podemos permitir que se produzcan más incendios intencionados como si de prender almenaras se tratara... —Ijja arqueó las cejas ante la curiosa metáfora empleada por el policía—, y menos que estos terroristas y criminales declaren la guerra al sistema y queden impunes. Hay que nombrarlos por lo que son: delincuentes que están sembrando el caos y asesinando a gente respetable.

Ella asintió vehementemente, como dándole la razón, pero volvió a pedir la palabra. El policía se la concedió, no sin reticencia.

—Desde la prensa se especula con la posibilidad de que se hayan recibido llamadas a dos grandes comisarías, concretamente la de Marrakech y la de Casablanca, en nombre de gente influyente, incluso de políticos de nivel nacional, que manifiestan su preocupación por ellos mismos y sus propiedades, pero que los inspectores jefes y los comisarios principales no han querido dar respuesta a lo que ellos mismos denominan —leyó literalmente de uno de los papeles sueltos que sujetaba con su mano libre— «habladurías e informaciones falsas que podrían entorpecer el curso de la investigación, alterar sus resultados o manipular las versiones oficiales y debidamente contrastadas que pudieran concluirse en un futuro».

—No me consta que esas llamadas se hayan efectuado —contestó él intentando disimular su incomodidad.

—De acuerdo. Por último, me gustaría preguntarle al respecto del caso de España conocido hace apenas una semana. Como ha apuntado usted anteriormente, cuentan con información al respecto de una posible conexión entre el edificio que ardió allí, que resultó ser la vivienda de varios... —Ijja vaciló a propósito antes de pronunciar la palabra— empresarios del mundo de la noche que, en realidad, eran mafiosos... y los casos que se vienen sucediendo en territorio marroquí. ¿Creen que se trata de acciones coordinadas? ¿Cómo ha podido la policía española llegar a la conclusión de que los incendios están relacionados?

Yasín deseó que la chica se callara para siempre. Estaba claro que tenía información relevante que pertenecía al secreto sumarial. Sabía a qué estaba jugando. Si no cedía y no contestaba, respondería ella misma a sus propias cuestiones mediante preguntas retóricas, a través de las que daría información valiosa a la prensa del país. Tenía que contestar a esa última pregunta lo más escuetamente posible, de lo contrario, si se negaba o mentía, levantaría sospechas de corrupción policial. Lo tenía en jaque.

—El dibujo de lo que parece ser la silueta de una flor ha aparecido en las inmediaciones de los lugares de los sucesos. Se trata de dibujos extremadamente similares —informó.

—¿Como si se tratara de un mensaje o de una firma? —contestó ella rápidamente. Los periodistas volvieron a apuntar aquel detalle que daba paso a nuevas posibilidades—. ¿Sabe usted de qué flor se trata, señor?

—Esta es la última pregunta por parte de su medio —respondió irritado—, hay más periodistas que quieren plantear las suyas.

—Sí, por supuesto. Disculpe las molestias.

Ella asintió obediente y, ante tan amable actitud, perdió toda excusa para negarle una respuesta.

—Aún no sabemos de qué flor se trata, pero la investigación todavía sigue abierta —contestó el hombre, que le dedicó una mirada indisimulada de desaprobación—. Su turno ha terminado.

Ella agradeció la información y devolvió el micrófono al moderador. Se sentó de nuevo en la silla, sonriendo con los ojos. Otro de los presentes pidió su turno y la rueda de prensa prosiguió. Yasín todavía tenía instalada en el rostro aquella mueca antipática cuando volvió a mirarla durante la presentación del siguiente periodista. Sus miradas se cruzaron en un duelo tenso que ella rompió sonriendo traviesa.

«Sé lo que ocultáis, Yasín. Sé la verdad».

Ijja se acarició el largo cabello negro con la mano repleta de símbolos trazados con henna, lo levantó por atrás y, fingiendo rascarse, se tocó despacio la nuca, justo donde tenía el único tatuaje permanente que decoraba su piel en sus escasos veintiún años de vida: el dibujo de una roja y pequeña *Primula vulgaris.*

NOTA DE LA AUTORA

Durante el desarrollo de esta narración, la protagonista, Kassandra Fernández, sufre una transformación personal que, pese a los bruscos y convulsivos acontecimientos que tribulan su existencia, se gesta de forma paulatina y gradual, como lo hace un pequeño foco de fuego en una pira. Así, mientras en *Memorias de una salvaje,* Kassandra se descubre como quien es, en *Reina* lo comprende y afronta las implicaciones que esta aceptación de sus orígenes conlleva para sí misma y el devenir de su historia. *Reina* es —en una sutil, estratégica y a veces divertida alusión a la segunda parte de *Alicia en el país de las maravillas*— una mirada a través del espejo (quien dice espejo dice escaparate, dice otros ojos iguales a los suyos, dice otras mujeres). La protagonista se observará en este espejo en varias ocasiones, descubriendo a una mujer distinta —la Reina, su otro yo, su parte más oscura, con la que tendrá que convivir y de la que tendrá que aprender—, y a un mundo opuesto e igualmente sombrío —el del crimen organizado y los reyes del tablero—, en el que tendrá que adentrarse y cuyas reglas del juego deberá acatar —e incluso más tarde se atreverá a cambiar— para poder librar la partida. Tal y como sucede en *A través del espejo y lo que Alicia encontró allí,* se nos muestra esta nueva realidad como un gigantesco tablero de ajedrez, donde la vida se ha convertido en un juego y el objetivo en esta no es únicamente ganar, sino derrotar al malvado adversario; Kassandra, un *a priori* simple peón blanco, ha de cruzar el tablero hasta transformarse en la Reina, tal y como hace su homónima literaria, Alicia. Pero, en este caso, no por atravesar un espejo el mundo es otro. Diría que constituye el mismo lugar y que se trata de la misma realidad observada desde distinto prisma. La realidad que nadie ve; la que, como se apunta reivindicativamente en *Memorias de una salvaje,* «nadie quiere ver». Es en esta macabra y oscura nueva realidad en la que ella deberá librar no solo la batalla contra el mal de los Hombres de Hielo, sino contra el mal que mora en ella misma. Si en la primera parte de su historia Kassandra Fernández descubre el lugar en el que está situada en el tablero, en *Reina* descubre para qué se encuentra situada en esa casilla concreta, y llegar hasta ello conlleva todo un hondo proceso de re-conocimiento que puede llevarla, de nuevo, en más de una ocasión, a arrancarse los ojos ante las verdades descubiertas, sobre todo en lo que concierne a sí misma. Así lo muestran las palabras usadas por la protagonista, tanto cuando se comunica con otros personajes como cuando habla consigo misma, nominándose, recordándose quién es, de dónde viene, y dirimiendo qué papel desempeña como actriz en su propia vida:

«Mi padre es el Rey». «Ese hombre es mi tío». «¿Quién soy?».

En efecto, todos estos instantes cognoscitivos son pasos que la acercarán un poco más a su objetivo, o si el lector lo prefiere así, a su destino. Durante este edípico recorrido en el que la embarca su condición como hija del Rey de Corazones, Kassandra se encuentra, sin saberlo, a lo largo de la casi totalidad de la narración, aceptando su esencia, no renunciando a ella. Así se muestra en el momento de anagnórisis final durante el enfrentamiento dialéctico con su padre, que corresponde al instante donde ambas partes de sí misma, «buena y mala», se reconcilian y aceptan la una a la otra: «por fin tengo claro quién soy».

Sus errores, uno tras otro, la llevan a encontrar las verdades necesarias para centrar su parte oscura en hallar la luz. «Indagar en la parte oscura para poder hallar la luz» podría constituir el epítome de esta novela, al igual que podría constituir una de las claves de crecimiento vital de cualquier ser humano: hacer algo bueno con lo malo, con esa oscuridad que aceptamos como parte de nosotros mismos y nuestro devenir. Esa parte oscura nos acerca a nuestro alumbramiento, al nacimiento de nuestro yo más íntegro, a la luz, en definitiva.

El lector recordará una de las aclaraciones de la primera parte de la narración, *Memorias de una salvaje,* que hablaba sobre la necesidad de mirar *a través de* y no únicamente *por encima,* de adentrarse en los porqués y responderlos —incluso los más dolorosos y que cambiarán nuestras vidas para siempre—. En esta segunda parte, *Reina,* los neones ya no se muestran al lector como distintivo que permite identificar la crueldad, sino como un mensaje de lucha; un grito de guerra; una palmada de ánimo en la espalda a la rabia para transformarla en valentía. Algo ha cambiado en los ojos de la protagonista y en los del lector, aunque nada haya cambiado ahí afuera: los neones siguen parpadeando, pero su mensaje se interpreta ahora de forma distinta, ese cambio en la forma de mirar, de dejar de ver para entender, de pasar del *por encima* al *a través de,* es el cambio que propicia a su vez la transformación de un mundo injusto en uno más justo. Kassandra y otros personajes forman parte de esa transformación, y usted, que conoce la historia, ahora también lo hace.

Las continuas referencias alegóricas en personajes, situaciones, pensamientos y lugares plagan la novela de simbolismo y metáforas.

La chica desconocida de ojos extrañamente parecidos a los de la protagonista, subida en la moto, pidiendo fuego. Un mechero que asemeja el momento a la icónica escena de Alicia ingiriendo las bebidas y galletas que la tornarán gigante o diminuta y le facilitarán adentrarse en el *otro mundo.* «Cómeme-bébeme-préndeme».

El mar como amigo, como confesor, como proporcionador de respuestas, y no solo, esta vez, como elemento asfixiante que ahoga y calla ante las continuas preguntas. En la primera parte de la historia, la protagonista se encuentra siempre sola frente al mar. En uno de los pasajes finales la acompaña su madre, presagio de lo que ocurrirá más tarde: siempre se encontrará acompañada ante él, sea por sus mejores amigas, por el leal personaje de Ramsés o por el espíritu de Bilma, que le sonríe y aconseja a través de él.

La contraposición y dualidad como sustrato ontológico de las cosas y las realidades, como explicación de la esencia del ser humano y la sociedad, son expuestas a lo largo de toda la narración: «La mano buena, la mano mala. El ojo bueno, el ojo malo», o la luz y la oscuridad, presentes en el atardecer —como sucede en la escena en la cual la oscuridad del anochecer persigue como una garra a la protagonista cuando se acerca al bar de copas, como intentando ir tras ella para atraparla, en referencia a la transformación que se comienza a gestar en su interior (de peón a reina) o en la luz del amanecer envolviendo los cuerpos de Maisha y Kassandra en un halo de claridad en la plaza central de Marrakech tras el enfrentamiento final.

Los conceptos de principio y final, de nacimiento (de mujeres nuevas) y muerte (sobre todo también la de las mujeres), se encuentran, asimismo, muy presentes. También son elementos distintivos en esta segunda parte el tratamiento del duelo y el homenaje a las muertas a través del ritual del adiós. Al respecto del ritualismo, el realismo mágico que ambienta el ritual del tatuaje y la tradición de las mujeres amazigh son representados como una alegoría a la transmisión generacional de la fuerza femenina.

El personaje de Lenuta —la almenara, la antorcha— es descrito en representación del fuego como elemento de venganza, pero también de justicia. El fuego se presenta como elemento que no solo destruye, sino que también es capaz de construir, de iluminar a su paso —de nuevo, se exponen lo bueno y malo de un mismo elemento como componentes constructores de él y no solo como partes contradictorias.

Sadiq Alabi, La Mano, nos recuerda al personaje Tiempo de *Alicia a través del espejo.* Narcisista, megalómano, obcecado en la extensión de su legado y obsesionado con la inmortalidad y el poder —capaz incluso de parar el tiempo, o eso cree, pues las chicas le demostrarán que el tiempo continúa corriendo y que incluso se termina hasta para un hombre como él.

Al principio de su historia, Kassandra solo se confiesa con ella misma y su niña interior, mientras que ahora habla con muchas otras personas, y lo hace de una forma menos superficial, más profunda, más madura pese a su corta edad. Son remarcables también los relatos que narran la historia pre-mortem de Katia y los diálogos de las chicas con sus amigas muertas. Son mujeres muertas las que ayudan a las vivas a guiarse en el camino cuando se encuentran perdidas. «¿Qué haría Bilma?». ¿Qué harían otras mujeres? El dibujo de Katia se convierte para todas ellas en un símbolo de la lucha de la mujer hacia la libertad.

Estos diálogos y relatos pretenden ser una alusión a la sororidad y un homenaje a la herencia que alrededor de la Historia han dejado las mujeres pasadas a las que actualmente luchan por las futuras. Todas y cada una de las mujeres han participado en la Historia de las Mujeres, aunque esta parte de la Historia haya sido silenciada por siglos. Es por este silencio impuesto por lo que se torna más necesario que nunca alzar la voz y hacerse presentes, contar la Historia, tal y como otro de los personajes —Maisha— reflexiona a lo largo de toda la narración.

Al hablar de conocer la Historia, no puedo olvidarme de Gata, la tatuadora. La metaliteratura empleada en su intervención deja una enseñanza clara al lector: conocer la historia de los demás nos ayuda a ser más justos con ellos. Es necesario conocer la historia por completo para comprenderla, y esta enseñanza no solo habla de esta historia, sino que incluye a la verdadera Historia. La llamada Historia del Hombre, la Historia de nuestro mundo, no estará completa hasta que no se incluya en ella a la mitad excluida y silenciada.

Uno de los elementos constitutivos del género *thriller* es el culpable como figura de central importancia en su narrativa. La investigación y el descubrimiento de la figura del culpable suele presentarse como punto neurálgico de la narración. A colación de la figura del culpable como recurso narrativo de importancia en el *thriller,* apuntaré lo siguiente: es connatural la violencia en Kassandra Fernández, pues fue engendrada en la violencia. Creció en la violencia. Se desarrolla en ella, se sirve de ella y se refugia en ella. Kassandra no adolece de ese carácter histérico y no disyuntivo femenino que tanto espacio ha ocupado en los libros. Kassandra piensa, piensa mucho. Es consciente de sus errores y sus aciertos y reflexiona sobre ellos constantemente. Ella es dilema y solución. Y es violenta, muy violenta. ¿Es culpable Kassandra Fernández? ¿La tornan sus formas culpable de algo? ¿Se puede ser culpable de luchar contra una situación de injusticia si uno elige métodos considerados moralmente poco ortodoxos?

¿Quién es el culpable en este *thriller* social? ¿Quién es el culpable de esta situación —la explotación sexual de mujeres y niñas— que se sigue produciendo y perpetuando hoy día en nuestra propia realidad? Conocemos bien el crimen principal de la historia, pero ¿nos atrevemos a señalar a los culpables? ¿Son los únicos culpables los criminales que cometen directamente el delito? ¿Lo son los consumidores de explotación sexual, cooperadores necesarios sin cuyo consumo no se extraería rédito económico de ella? ¿Los cómplices como narcotraficantes que proveen de mercancía a los clubs y pisos clandestinos? ¿Los espectadores pasivos que no mueven un solo dedo y observan la partida sin importar cuántas piezas caigan y cuántas sufran? ¿Es la sociedad el culpable, el criminal permisivo?

La verdad es que es usted, querido lector, quien sabe quién es el culpable. Es usted quien tiene el deber de decirlo. Y es usted el único que puede terminar con él.

¿De veras no piensa, querido lector, que existen hoy día, en este mismo momento, hombres como Sadiq Alabi? ¿Despiadados magnates del narcotráfico y tráfico humano africano que transportan a inocentes niñas hasta sus carnicerías pornográficas para venderlas a sádicos pedófilos que destrozan sus cuerpos, sus mentes y sus vidas?

¿De veras no cree, querido lector, que existen en nuestras ciudades mafias que extienden su sombra sobre ellas como monstruos alados, y que los mafiosos que las controlan se encuentran en consorcio con poderes que se aclimatan en las estructuras civiles más aceptadas y respetadas, y que incluso encuentran beneplácito en organizaciones cuyo teórico fin es procurar el bienestar y salvaguardar la paz?

¿De veras no cree que existen Reyes de Corazones?

¿De veras no cree que existen otras reinas que arriesgan su vida tras el anonimato, saltando de casilla en casilla, intentando revertir la perversidad que oscurece el mundo, pretendiendo terminar con un orden tiránico establecido por demonios que pasan ante usted, a su lado, fingiendo ser personas de bien, cuando se dedican a fundar y desarrollar verdaderas estructuras del mal y a facilitar que otros lo perpetren? ¿No cree que el hombre que le atendió hace dos días en aquella oficina viaje treinta kilómetros para violar a niñas en un chalet residencial de otra provincia proporcionadas por Sadiqs Alabi a Mihails Korvatova por mandato de clanes como los Tareov y con la connivencia explícita de otros nombres que nada tienen de extranjeros? Ese demonio, disfrazado de oficinista, regresa tras cometer esas abominables escenas y consumar esas perversidades a su casa, a comer pescado al horno con su familia. Esas niñas jamás regresarán a la niñez. Nunca volverán a ser niñas. Nunca. Lo mismo ocurre con todas esas chicas y esas mujeres en todos esos antros cuyos neones y *flyers* de propaganda parece que todo el mundo mira, pero nadie ve.

En su país, en su propia ciudad, quizás existen personas librando guerras que no son las que el televisor retransmite. A veces, un haz de luz se cuela entre las grietas del abismo profundo, entre toda esa ignominia y perversión, para cegar a los monstruos que lo habitan y se reproducen en la insondable penumbra e intentar que sus horribles verdades salgan a la superficie y la bondad y lo que es justo los destruya. Se juegan partidas en esa esquina y en esa otra, donde usted jamás imaginaría y por parte de quienes usted no creería. ¿O quizás sí?

Tal vez no deba estar preguntándole esto, pues puede que resulte que me cree.

Que decida creer en mis palabras, querido lector, hará cobrar a estas de un sentido más profundo del que las dota el simple pero complejo hecho de que yo las escriba y usted las lea en un libro, pero dicha decisión solo depende de quien posee la Historia en sus manos y ha decidido saber que lo que ella tiene que contar y usted tiene que interpretar es algo más importante: qué pretende la Historia que haga con ella una vez la conoce. Qué quiere que revele el espejo que le destapan estas memorias cuando mire a través de él. Quién es usted. Qué ha descubierto. Quizás tenga usted la última palabra o el primer movimiento. Quizás el tablero esté en su cajón.

Como en algún remoto punto de esta narración se ha escrito, toda Historia comienza con una acción. Y puesto que *la acción* no puede emanciparse de *la elección,* no puedo sino deberme a mi objetivo de que descubra por sí mismo *la intención* de esta Historia, y creo que entenderá bien cuanto pretendo decirle en cuanto yo le formule lo siguiente: ¿Usted qué elige, querido lector? ¿Qué prefiere?

¿Hielo o fuego? ¿Blanco o negro? ¿Justicia o venganza? ¿Luz u oscuridad? ¿Amor o guerra? ¿Matar o morir? ¿Que este sea el final o el principio?

Aquí tiene las preguntas. Ahora, mire a través del espejo. La elección es suya, así que elija como buenamente pueda las respuestas.

¿Qué hará con todas estas preguntas que la Historia le formula? ¿Qué decidirá responder, querido lector?

¿Qué decide usted creer? ¿La mentira o la Verdad?